旺夫神妻

下

高嶺梅 著

風文創 777

風文創 777

目錄

第十一章

第二天早上，何田田起來時，家裡人都起了，就連陳小郎都已經來了。見她起來，都是一臉擔心。

何田田不覺有些好笑。他們這樣，她覺得就像自己要上刀山、下火海一樣。

吃過飯，何田田就準備去找何三嫂，就見何大伯他們一群人過來了，看到她都勸她不要去。

越是這樣，何田田越覺得不能退縮，帶著陳小郎朝外走，何世蓮也跟了上去。

到了跟何嬌娘約好的地方，卻不見她的身影，何田田疑惑了，難道她不來了？

日頭升起，何嬌娘卻還沒來，何田田很是不耐煩，火大地朝張地主家走去。

張家的院子裡停著一輛牛車，幾個下人搬著東西，何世蓮上前問道：「你家少奶奶呢？」

「老爺和夫人回來了，正在裡面回話呢。」

何田田一聽，總算明白為什麼何嬌娘沒有出現了。正想著要不要利用這機會讓張地主知道何嬌娘的所作所為，但又不確定張地主會在外人面前落她的臉，畢竟現在何嬌娘是張家人。

此時，張家的正廳裡，張地主正怒火沖天地看著何嬌娘。

「叫妳每天照顧好金寶，妳就是給我這樣照顧的？一大早就一個人在外面，要不是我們回來得早，那人都要丟了。何氏，當初可是妳自己要嫁進來的，妳要是不想待在這裡，早點給我滾！」

「爹，我不是故意的，再也沒有下次了，我這些天都把少爺照顧得很好，早上只是一時沒有注意到，少爺就跑出去了。」

何嬌娘嚇得臉都沒有了血色，哭著求饒。

何嬌娘生得本就比村裡一般女子好，加上在張地主家這些日子，每天就守著張少爺，沒有出去風吹日曬，皮膚也白皙。

這麼一哭，嬌嬌弱弱，如梨花帶雨，美豔動人。

要是一般男人看了，那肯定憐惜不已，可落在張地主眼裡，卻是更加擔心。就他那傻兒子，要是自己哪天走了，這女人能在這個家安分守己嗎？

看來當日就不該看在她的時辰對得上的分上讓她進門。

何嬌娘見張地主看著她，那眼神越來越嚴厲，甚至還有些厭惡，大氣都不敢出，就怕真惹惱了他而被趕出張家。

何田田正想找張地主，看能不能把地佃給何大伯，就見張家那傻少爺興沖沖地跑了過來。「花花，花花。」

何田田想著跟他打好交道，方便跟張地主求情，再加上確實答應過帶他去摘花，便對何世蓮和張家的下人道：「我帶張少爺去外面摘花，一會兒就回來。」

張少爺身邊的丫頭一聽，連連擺手，說是得請示過張地主才行。

何田田也知道他的特殊情況，讓小丫頭去請示，自己在那兒耐心地哄著張少爺。

張地主聽了小丫頭的話，沈思了一下，起身走了出來，路過何嬌娘時，還給她一個警告的眼神。

何嬌娘在聽到何田田要帶金寶出去玩時，立刻慌了神，現在見張地主要親自出去見何田田，更顯六神無主。

張地主出來，就見何田田不知道跟金寶說了什麼，逗得他哈哈大笑，還一個勁兒地鬧著再要，何田田眉宇間沒有一點不耐，而是又做了一次。

張地主站在那裡，心情複雜地看著她。要是當時他大方一點，是不是現在會不一樣了呢？

陳小郎本也一直在看何田田玩，忽然感覺到有人在看他們，抬起頭就見張地主站在那兒，便拉了拉何田田。

何田田疑惑地看著他，陳小郎示意她一眼，這時張地主已經朝他們走了過來，何田田連忙站直。

張少爺一見張地主來了，歡喜地迎了過去，獻寶一樣叫了起來。

張地主慈愛地摸了摸他的頭，然後朝何田田看去，發現她沒像旁人一樣的眼神，而是很平常地站在那兒。

「花花，花花。」

獻寶完的張少爺又跑到何田田面前，重複念叨著。

何田田小聲道：「我去跟你爹商量、商量，他若同意，我們就走。」

張少爺聽了，乖乖站到一旁。

張地主心裡有了主意，不等何田田開口就說道：「既然金寶喜歡妳，那妳就陪他好好玩。」

對張地主毫不客氣的態度，何田田沒放在心上，一是自己答應了陪張少爺，二是自己還要求人辦事。

何田田並不是那種寧折不彎的人，她很識時務，心裡對發家致富的想法也更強烈了，在這鄉下，有錢有地就是權勢。

何田田帶著張少爺來到野外，陳小郎二話不說跟在後面，何世蓮覺得無趣地坐在張家屋外等，同行的還有張家的小丫頭。

一開始何田田打算玩一會兒就回去，結果看著野外花紅柳綠，跟著張少爺摘著那不知名的野花，竟發現也很有趣，不知不覺玩到中午，還是陳小郎提醒才打道回府。

一回張府，張地主接過張少爺手中的花，便打發小丫頭帶他下去清洗了。

張少爺走的時候還戀戀不捨，直到張地主答應以後再讓他跟何田田去玩，才歡喜地離開了。

「你們的來意我已經知道了。」不等何田田開口，張地主就道：「你們何家要種我的地也不是不行，不過得答應我的要求。」

「不知道張老爺有什麼要求？」何田田緊握著拳頭問道。

她真是不喜歡這種受制於人的感覺，她發誓僅此一次，還不信她一個活了兩世的人，在這裡還不能掙些家業了！

「妳每個月得陪我兒子兩天，帶他去外面玩。」

何田田聽了，不由得有些感動。不管這張地主為人怎麼樣，可他絕對是位好父親。

何田田答應了下來，比起去跟何三嫂下跪，這已經好很多了，尤其是跟張少爺玩過一上午後，她發現玩起來還挺開心的。

事情解決了，何田田自然不久留，家人還不知道擔心成什麼樣呢。約定好時間就離開了張家。

等他們一走，張地主又讓人去把何嬌娘叫了出來。

「爹，您找我？」

何嬌娘心虛膽怯地站在那兒，忐忑不安。

「妳這次自作主張我就不追究了，但是限妳今年懷上孩子，要是到明年這個時候沒懷上，那就給我滾。」

何嬌娘唯唯諾諾地應了下來，回到房間，氣急敗壞地想摔東西，又想到要是讓張地主知道了的後果，便又住了手。

想到要跟那傻子做親密的事就覺得噁心，而這一切都是因為何田田，要不是她，她就不可能因為太興奮而忘了照顧那傻子，更不會被逼著生孩子……

何嬌娘忽然笑了起來，那笑容充滿了算計。

何田田離開張家就急急地朝家裡走，還不知道何家人在家裡會怎麼著急呢。

果然不出她所料，剛到路口就見何大伯等人在那兒東張西望，他們的身影剛出現，就跑著迎上前。

「田田，怎麼去那麼久，急死人了，妳真要去何三家？」方氏喘著粗氣，焦急問道。

「大伯母，不去了，剛巧張地主回來，事情已經解決了，我也不用去何三哥家了，這下都放心了。」何田田忙上前笑著解釋道。

方氏不放心地看向後面的何世蓮，見他點頭，才放心地拍著胸口。「那就好、那就好。」

說完硬是拉著何田田去家裡吃飯，何田田想著家裡不寬裕，弄一頓飯又花錢，再加上要養魚，家裡一大堆事，自然不肯去。

「什麼事那麼急？妳看這都飯點了。世仁，你去把你三叔他們請過來，一起吃。」方氏拽住她硬是不讓她走，臉色也拉了下來。

見方氏有些生氣，何田田只得順從地跟著她，轉眼想到了主意，便跟著他們回了老屋。

何大伯和二伯兩兄弟共生有八個兒女，都是兩兒兩女，大伯家的世仁、世林和二伯家的世春都已經成親了，二伯家最小的世良還沒成親。

何世仁已經有了四歲的長子何瑞柏，如今媳婦兒的肚子裡又有了。

何世林家的何瑞松兩歲，世春家的是個女孩，已經三歲了，叫做何迎冰，是個很水靈的孩子，只是很瘦小。

何田田以前每次來都是匆匆忙忙的，有時他們都去忙了，都沒有全部見過，這次都在家，也就都認了一遍。

大伯和二伯家的女兒都比男孩子小，最大的就是何靈靈，接下來還有大伯家的何巧巧，二伯家的何蕭蕭和何依依，年紀相差不過一、兩年，長相都不錯，幹活也都不賴。

很快地，何老爹和林氏一前一後走了進來，就連戴氏和水伢子都來了，雖然已經從何世仁口中知道何田田沒有怎麼樣，卻還是擔心地上下打量，見她確實沒事，才笑著跟方氏他們聊起來。

這樣一家人全聚在一塊兒了，看著說笑的大家，何田田很佩服古人的生育能力，這還是平安長大的，一般夭折的還會多些。

方氏和謝氏帶著媳婦們很快就弄出了一桌飯菜，大都是些家裡的素菜，葷菜就是一大盆的魚。

見有魚，何田田很意外，她吃的時候特意品嚐了一下，覺得這魚的肉質細膩，味道清甜，湯白如牛乳，濃而鮮，很是美味。

何田田對養魚的信心更盛了，看來這裡的水質很好，適合養魚。想到這兒，她笑著問道：「這魚好吃，是從河裡抓的嗎？」

「是呀，昨晚妳大哥、二哥一起去河裡抓的，河裡的魚多，就是水深又急，不敢去抓，也是運氣好，才抓到這麼大條的。」方氏笑著回道。

何田田點點頭，看來村人要是想吃魚，只有去河裡撈。

吃完飯，何田田就把幾位兄弟叫到一旁，把自己想養魚的想法跟他們說。

何世蓮對何田田那是絕對地信服，一聽她想養魚，想也不想就只問她需不需要幫忙？

倒是何世仁的年紀大一些，性格也沈穩很多，沈思了一會兒才問道：「這魚怕是沒有那麼好養吧？要不妳看我們這幾個村，沒聽說誰家特意養魚的。再說妳養了也沒有人買呀，鄉裡人要吃就去河裡抓，誰捨得這個錢呀？」

何世春也在一旁點頭，看來是持反對意見的。

倒是最小的何世良站起來道：「我覺得這點子不錯，沒人養魚，並不代表那魚不能養，反正那些沼澤地荒廢在那兒，也不能種地，拿來試試挺好的。」

「你懂什麼？哪有那麼容易，養魚總要有魚苗吧，還有那魚吃什麼？」何世仁生氣地道。

他們的話倒是讓何田田更加了解這些兄弟了，都是有想法的人，可惜沒讀過什麼書，又習慣這種面朝黃土、背朝天的日子，膽子不夠大。

「不管怎樣，我都決定試試。魚苗的話，還得麻煩幾位哥哥，看能不能在那河裡幫著撈些小魚回來？」何田田堅定地道。

何世仁還想勸，可看著何田田已經不容商量的樣子，話到嘴邊又嚥了下去。「既然這樣，這事就交給我們。還有別的要幫忙的嗎？」

何田田見狀，不由笑了。她就喜歡何家人這一點，就算心裡不贊成，但關鍵時刻卻不會扯後腿。

她已經仔細想過了，那蓮藕想種成只怕沒有一、兩年是不行的。但魚的週期比較短，餵養得好，一、兩年那魚就長大了。

她準備這一、兩年多養些魚，那就得挖些魚塘，這就需要人力了，因此何世仁這一問正中她心意。

「還真得麻煩幾位哥哥，等春耕完，還得請幾位哥哥過來幫忙挖些魚塘。」何田田笑道。

何世仁一聽，馬上就答應了。

何田田見事情解決了，便打算回去，這次他們沒有再挽留，只有林氏拉著她的手叮囑了半天。

不管何田田說什麼，陳小郎都默默站在一旁。何家人見他這樣，也都對他沒了畏懼感，有時還能上前跟他聊上幾句了。

走在路上，陳小郎看著何田田，幾次想開口，卻又都嚥了下去。

何田田一直在思考，她還需要準備些什麼？那魚得怎麼養？自然就沒有注意到他的表情。

回到家，餵過雞鴨，何田田就回到屋裡，拿起筆畫起了圖。

她想先挖兩口池塘，按記憶中的樣子畫了出來，還把一些進出水的地方標記了下，這樣方便以後管理。

陳小郎見她畫畫、記記的，站在她旁邊看了好一會兒，終於問道：「妳真要養魚？」

何田田抬起頭。「當然是真的。難道你不贊成？」

自從她說要養魚，陳小郎一直沒有發表過意見，再說陳錦書來找她，他也沒有反對，她便一直以為他是贊成的，難道現在他又不同意她養了？

何田田的眉頭不由皺了起來，想著要找什麼理由來說服他？

陳小郎一見她不高興的樣子，忙擺了擺手。「我一直以為妳只是說說，這魚可不好養，以前我跟爹出去時，在外地也看別人養過，不過沒養成，都死掉了。」

何田田明白他的擔心，畢竟做什麼都有風險，養魚自然也不例外，要是生了病，一池的魚都會死光，可她也不能因為害怕就什麼都不做。

陳小郎見自己說了這話也打擊不到她，便又陷入沈默。到了第二天，就對她道：「妳不是要挖魚塘嗎？準備在哪兒挖？」

何田田頓時眉開眼笑，把門關好，拉著他就朝沼澤地走去。

「你看這一塊怎麼樣？我觀察很多天了，這裡有股水下來，而這裡兩旁又有堤，不用再堆堤，地勢也比較高一點，這樣不用擔心下雨那魚跑掉。」何田田指著靠近小山的那塊沼澤地對陳小郎道。

陳小郎按她說的看去，點了點頭。他沒有養過魚，不知道怎麼弄，既然她這麼說，就按她說的做就行。

他二話不說捲起褲管就準備下去，何田田忙拉住他。「你把那泥土朝那塊平地上堆，以後會用到。」

這些沼澤地的泥很肥，可以挑到田裡去當肥料，畢竟現在這裡可沒有什麼化肥，都是人工肥，光一家人的肥料哪夠？

陳小郎不知道她的打算，可還是照著她的話去做。

何田田越來越習慣這樣的陳小郎，覺得話少點也沒有什麼不好，起碼吵不起來。

沼澤地挖起來比較累人，它的泥多又深，好在陳小郎人高又壯，堆泥土的地方又近，才沒有那麼累。

何田田看著他在那裡賣力幹活，認真的男人尤其性感，心急速跳了起來，她忙低下頭來，暗罵了聲「花癡」。

突然，何田田眼睛一亮，驚喜地叫了起來。

「那是不是泥鰍？抓住牠！」

陳小郎雙手朝那濺著水花的地方一棒，一條肥碩的泥鰍就在那裡蠕動個不停，何田田跑回家拿了一個桶子出來，陳小郎不時又抓上一條泥鰍。

何田田把牠們倒入一口水缸中，打算讓牠們吐掉一些泥土，就弄上桌好好吃上一頓。

陳小郎的做事能力真不是一般的強，一個人按何田田的要求挖出了一口池塘，而這裡的水源足，剛挖好，那水也浸得差不多了。何田田特意去看了那透明度，很是滿意，現在最要緊的就是魚苗了。

何田田準備明天去荷花村看看，春耕應該差不多了，也能空下手幫著撈小魚了。

晚上，外面淅淅瀝瀝的下起了雨，早上起來，外面霧濛濛一片，何田田出去的事只得暫時擱下。

「陳小嫂子，在家嗎？」

忽然外面傳來了叫聲。

陳小郎和何田田互看了一眼，接著陳小郎便轉身去開門，何田田還在想是誰，沒想到竟是鎮上那酒樓的掌櫃。

「小嫂子，可找到妳了！」掌櫃的抖了抖木屐上的泥土，感嘆道。

何田田忙請他進屋，端上茶水。掌櫃的打量了下房子，才開口說明來意。

「小嫂子，妳家那鴨子還有嗎？」

「還有幾隻。」

何田田沒想到他還真上門來買鴨子了，自陳錦仁答應把鴨子帶去城裡賣，她就沒有再拿到鎮上了，恰巧是春耕，他又還沒來得及去城裡，那鴨子自然就還沒賣掉。

「那就好。」掌櫃的明顯鬆了一口氣。「我想把妳家的鴨子都買下來，妳看多少錢？」

「按掌櫃的上次說的價錢就行。」何田田向陳錦仁打聽過了，上次這掌櫃的給的價格挺公道，跟荷花城差不了多少。

陳小郎去抓鴨子，何田田便跟掌櫃的聊了起來。原來上次吃過那鴨子的貴客又到了他的店裡，指定要吃跟那天一樣的鴨肉，這可讓掌櫃的為難了，讓伙計去鎮上找了一圈，沒有找到他們，只得找上門來了。

「妳家裡還有多少鴨子？」掌櫃的好奇地問。

「還有二十多隻，不過現在不準備賣，想留下來生蛋，到時候孵些小鴨養。」

掌櫃的聽得直點頭。「妳家那鴨子味道比別人家的好，可惜這鄉下沒有多少人吃得起，要是送去城裡，應該不愁賣。」

陳小郎提著三隻鴨子進來了，掌櫃的一看，忙從懷裡掏出幾串錢放在桌上，提著鴨子就又衝進大雨中。

何田田數了數，竟比上次還多了五十個錢，想來那貴客給他的價格不低，不過她覺得這掌櫃的很不錯，生意做得很地道。

到了下午，雨總算慢慢停了，鴨子歡喜地在水中嬉戲著，不時傳來叫聲。旁邊的荷葉上滾動著水珠，微風吹過，輕輕蕩漾。

何田田深吁一口氣，想像著以後這些沼澤地都種上了蓮藕，到了夏天，那荷花盛開的情景，嘴角的笑容不禁越來越大。

「田田，妳站在那兒幹麼呢？」

何田田想得正入神，後面就傳來何世蓮的聲音。

「哥，你怎麼來了？」何田田轉過身，驚訝地問道。這雨才剛停，他肯定是冒雨過來的。

「妳快過來看看，這些怎麼樣？」

何田田探過頭看向他身邊的桶子。

「這些都是你抓的？」

那桶裡密密麻麻的都是小魚，何田田能認出幾種常見的——草魚、鯽魚、鯉魚，其他的就不認識了。

可這些已經足以讓她驚喜了，這幾種魚是最好養的，也是最常見的，她忙回家拿出一個盆子，把這三種魚挑了出來，準備放進那個挖好的池塘裡。

至於其他小魚，準備先養一段時間看看是什麼魚再打算。

「這些怎麼樣？要是可以，我回去就讓他們再多抓些，這雨剛停，最好抓了。」何世蓮見何田田慢吞吞地在那裡挑挑揀揀，急急問道。

何田田聽了，手一停，站起來道：「這樣的魚都可以。」

何世蓮聽完轉身就要回去，何田田忙跑進屋拿了一包乾泥鰍出來，讓他帶回家吃。

第二天，何世蓮跟幾個堂哥一塊兒過來了，他們肩上都扛著鋤頭，一看架勢就知道來幹活的，手中還提著幾個桶子。

何田田接過一看，裝著的都是小魚。

何家兄弟跟陳小郎下了沼澤地，何田田便把魚種挑了出來，最後數了數，那三種魚都有五、六百尾了，她準備今年養這些就好。

人多力量大，只花了三天，另一口池塘就完工了，同樣收穫了一大桶的泥鰍、黃鱔。何田田讓他們帶了一些回去，其他的則烘乾，想吃時再吃。

魚放進了池塘裡，何田田又多了件事，那就是每天去觀察魚的情況，並摘些嫩草丟進去。

剛開始幾天，魚塘裡的動靜很少，不過偶爾見一條小魚游過。慢慢地，就見牠們一群群游來，尤其是她把草往池塘裡丟的時候。

忙碌中，時間過得飛快，家裡的鴨子也開始下起了蛋，每天都能撿到十幾顆鴨蛋，雞也開始咯咯叫。

何田田除了留下種蛋，其他的都收拾好，準備送去鎮上賣。

「田田，張地主讓我把他送過來，說是要出去一趟，等回來了再來接他。」

這天，何田田看著站在何世蓮旁邊的張家傻子，有些頭痛。

每隔半個月，何田田就去陪他一天，她發現這張家傻少爺只要有人陪他玩，那就是很乖的。可要是沒有人，那他就會亂跑，而一見到她，他誰也不要，整天都纏著她，就連她上茅房，他也要站在外面。

每到這個時候，何田田就非常能感受到陳小郎的怨氣，雖然他一樣站在那兒沒有說話，但感覺就是不一樣，尤其一到晚上，那就是直接表現出了，動作都比平時激烈，到第二天她都腰痠腿疼的。

何田田便有些不明白，對於一個傻子，他怎麼也那麼小心眼？不過她現在格外注意，不會讓張少爺靠得太近。

「還沒到約定的時間，怎麼就把他送來了？再說張地主要出去，家裡不是還有何嬌娘嗎？」何田田真有些弄不懂張地主的想法。

「誰知道呢？他把人丟在那兒就走了，就讓這個丫頭跟著，我問她半天，什麼也不肯說。」

何世蓮也是一臉不解，看那時候的樣子，張地主確實有急事，要不以他寶貝這張少爺的性格，怎會就那樣把他丟在自己面前？

張少爺一見到何田田，樂得嘴都合不攏，指著草叢中的野花，硬是要去摘。

何田田實在想不明白，他一個男人怎麼會那麼喜歡花，而且特別鍾愛黃色的小花？

何田田陪他摘了一束花便哄著他進屋，那張少爺頭一次來到她家，見什麼都很新鮮，這裡看看、那裡摸摸。

何世蓮見了，便道：「既然人送到了，那我先回去了，張地主要我帶來的東西我放在廚房裡了。」

何田田知道家裡忙也沒留他，只是摘了些菜讓他帶回去。

張地主想得倒是周全，米都送來了，還有一些肉，連糕點也有，而且看著分量還不少，看來對他兒子還是很大方的。

就這樣，他們家裡多了一口人，也熱鬧了許多，不時就雞飛狗跳的。

「我準備出去找事做。」

這天，陳小郎從陳二叔家回來後，認真說道。

「做什麼事？去哪兒做？」何田田意外地看著他。就他這性格，能找什麼事？

陳小郎沈默不語。

何田田其實也急，手中的錢已經快用完了，而魚和蓮藕也不是一下子就能賺到錢的生意。她這幾天都在想該怎麼立刻生出錢，沒想到他倒先提了出來。

「行，只要不上山打獵，你想做什麼就去吧。」

何田田最終敗下陣來，他雖然一句話也沒說，但她就是知道他已經下定了決心，肯定會執意去做。

再說，現在家裡也沒什麼事，讓一個大男人整日待著確實也不好，出去看看也好。

見何田田同意，陳小郎的心情明顯好了些，到處看了看，把需要做的都弄好了。

最後，陳小郎停在跟小黑玩得正起勁的張少爺面前，問道：「他怎麼辦？」

這話問的，她怎麼知道要怎麼辦？

這麼多天了，張地主就像消失了一樣，把人丟在這兒不管不顧，但又不能送他回去，一提到要送他回去，那小丫頭的頭就搖得比博浪鼓還厲害，說是一定得等張地主來接才能回去。

陳小郎揹著簡單的行李出去了，何田田每天忙著養鴨、養魚，不時觀察蓮藕，順帶還得哄哄張少爺，日子倒是過得很充實。美中不足的是晚上一個人睡很不習慣，這時候她就會想念那個平時一聲不吭的人。

這天，何田田如往常一樣早早起來，給菜園的菜澆了水，然後帶著張少爺趕著鴨子去沼澤地，就見到一個意想不到的人站在門外。

何田田站在門口看著眼前的錢氏，一副失魂落魄的樣子，完全沒有往日的氣勢，臉色蒼白，眼睛紅腫，看向她的眼神中，帶著幾分不甘與倔強。

何田田沒理會她，自顧自關上門，張少爺已經迫不及待地趕著鴨子朝前走了，小黑則警戒地看著錢氏。

眼看何田田就要離開了，錢氏終於出了聲。

「站住，妳去哪兒？」

何田田不由冷笑。

這人真是狗改不了吃屎，都這個樣子了，說出的話還是那樣盛氣凌人。對於這樣的人，她實在無話可說，根本不想理會，直接往前走。

錢氏見何田田不理她，不由得又氣又急，幾步跑上前，攔在何田田的面前。「妳去哪兒，沒看到我這麼大一個人嗎？不准走。」

「我去哪兒不需要向妳稟報吧？倒是妳，跑到這裡來幹麼？」何田田不耐地道，真是沒見過這麼無理的人。

「何氏，妳不要以為分了家就可以為所欲為，我可是妳的大嫂！」錢氏氣急敗壞地叫道。

「哦，大嫂，有何貴幹？」何田田冷漠地道。這時候來稱老大，還真是可笑，分家的時候她可說過，以後兩家互不相干。

錢氏被何田田這種油鹽不進的態度惹急了，乾脆坐在地上大哭起來。

何田田有些傻眼。看來這錢氏真是遇到大事了，要不以她那麼要強的人，怎麼可能做出這麼出格的事？

一時之間，何田田走也不是，留在這兒也不是，張少爺聽到哭聲跑了過來，圍著錢氏好奇地看著。

錢氏睜開眼看到張少爺，怒從心來，朝他就是一推。「傻子，離我遠一點！」

何田田見了，對她剛升起的一點同情心馬上消失。這人真是無可救藥了。

她讓小丫頭把張少爺拉過來，冷冷道：「有事就說，沒事就快走，這裡不歡迎妳。」

也不知道是因為大哭後，錢氏終於恢復冷靜還是怎麼的，一個翻身爬了起來，拍了拍屁股，神氣地看著何田田，撇了撇嘴。「就這麼個破地方，妳以為我想來呀！」

說完頭也不回地走了，留下何田田一頭霧水地看著她一扭一扭地離開。

錢氏來去如一陣風，何田田完全沒放在心上，沒想到第二天下午，陳二嬸過來了，還帶來一個勁爆的消息——

原來馮氏有了身孕，難怪錢氏那麼失態。

「聽說陳大郎可寶貝馮氏呢，她要啥都買，連錢氏房中的一柄玉如意都到了馮氏的房裡，聽說那個對胎兒好。」陳二嬸一副看好戲的樣子。

「錢氏就任由她那樣拿走？」何田田不相信錢氏是那麼好惹的，會乖乖交出來。

陳二嬸一聽，哈哈大笑起來。「還是妳了解她。聽說為了那枚玉如意，可鬧到妳婆婆面前去了，妳那婆婆現在越發看不明白了，竟偏向馮氏，直接讓錢氏把玉如意拿出來。」

何田田聽了，也覺得不可思議。

以梅氏平時的為人，應該不會直接落錢氏的面子，難道是看在馮氏有孕的分上？還是發生了什麼他們不知道的事？

何田田不喜歡聽他們的事，便向她打聽陳小郎的事，把話題轉移開來。

陳二嬸見她問起陳小郎，嘆了一口氣，想著陳員外在，陳小郎怎麼也是陳家的二少爺，雖然每天都去莊園，可也是在管事，還輪不到他幹活。可現在呢？為了生活，竟要跑到城裡去做苦力賺錢，真是難為他了。

何田田只知陳小郎要去幹活，完全不知道他去做什麼活，見陳二嬸一臉惋惜，心中有了不妙的預感。

「二嬸，小郎跟你們說了要去做什麼嗎？他跟我只說要去城裡幹活，至於做什麼則沒說。」

陳二嬸笑了笑。「說是去給人家當帳房，小郎能寫會算的，想來沒什麼問題。」

陳小郎可是叮囑過他們，不能跟何田田說真話，難為他平時半天都吐不出一句話，那天硬是重複交代了好幾遍。

何田田聽了她的話，總算放下了心。

別的不知道，書寫、算數確實難不倒他，要不是因為他那長相，說不定做生意，陳大郎還比不上他呢。

兩人說了一會兒話，陳二嬸忽然道：「聽說妳在養魚了？那魚真能養？帶我去看看吧。」

何田田笑了笑沒說話，領著她去魚塘走了一圈，順手摘了旁邊一些嫩草丟進池塘裡，一會兒魚就冒出頭來吃。

陳二嬸覺得很驚奇，沒想到這魚真能養，而且看起來養得還不錯。

「這又是什麼，長得這麼好？」陳二嬸指著一旁的荷葉，問道。

何田田微微一笑。「二嬸您猜猜？」

陳二嬸看了半天，硬是沒看出什麼名堂來，最後無奈地搖頭道：「這東西還真沒見過，不過長得挺好看，要是能開花那就更美了。」

「噗哧！」何田田不由笑了起來。「再過一個多月，您再過來看，到時保證讓您看不夠。」

「這東西還真能開花呀？妳這麼一說我可好奇了，到時可一定得叫我來看看。」陳二嬸更是驚奇了。

何田田點點頭。「這是荷葉，到時開出來的自然就是荷花了，等結了果那就是蓮子，那莖就是蓮藕了。」

「這就是荷花？妳怎麼種出來的？」

何田田只說是在書上看到的，那蓮子還是陳員外帶回來的。

陳二嬸聽了，連連點頭。「妳倒是個能幹的，我們這荷花鎮光有名，沒有實物，沒想到竟有一天能親眼看到，要是妳真能種出來，那妳爹分給你們這塊地也算值得了。」

陳二嬸又叮囑了半天，這才坐上牛車回去，並交代她有什麼事一定要去找他們。

送走陳二嬸，何田田看著那長勢不錯的荷葉，忽然想到一個點子——用荷葉煮飯很好吃。

以前在街上，經常能看到荷葉雞、荷葉飯之類的，用荷葉煮過的飯和雞，留著荷葉的清香，帶著清爽的口感，非常誘人。

何田田越想越覺得口水都要流出來了，她拿出剪刀剪下幾片荷葉，準備早上就弄荷葉飯吃。

何田田先把米泡在盆裡，再看了看家裡有什麼菜。她把張地主帶來的肉做成了醃肉，還有一塊，加上一些菜乾，以及上次何世蓮送來的野生蘑菇，家裡能用的就這些了。

何田田把肉切成丁，把菜乾、蘑菇都泡開，一聽說她要弄好吃的，張少爺帶著小黑一直圍著她轉，小丫頭也不停地問這問那，很是好奇的樣子。

用開水燙過荷葉，何田田把泡好的米包起來放進鍋裡蒸，大約一刻鐘就可以了，接著再把切好的肉、菜乾和蘑菇放在一起炒，最後放些油、鹽。

把蒸好的飯放入到炒得差不多的菜中接著翻炒幾下，把荷葉攤平，把炒好的飯菜放入荷葉中包好，重新放到鍋中蒸，大約一刻鐘，荷葉飯就完成了。

何田田在蒸的時候，那荷葉的清香和肉菜的香味從鍋中飄了出來，引得張少爺朝她直叫。何田田好笑地看著他又蹦又跳的樣子，真真像個小孩子。

「怎麼那麼香，這何氏在做什麼？」

張地主連家都沒回，直接就到陳小郎家。他出門在外，最擔心的就是他這兒子了，沒想到遠遠的就聞到了一股香味。

何田田把荷葉飯端出來放涼，張少爺緊張地坐在桌前，要不是何田田說現在還不能吃，只怕他早就抓起來塞進嘴裡了。

突然，何田田聽到外面傳來敲門聲，邊朝外走邊問道：「誰呀？」

「開門，我家老爺來接少爺回家了。」張家的車夫答道。

何田田一聽，不由加快了腳步。這張地主終於來了，他再不來，她都要把那張家少爺趕回去了。雖說他是個傻子，但要是久了，總會傳出些閒言閒語，她可不想聽那些。

聽到張地主的聲音，張少爺飛也似地跑了出來，拉著他就要朝屋裡走。張地主緊張地打量著兒子，發現竟比在家時還要胖了些，看來這何氏把兒子照顧得很好，暗暗慶幸當時做對了決定。

「爹、爹，吃。」張少爺拉著張地主坐在桌前，指著那荷葉飯，急切地道。

張地主雖然不知道裡面是什麼，但陣陣香味從中傳了出來，再加上張少爺那焦急的樣子，毫不遲疑地打開了荷葉，只見裡面竟是一粒粒晶瑩的米飯，中間還有一些肉和菜。

他迫不及待咬上一口，飯粒軟潤，伴著一股奇特的清香，十分美味，這是他吃過最好吃的飯。

「這是妳做的？」張地主詫異地看著何田田，疑惑地問。

何田田真想朝他翻白眼。不是她做的難道是他那傻兒子做的？對他這不請自來的態度很不滿，就他帶來的那點米，早被他兒子吃完了，她白給他帶人，難道還得貼糧食？

大概是感受到何田田的怨氣，張地主有些不好意思地擦了擦嘴，從懷裡掏出大約一兩重的碎銀子放在桌上。

「這幾天麻煩妳了，這算是酬謝。」

何田田看著桌上的銀子，臉色馬上好了，也沒了怨言，指著另外一包荷葉飯讓張少爺快點吃。

張少爺一聽說可以吃了，不等小丫頭剛把荷葉打開，就是一頓狼吞虎嚥，一邊還不停地說「好吃、好吃」。

「這是什麼？」張地主吃飽了，也有心情研究了，指著那荷葉問道。

何田田沒有藏私，告訴他那是荷葉。

張地主不禁驚訝。難怪她這麼爽快，這荷葉可是金貴物。只是她是從哪兒弄來的？張地主很好奇，不過沒有再問，想來肯定是陳家做生意從外面帶回來的。

等張少爺吃完，張地主就起身帶他回家，他卻不肯走，直到張地主說過幾天再送他過來，才一步一回頭地走出院子。

張少爺回去了，小丫頭也走了，家裡只剩下何田田一個人，一下子變得很冷清，她開始想念陳小郎，盼著他快點回來。

另一頭，陳小郎到了荷花城，就去找牙婆介紹營生。牙婆一看到他的外貌就直搖頭，硬是不肯介紹，陳小郎無奈，只得自己去作坊找。

找了一趟下來，都嫌棄他長相可怕，不願收留，陳小郎覺得自己想得太簡單了。在陳二叔家，雖然口中說是來做苦力，卻想著自己能寫能算，應該能找一份好營生，沒想到來到城裡，不說好的，就連苦力都沒有人要他。

幾天下來，陳小郎帶來的乾糧吃完了，口袋中只剩下幾個銅錢。他無奈地準備收拾行李回家，看來還是得跟著陳錦仁去山上才能賺到錢。

他無精打采地出了城門，不準備租車了，想著要是在路上碰到順風車就坐，沒有就走回去，省下那幾個銅錢。

誰知走了幾個時辰，硬是沒有碰到一輛車，他又累又餓又渴，便在一棵大樹下坐下來休息，吃完身上最後一個餅。

忽然，他聽到不遠處傳來斷斷續續的呻吟聲，很是痛苦的樣子。

陳小郎好奇地站了起來，循著那聲音走過去，只見一個書生模樣的男人抱著肚子，痛苦地在地上打滾。

陳小郎連忙走上前。「兄弟，你這是怎麼了？要緊嗎？」

那書生費力地睜開眼看了他一眼，然後又是一陣痛苦的聲音傳來。「救我……找大夫……」

陳小郎見那書生身旁有個包袱，忙拿了過來，揹著他就往回跑，最近的醫館在城裡。

他一口氣把書生揹進醫館，那大夫看過後，驚險地道：「幸虧送得及時，再晚一些，那就是閻王爺也救不回了。」

大夫開了藥，又吩咐小二把藥煎好，而書生這時已經有些意識不清了，大夫只能強行把藥灌下去，過了好一會兒，那書生才平穩了些。

陳小郎身上沒有錢，只得去書生的包袱裡找錢付藥費，誰知卻摸出了一個意想不到的東西，讓他大吃一驚。

那大夫看到了，連忙道：「小二，快準備上房，把病人抬過去！」

第十二章

書生到第二天早上才醒來，陳小郎就在床前坐了一晚，見他醒過來，忙上前問道：「你現在感覺怎麼樣？」

書生似乎有一瞬間的迷糊，半天才回道：「這是在哪兒？」

陳小郎拿過一個枕頭扶他半坐起來，見他臉色總算沒有那麼蒼白，才道：「這裡是醫館，你昨天太危險了，幸虧那大夫的醫術高明。」

書生聽懂了他的潛臺詞，朝他露出微笑。「謝謝你了。」

陳小郎卻被他的微笑怔住了。

書生見他半天沒說話，呆呆地看著自己，疑惑地問道：「怎麼了？」

陳小郎搖搖頭，甩掉心中的那點怪異，忙道：「沒什麼。大夫說了，等你醒來就得叫他，我現在去叫他過來。」

說完陳小郎就走出房間，跑下了樓，很快地，外面又響起了腳步聲，這次是兩種不同的聲音，想來是大夫也上來了吧。書生暗暗地想著。

大夫朝他行了禮，便熟練地探上他的脈搏，過了一會兒才道：「暫時沒事了，以後一定要注意飲食，還有，也要注意休息，要不還會疼痛的。」

書生點點頭，陳小郎把溫度適中的藥端了上來，放在他面前，示意他喝下。

書生端過來一飲而盡，大夫跟陳小郎對看了一眼，站在那兒沒有動。

書生感覺到他們的異樣，詢問地看向他們。

陳小郎推了推大夫，大夫只得上前一步，行了一個大禮。「狀元爺，實在對不起，我們不小心看到了那聖旨。」

書生這才知道他們為什麼驚慌，和顏悅色地道：「無妨，相比你們的救命之恩，這算不了什麼。」

陳小郎和大夫這才放下心中的忐忑，書生又道：「我姓金，也是這荷花城之人，三年前獨自去京城趕考，被皇上欽點為狀元，今年被派到荷花縣當縣令。我就想著先回家一趟，沒料到竟發生這事，要不是遇到兄弟，還不知道能不能保住這條命。要是兄弟不嫌棄，以後我們就以兄弟相稱吧！」

陳小郎連聲稱不敢，倒是大夫在旁道：「大人，您若真看得起這位兄弟，還不如給他安排個事做。他是來城裡找事的，因長相有些與眾不同，受到排斥，正打算回家呢！」

昨晚大夫把陳小郎都打聽清楚了，知道他是外冷心熱之人，此時不由得想幫他一把。

金縣令一聽，沈默了一會兒，開口道：「這事好說，你這些日子就跟在我身邊，等上任後再安排。」

陳小郎聽了大喜，忙朝他行了大禮。

大夫見事情解決了，勸金縣令休息一會兒，好好休養身體，其他的等病好了再說。

金縣令的身體還很虛弱，陳小郎就按大夫說的每天熬粥、煎藥。

金縣令身體一好，就讓陳小郎先回家一趟，再到荷花縣的縣衙找他。陳小郎一聽，馬不停蹄地往荷花村裡趕。

何田田一個人在家有些害怕，每天早早就關了門，讓小黑守在外面，幸虧有小黑，她才沒那麼孤單。

何田田如往常一樣，天剛黑就把雞鴨趕回籬笆內，點完了名，發現少了一隻小鴨。她孵了幾窩鴨和幾窩雞，鴨子已經出了一窩十三隻，昨天才放出去，沒想到今天就丟了一隻，她忙帶著小黑到沼澤地裡去找。

找了半天，總算在荷葉田裡聽到聲音，只是天已經黑了，根本看不到牠的蹤影，只得無奈地轉身回家。剛走到路口，就見小黑搖著尾巴朝遠處跑了過去。

她忙叫著小黑，不讓牠跑遠，誰知牠卻不顧她的叫喊，很快就跑得不見蹤影。何田田急得聲音都變了，正想追過去，就見小黑又搖著尾巴跑了回來。

何田田忙走過去，卻在幾步後停住了，小黑後面竟還跟著個人，而那人正是她這些天日夜牽掛的男人。

陳小郎幾步就走到了何田田面前，大手搓了搓，喃喃道：「田田，我回來了。」

何田田很開心，上前親密地挽著他的手朝屋裡走去。陳小郎的身體一僵，她這樣的親近很出乎他的意外，卻抑制不住心中的喜悅。

何田田讓陳小郎去清洗，自己忙著給他準備吃的。家裡沒有肉了，就做了幾個荷包蛋，再加上一些青菜。

陳小郎已經幾天沒吃到熱飯了，前幾天每天吃乾糧，後來碰到金縣令後，每天就陪著他吃粥。他聞到熟悉的飯菜香，肚子咕嚕叫了起來，拿起筷子狼吞虎嚥。

何田田心疼地看著他吃飯的樣子，想來肯定在外面吃了不少苦，對陳二嬸說的去做帳房有了深深的懷疑，準備等一下好好問一問。

陳小郎吃飽喝足，看著何田田一臉擔心地看著自己，大手一伸，把她摟進懷裡，舒服地吁了一口氣。

還是家裡好，要不是為了她，真不想出去了。

何田田躺在陳小郎的懷裡，手在他的胸口打著轉，輕聲問道：「你這些天在做什麼？」

陳小郎不想她擔心，自然不會把開頭的那些事告訴她，只把怎麼遇到金縣令、並讓自己留在他身邊的事說了。

何田田一聽到他出去一趟竟認識了縣令，不由感嘆他的好命，不過對他留在縣衙很是不看好。第一，他的話太少了，又不夠圓滑，那樣的地方需要的是八面玲瓏之人。還有一點，他的長相太與眾不同了，讓他去當個護院之類的可能還差不多。

當然，這些何田田並沒有說出來，從他剛才的話語中，對於能跟在金縣令身邊是很開心的，如果這時候她潑冷水那就太無情了，再說也許會有奇蹟出現呢。

陳小郎在家待了三天，就又要打包去縣城了。這次他特意又去陳二叔家弄了一條狗，這狗可不像小黑，一看就是凶猛的，何田田都不敢靠近牠，而牠也只冷冷看了何田田一眼，就在院門口趴下，警惕地看著外面，只要有一點動靜，牠馬上豎起兩隻耳朵，一雙眼睛閃過凶光。

陳小郎到了縣衙，金縣令已經上任了，想來已經跟人打過招呼，他一到，就有人帶他進去。

再次看到金縣令，莊重的官袍、不苟言笑的表情，給陳小郎的感覺完全不同，忙恭敬地見了禮。

金縣令對他的態度與常人無異，淡淡地帶有距離感，這讓一直興奮的陳小郎備受打擊。見過禮後，金縣令就讓人帶他下去，自己則跟一些幕僚商議事情。

何田田送走了陳小郎，想到很多日子沒回荷花村了，便準備回家看看。

回到何家時，家裡只有林氏和水伢子在家，林氏一見到她，就朝她的身後看，見陳小郎沒來，投給她一個疑問的眼神。

林氏聽說陳小郎去了縣城，滿是擔心，主要是何田田他們現在住的那個地方很偏僻，要真發生什麼事，那真是叫天天不應、叫地地不靈。

何田田忙安慰道：「您就放心吧，我那地方能有啥事？家裡養著兩條狗，安全著呢！」

「唉，實在是現在家裡離不了人，要不我跟妳去住一段時間，總比妳一個人在家的好。」何田田的話根本無法讓林氏釋懷，擔心地道。

何田田乾脆逗起了水伢子，不再糾結這個問題。現在家裡那麼忙，林氏要看家、帶孩子，哪有空去陪自己？多想無益，不如不想。

水伢子已經九個月了，正是充滿好奇的時候，老把自己的手指塞進嘴裡吸，看到生人也不害怕，瞪著一雙圓滾滾的大眼到處看，有時還會朝你嘿嘿幾聲，有時看你笑他也跟著笑，露出粉紅色的牙床，可愛極了。

何田田本就很喜歡孩子，對水伢子那就更不同，自然疼愛極了，林氏看了，不由得朝她的小腹看去，微微皺起眉頭。

怎麼嫁去陳家這麼久了，還是沒動靜呢？

何田田完全不知道林氏的想法，想著上次方氏在為何靈靈相親的事，好奇地問道：「娘，靈靈的親事定了嗎？」

「妳大伯母正在相看，屬意的有兩家，一家條件好些，但是兒子多；另一家條件沒那麼好，好就好在只有一個男孩，有四個姊姊，聽說姊姊都嫁得不錯。」

「那靈靈中意哪家？」

「也是左右搖擺呢。妳大伯母的意思是等忙過這輪，想辦法去村裡探探消息再決定。」

林氏有些歉意地看著何田田，她都沒有相看就定下了人家。

何田田現在覺得陳小郎並不比任何男人差，所以根本沒放在心上。

母女倆又說了些閒話，見快到正午了，林氏開始忙著做飯，何田田便把水伢子朝旁邊的蓆子上一放，也跟著幫忙。

很快地，何老爹和何世蓮他們回來了，見到何田田，自然又是一番親熱。

下午，林氏不放心何田田，讓她趁早回去，免得晚了出事。何田田想著家裡的雞鴨，也就沒有久留，走出了何家。

她走在荷花村的村道上，忽然從後面傳來陰陽怪氣的聲音。

「這不是何田田嗎？怎麼不見陳小郎？」

何田田回頭一看，見何嬌娘被兩個丫頭扶著，慢慢地朝她走來，看向她的眼神很是得意。

何田田疑惑地看著她。這是什麼架子？出個門竟「左擁右抱」，一副春風得意的樣子，看來在張家的日子過得不錯呀。

見何田田看向她，何嬌娘故意把肚子一挺，示威地看著她，好似很了不起一樣。

何田田滿頭黑線，不明白她這什麼意思，見她這樣，想也知道肯定是懷孕了，可她懷孕與自己何干？自己又不是張地主或張傻子。

「何田田，妳可是比我們家嬌娘還早嫁人呢，我家嬌娘已經懷上了張少爺的孩子了，妳呢？不會還沒動靜吧？」

隨著何三嫂的話，一旁幾位村裡的婦人都朝她的小腹看去，那眼神含著明顯的幸災樂禍，甚至還有人笑道：「誰不知道我們村裡最能幹的就是嬌娘，就連生孩子都比別人搶先一步。」

「就是，何三嫂，妳是個有福的，現在嬌娘是張家的少奶奶，等孩子一出生，就成了少夫人，以後妳可不用愁了。」

「妳們看看，這嬌娘的懷相像不像個男孩？我懷我兒子的時候就跟她現在一模一樣。」

「別說，看著這樣子還真像，看來一定是位小少爺！」

旁邊幾位婦人七嘴八舌地議論起來，何田田看著何嬌娘與往常並沒有不一樣的姿勢，真真非常佩服這些拍馬屁的人，這胚胎都還沒形成，她們就能看出是男是女，還真是厲害。

何嬌娘得意洋洋地看著何田田，手不停摸著那平坦的小腹，兩旁的小丫頭緊張地扶著她，一臉擔心。

何嬌娘很是享受這樣的待遇，可看著一臉平靜的何田田，不知道為什麼一股莫名的火氣升了上來，見何三嫂被幾個女人哄得完全不知南北，不禁生氣地叫道：「娘！」

自從何嬌娘嫁給了張少爺，村裡的人對何三嫂的態度就變了，再也不是從前的嫌棄，轉而討好她。而何三嫂最喜歡這樣的氛圍，聽著這些話，她不禁有些輕飄飄，一聽何嬌娘叫她，也顧不上那些一個勁兒地說著甜言蜜語的女人，忙緊張地走到她身邊。

「嬌嬌，妳哪裡不舒服嗎？妳們兩個是死人啊！沒看到妳們少奶奶不舒服嗎？還不扶著她回去！」

兩個丫頭見何三嫂朝她們吼，嚇得臉都白了，忙扶著何嬌娘就要離開。何嬌娘的示威並沒有達到自己想要的結果，心中很是不服。

何田田可沒有閒心聽她們這些阿諛奉承的話，朝旁邊退後一步，轉個身，眼看著就要走出人群，忽然她覺得腰被人用力一撞，差點摔在地上。

她好不容易穩住身體，回過頭想看是誰撞自己時，頭髮竟被人扯住了。

「我打死妳這狼心狗肺的！竟敢撞我家嬌娘？我告訴妳，要是嬌娘出了半點事，就拿妳的命來賠！」

何三嫂惡狠狠地道，扯著頭髮的手更加用力，何田田覺得自己的頭皮都要被扯下了，疼得她眼淚直轉。她不停掙扎，想甩開何三嫂，可她哪裡是何三嫂的對手，一番下來，她的頭更痛了。

就在何田田無計可施、心裡不斷罵娘時，忽然聽到一聲吼叫，只聽得何三嫂一聲大叫，何田田的頭皮一鬆，頭髮終於從何三嫂的手中掙脫出來。

「張少爺，快鬆開，疼死我了！」何三嫂痛苦地叫道。

何田田站直身子，一看張少爺正咬著何三嫂的手，那手都流血了，他還沒鬆口。

何嬌娘衝到張少爺面前，急急叫道：「少爺，這是我娘，是我們孩子的外婆，你不能咬她，快鬆開！」

不管何嬌娘怎麼說，張少爺都沒有反應，死死地咬著何三嫂的手臂，何三嫂不停求饒，痛得差點暈過去，張少爺愣是不鬆口。

見何三嫂那狼狽的樣子，何田田很是痛快。讓她橫、讓她打，這不報應就來了嗎？

何嬌娘平日雖然也不是很待見何三嫂，可現在見她痛苦的樣子，那也是急得團團轉，可又不敢對張少爺動手，最後只得把目光投向何田田。

「何田田，都是因為妳，妳快叫張少爺鬆開我娘！」何嬌娘在丫頭的攙扶下走到她面前，趾高氣揚地道。

何田田不覺好笑。她以為自己是誰，還命令自己？她沒有跟著打幾拳就不錯了，還想叫她讓張少爺住手？何田田想著，走得離她遠了幾步。

何嬌娘以為何田田要走了，忽然彎著腰，大叫起來。「哎喲，我的肚子疼！我的孩子！」

何田田正想著要離開這是非之地，提起的腳又放了下來，聽著她誇張的叫聲，很是懷疑，可看著一直咬著何三嫂的張少爺，只得開口叫道：「張少爺，過來，我帶你去玩。」

何田田的話落，張少爺馬上鬆開何三嫂，用手一推，何三嫂後退了好幾步，差點就摔到地上，好在旁邊幾個女人扶了她一把。

「花花、花花。」張少爺的眼裡閃著光，很開心地看著何田田，似乎在等著她的誇獎。

何嬌娘見張少爺終於放開何三嫂，吁了一口氣的同時，覺得自己的小腹竟真的隱隱作痛，心裡一慌，著急地朝兩個丫頭吼道：「妳們死人啊？見我肚子疼還不快點去叫大夫！」

兩個丫頭這才反應過來少奶奶是真的不舒服，也不由急了，一個留下扶著她，小心翼翼地朝家裡走去，另一個則朝村裡的大夫家跑去。

何田田見狀，不免也有些擔心，當然不是擔心何嬌娘，而是擔心她肚子裡的孩子若真出了什麼問題，那張地主會不會怪到自己頭上？

何田田見張少爺一直圍著自己，口中直叫著「花花、花花」，也就理解張地主為何那麼在意何嬌娘肚子裡的孩子，特別派兩個丫頭盯著了，想來是想趁他在的時候能養大張少爺的小孩，要不他走了，留下張少爺這麼個傻子，而何嬌娘對張少爺又那麼不上心，那他的日子可想而知了。

想著張少爺剛才的仗義，何田田哄著他道：「我們先回家，看看你的孩子有沒有問題，再去摘花。」

張少爺聽了她的話，整個人都安靜下來，似乎在考慮什麼問題一樣，過了一會兒，他才道：「孩子、孩子。」

竟不要何田田提醒，他就朝何嬌娘跑了過去。

何田田雖然鬧不明白他為什麼會有這樣的反應，不過這樣最好不過了，忙也跟在後面。

張地主聽到下人稟報，何嬌娘似乎動了胎氣，火燒眉毛地朝外面跑，到門口就見一頭汗水的何嬌娘被丫頭扶著回來，忙吩咐人把何嬌娘扶進屋裡。

丫頭找來的大夫來得挺快，一來就被請進了何嬌娘的房間。

何田田和張地主坐在正堂，都沒有說話。張地主坐立不安，不時朝內室看去，沒多久，大夫就走了出來。

張地主幾步就走到他面前，緊張地問：「怎麼樣了？那胎兒有事嗎？」

「情緒激動所致，沒多大的事，不過這月分還小，胎兒還不是很穩，要特別注意。」大夫搖頭道。

何田田一聽沒事，緊張的心就落了下來，趁著張地主細問大夫一些注意事項時走出了張家院子，急忙朝家裡趕。

眼看著就要天黑了，離家還有那麼遠。

過了幾天，張少爺跑過來玩的時候，何田田從小丫頭的嘴裡得知，那何嬌娘被張地主禁足了，直到肚子裡的孩子生出來才能出門。

日子慢慢地過去，陳小郎隔幾天會回來一次，每次都會買些糧食回來，到了月底還會帶些銀錢回來。唯一一點，他每次都是匆匆忙忙的，問他在外面好不好？他都是點點頭。

何田田也漸漸習慣一個人的生活，小鴨慢慢地長大了，種下去的蓮花已經露出尖角，池塘裡的魚也日漸長大，惹得一直不相信她能把魚養大的陳二嬸驚叫連連。

陳錦書隔一段時間就來看看魚的長勢，好準備到時把魚送到城裡。何田田則想著怎麼樣才能把魚送去城裡而不會死，畢竟死魚的價格肯定不如活魚來得貴。

陳錦書聽了，也一副愁眉苦臉的樣子，只說回去再想辦法。

何田田的日子雖然寂寞卻很悠閒，在春耕過後，林氏不放心，特意過來住了幾天，發現根本不用替她擔心，家裡兩條狗很有靈性，也就放心地回去了。

．

砰砰！

何田田剛把院子裡的豆角摘下來，準備晾乾做成乾豆角時，就聽見外面的門被重重敲響，兩隻狗隔著牆不停叫著。

她放下手中的活兒打開門，就見一臉汗水的金花站在外面，見到她就撲上前，緊緊抓住她的手。「二夫人，妳快救救我家夫人吧！」

何田田嚇了一大跳。「妳家夫人不是好好地在陳家院子嗎？又出什麼事了？」

「大老爺打了大夫人二十板，還不讓人請大夫，她現在發起燒來，說起了胡話，沒有了神志。求求妳了，二夫人，救救我家夫人吧……」金花邊說邊流淚，哀求地看著她。

要不是看她著急的樣子，何田田真想上前摸她的頭。不會燒傻了吧，竟然跑來跟自己求救？不說自己與錢氏的糾葛，就算她放下心中的怨恨去了陳家院子，那陳大郎會聽自己的嗎？

金花一個丫頭最擅長的就是察言觀色，一見何田田的表情，哪裡還不知道她的想法，便苦苦哀求道：「二夫人，奴婢知道大夫人與妳有些矛盾，可妳看在她就快要不行的分上，幫幫忙吧！」

「金花，妳走吧，分家時妳家老爺就說了，以後各家過各家的日子，互不干涉，再說了，妳憑什麼認為我去了，妳家老爺就會放過錢氏？與其求我，不如去求求老夫人或你們老爺。」

金花又苦求了好久，何田田都沒有答應。她是傻了才會在這時候去陳家，那陳大郎打錢氏肯定有理由，要不肯定不敢打得這麼明目張膽，連梅氏都沒有管，她作為一個弟媳，怎麼可能去管？

金花見說不動何田田，氣呼呼地走了，臨走時還威脅道：「等我家夫人好了，要妳好看。」

果然是錢氏身邊的丫頭，那做事風格跟她真像，放下身段肯定是有求於人，見求不成，馬上就翻臉不認人。

看著遠去的金花，何田田很好奇陳家大院又發生了什麼事，竟讓陳大郎直接鞭打錢氏，看來氣得不輕呀！

很快地，為她解惑的人就來了，陳二嬸一走進院子，就神秘地在她耳邊道：「這些日子那邊發生了大事，妳知道嗎？」

何田田對陳二嬸很佩服，明明她家離陳家院子比她還遠，可那邊發生什麼風吹草動，她都一清二楚。要不是知道她的為人，她都要以為她在那院子裡安排了眼線呢。

何田田搖搖頭，一臉疑惑地看著她，而這表情明顯取悅了陳二嬸，她哈哈笑了起來，低聲道：「那馮氏不是有了身孕嗎？嘖嘖，都五、六個月了，前幾天摔了一跤，硬生生地流掉了，聽他們說，那可是個差不多成形的男孩。」

陳二嬸邊說邊露出可惜的樣子，何田田卻是越聽越心寒，全身打著冷顫。

沒想到以前只在電視劇裡看到的橋段，現在活生生地發生了！

這下她總算明白陳大郎為什麼要打錢氏了，想來最後的矛頭是指向她了，陳大郎不打她才怪。

果然，陳二嬸印證了她的話。「那個馮氏清醒過來，馬上就跟陳大郎鬧，說是有人要害她的孩子，不想她生下這個孩子。最後陳大郎親自調查，所有人的意思都指向錢氏。錢氏死咬著與她無關，陳大郎很是氣憤，當場就奪了錢氏的掌家權。錢氏不服，不肯交出鑰匙，陳大郎就禁了她的足，不允許她出自己的院子，馮氏每日在陳大郎面前哭，要死不活的樣子。

「錢氏管家多年，沒想到最後那些下人竟都幫著才進屋不到一年的女人，這讓她如何不氣？她便指示金花不斷為難那些下人，那些下人敢指證她，自然是倒向了馮氏，見狀自然就會幫馮氏。馮氏本就對陳大郎輕輕放過錢氏很不滿，就暗地指使他們跟金花作對。

「後來幾天，金花根本指使不了那些人，錢氏院子裡的飯菜都不能及時送到，錢氏一怒之下，跑到廚房，把那廚娘毒打了一頓，那廚娘哭著告到陳大郎面前，陳大郎沒想到自己禁了錢氏的足，她還敢違抗，加上馮氏又在一旁添油加醋，最後他就打了錢氏二十大板。」

陳二嬸喝了一口水，繼續道：「妳不知道吧，錢氏被打的時候，一個勁兒地罵陳大郎是個沒良心的，過河拆橋，甚至還說陳大郎害死了妳爹。」

陳二嬸當笑話說，何田田卻聽得驚濤駭浪，臉色完全變了。她全身發冷，不認為錢氏那些話是無中生有，想著陳員外出事前後的事，她越想越害怕，越想越覺得陳大郎那人真真是心狠手辣。

陳二嬸見她的臉色有異，便笑道：「被嚇壞了吧？我也沒料到那錢氏的心竟然那麼狠，對胎兒都能下得了手。她自己生不了孩子，竟也不讓別人生，難怪陳大郎會生氣。」

何田田心裡的想法肯定不會跟陳二嬸說，要是讓陳大郎知道她對他有了懷疑，誰知道那喪心病狂的人會做出什麼事來？

她只好應道：「誰說不是呢？那可是活生生的一條命呢。不過，二嬸，您覺得這事真的是錢氏做的嗎？」

不知為何，聽了陳二嬸後面那些話，何田田總覺得這事只怕沒那麼簡單。錢氏若真要算計馮氏，不可能露出那麼多破綻，還能讓下人指證她，她沒有那麼傻。

再說，這馮氏出事，第一個就會懷疑到她身上，難道她不知道？

陳二嬸聽何田田這樣問，明顯愣住了。她聽了這事，從沒想過這事有哪裡不對，現在被她這麼一問，還真覺得有些不對勁，便小聲道：「難道是馮氏自己弄掉的？」

若真是這樣，那馮氏可比錢氏更可怕，為了達到目的，連孩子都可以犧牲，這可不是一般女子做得出來的。

陳二嬸打了一個冷顫，連連搖頭。「虎毒不食子，應該不會……」

何田田沒有再出聲，這事跟他們的關係不大，關起門來也不過他們三人之間的事，但陳員外死的真相就不一樣了，她得找機會問出來，畢竟陳員外臨死前留下那樣的遺囑，她覺得應該跟真相有很大的關係。

陳二嬸見何田田一副魂不守舍的樣子，忙轉移話題，道：「妳那荷花開了沒有？上次聽錦書說妳弄的飯很好吃，我也想嚐一嚐。」

何田田站起來，兩人一起往外走。

陳二嬸看著亭亭玉立的荷葉，其中夾雜一些荷花苞，微風吹來，葉子隨風擺動，讓人眼前一亮，十分好看。

「真好看。田田，這真能結出蓮藕？」

陳二嬸還是將信將疑，她可聽陳錦書說了，那蓮藕可是金貴物，在城裡只有那些大戶人家從外地買一些回來吃，一般百姓看都沒有看過，更不用說吃了。

「等再過一陣子就知道了。」何田田也沒把握這種荷花會不會結藕、結的藕大不大、能不能吃？

「妳也不用擔心，反正這本來就是沼澤地，妳也沒損失什麼。」陳二嬸生怕她著急，忙安慰道。

何田田笑了笑，摘下幾片荷葉，準備等等弄荷葉飯吃。忽然，一條魚從那荷葉底下跳了出來，濺起很高的水花。

「田田，妳這裡也養魚了？天呀，竟這麼大了！」陳二嬸一副大驚小怪的樣子。

何田田也嚇了一跳。她沒往這裡放魚呀，只是把當日挑剩的不知名小魚苗倒進這裡，難道是那些小魚苗長大了？

自陳二嬸來過後，何田田從沒有那麼著急盼著陳小郎回來，她心中很不安，總擔心會發生什麼事。

在她的左顧右盼中，陳小郎總算回來了，讓何田田詫異的是，他把包袱都帶了回來。

「你這是準備不去了？」何田田指著東西，疑惑地問。

陳小郎點了點頭。「不去了。」

何田田猜想過陳小郎可能做不長久，可也沒料到竟這麼快就回來，而且上次離開時不是還好好的嗎？怎麼就打包回家了呢？

何田田滿是疑惑，可對著他那黑臉，到底不敢多說，直到晚上兩人躺在床上，才問道：

「金縣令不要你了？」

陳小郎搖了搖頭。

這讓何田田更想不通了，難道是他自己要回來的？

「那事很難嗎？」何田田側著頭問道。

不知道是受不了何田田一直盤問，還是陳小郎自己也想找個人說說，何田田總算從他口中，知道了事情的來龍去脈。

原來，自陳小郎跟著金縣令後，他就一直處於邊緣位置，並不是金縣令不喜歡他，而是他的樣子讓其他同僚退避三舍，這就讓金縣令很為難了，最後把他安排到衙門裡，想著那樣的地方總能適應吧？

結果倒好，那些犯人本就很緊張了，一見到陳小郎，不是緊張得直打哆嗦，完全說不出話，要不就是直接暈過去，根本無法問話。

金縣令見狀，只得把他安排到後院，想著這下就沒什麼事了吧！沒想到金縣令那四歲的女兒見過陳小郎一次後，就嚇得哇哇大哭，再也不敢走出屋，生怕又看到他。金夫人知道陳小郎救過金縣令的命，對他也很感激，只是約束著女兒，儘量不讓她見到他。

這一切陳小郎並不知道，每天很認真盡職地為金縣令看守後院，直到有一次他回房喝水，聽到廚房裡的婆子之間的對話，才知道就是因為他，給金縣令造成那麼多的困擾。

他再三思考，決定回家，不在外面找事了。

何田田聽了，心裡五味雜陳。無論在哪個年代，都是看外表的社會，就因為長得與常人不同，就被排斥在外，不管那個人多麼善良無害。而有的人長得英俊瀟灑，卻有一顆兒狼心，可世人往往不知，反而被他的外貌吸引，直到受到傷害。

何田田沒有直接安慰他，而是歡喜道：「你回來真是太好了，我可是每天都盼著你回來呢。自從你出去後，家裡就忙不過來，眼看著鴨子要賣、池塘裡的魚也需要每天餵草，還有那些荷花，也要添加肥料了。這些天我還在發愁呢，想著要不要叫哥哥過來幫忙。」

被何田田這麼一說，陳小郎本來一直不安的心就踏實了，忽然覺得離開縣城並不是壞事。他只想著要賺些錢回來，從沒想過她一個女人在家，這些事能不能搞定。

「嗯，明天就做。」陳小郎語氣輕快了許多。

何田田這才放下心來，本想跟他說說陳家的事，可到嘴的話又吞了回去，心想等找個合適的機會再說吧！

陳小郎回來了，按理就應該去陳家院子看望梅氏，可一整天，何田田都沒見他提起。到了晚上，她遲疑了下，才開口問道：「如今你回來了，要去看看娘嗎？」

陳小郎全身僵了一下，搖了搖頭。「不去了，想來她在那邊過得挺好。」

何田田還是覺得有些不妥。他們已經幾個月沒去看望梅氏了，又發生錢氏他們那事，聽了錢氏的那些胡言，也不知道她會不會多想？

氣。

猶豫再三，何田田把陳家院子的事說了出來，一邊說還一邊打量他的臉色，生怕他會生氣。

陳小郎聽完何田田的話，面上並沒有太多波瀾，心裡卻是波濤洶湧。他就知道自己的直覺不會錯，爹的死與陳大郎脫不了關係，但被證實，心裡還是很難接受。

「那些事與我們無關，妳少摻和。」陳小郎平靜地繼續做手中的活兒。

何田田以為陳小郎沒有聽懂她的意思，又道：「你說錢氏說的那些話，是不是真的？」

陳小郎忽然轉過身來，黑著臉，朝她很不滿地道：「都跟妳說了，那些事與我們無關，妳聽不懂嗎？不是說還要給荷田施肥嗎？趕緊的！」

何田田從沒見過這樣的陳小郎，氣勢朝她壓了過來，讓她的心跳都停了幾秒，她屏住呼吸，呆呆地看著他，大氣都不敢出。

陳小郎吼完，悶著頭繼續幹活，何田田卻不敢再提那邊的事，把滿腔的疑惑藏在心中。

有了陳小郎幫忙，何田田又恢復了悠閒的生活，每天就趕趕鴨子、餵餵雞，養魚之類的粗活都交給了他。

隨著第一個荷花苞盛開，荷田裡的花接二連三地綻放，在荷葉的襯托下，顯得格外幽雅豔麗，綽約多姿。有時何田田會採來一朵荷花，洗淨泡入開水，沖一壺荷花茶，喝起來心情很舒坦。

陳錦書又過來看魚了，見到何田田泡的茶，驚叫連連，迫不及待地倒上一杯，大讚好喝，直誇她真會過日子。

何田田忍不住笑了起來。要不是家裡銀兩見短，這樣的生活確實讓人羨慕。

「明天要去城裡，我早上過去牽牛車。」陳小郎簡短地插了一句話。

陳錦書點點頭，好奇地道：「你去城裡幹麼？不會又想去找事做吧？」

對陳小郎短暫的出外營生，陳錦書他們都心知肚明，並沒有感到意外，所以對他再次去城裡很意外。

「鴨子大了。」

「哦。」陳錦書算是明白了他的意思，轉過頭看向何田田，眼中的意思很明白。

對陳小郎去城裡的事，何田田也很意外，本想等天氣涼一點再叫陳錦仁幫忙把鴨子送去城裡，沒想到他會主動提出來，只是她跟陳錦書一樣，也擔心他能不能把鴨子賣出去？

「正好我也要去城裡，不如一起？」陳錦書接到何田田拜託的眼神，無奈地說道。

陳小郎聽了陳錦書的話，沈默了，過了許久才從鼻孔裡「嗯」了一聲，算是答應了。

何田田提著的心才放了下來，真怕養了這麼久的鴨子白送人都沒人要，那她真是連哭的地方都沒有了。

第二天一大早，陳小郎就抓了十隻鴨子跟陳錦書出門。何田田自他們出門後就一直忐忑不安，也不知道那鴨子能不能賣出去？這可是關係到他們以後的生計，一定得順利。

陳小郎他們並沒有去荷花城，而是到了荷花縣的縣城，這裡雖然沒有荷花城熱鬧，不過比荷花鎮大很多。

陳錦書還是頭一次來這裡，他左瞧瞧、右看看，有些不解地問道：「這裡根本比不上城裡，幹麼要來這兒？」

陳小郎一言不發，只是趕著牛車，最後停在了縣衙前，從車上抓起兩隻鴨子就朝裡走，接著突然想到什麼，又退了回來。「你在這兒守著。」

陳小郎認識金縣令這事，除了何田田外沒有人知道，陳錦書見他輕車熟路的樣子，很是驚訝，可看著周圍人來人往，只得乖乖坐在車上等。

金縣令對陳小郎再次到來很驚喜，忙招呼他，誰知他丟下兩隻鴨子轉身就要離開。

「陳錦鯉，你這是幹麼呢？」

金縣令對陳小郎離開縣衙一事，心裡還過意不去，見到他本來還挺開心的，誰知這人一言不發就要走。雖然知道他不愛說話，但這也太過了些。

「送你，我還要去賣鴨子。」意識到金縣令有些不悅，陳小郎總算開了他的金口，吐了一句話出來。

金縣令算是明白他的意思了，忙把他拉住。「就你還賣鴨子？坐著，我讓人去幫你。」

金縣令讓人去把管家叫了出來，對他道：「去幫陳錦鯉把那鴨子賣了。」

外頭，陳錦書沒有等到陳小郎出來，倒是等到了金縣令的管家，他實在太好奇了，不過現在只能乖乖地趕著車，按管家的提示走。

有金縣令的管家在，幾隻鴨子很快就賣了出去，價格也很高，陳錦書心情複雜地接過銀錢，覺得自己和何田田真是白擔心了。

另一頭，金縣令拉著陳小郎問他的近況，聽說他家裡養了不少鴨子，笑道：「別的幫不了你，你這鴨子只管送過來。」

陳小郎忙點頭，這時管家也回來了，聽說鴨子都賣光了，很是高興。

陳小郎怕耽誤金縣令，站起來就要走，金縣令見留不住，忙讓管家去廚房拿了一盒糕點出來，讓他在路上吃。

陳錦書見陳小郎出來了，手中還提著食盒，對這事更加好奇了，剛出了街就迫不及待地問道：「你是什麼時候認識了貴人？」

陳小郎白了他一眼，把手伸到他面前，陳錦書見此，「啪」地一下把銀錢丟給他，轉過頭去不理他了。

陳小郎拿著錢數了數，見到一旁的糧食店，下了車，買了一袋糧食，還提了一塊肉，這才又回到牛車上。

陳小郎他們回來時已經是半夜了，何田田早已躺在床上，只是心中藏了事，沒有睡著。

聽到門響，狗又沒叫，想著肯定是陳小郎他們回來了，一個翻身就爬了起來。

「都賣完了？」何田田看著空空的牛車，驚訝地問道。

陳小郎揹著糧食，一言不發地朝屋裡走去，陳錦書則一言難盡地看著她。

何田田滿是疑惑。鴨子賣完了，可他的表情怎麼這麼奇怪呢？

回到屋裡，何田田把放在鍋裡保溫的飯菜端了上來，見他們吃得差不多了，終於忍不住問：「鴨子都賣掉了？很好賣嗎？怎麼那麼快？」

從他們這裡到城裡來回都差不多一天了，要找買家的話，肯定需要時間，按理他們應該明天才能回來，現在可是提早了不少。

陳錦書吃飽喝足，不吐不快，便把到縣城的經過一五一十道來。何田田像頭次認識陳小郎一樣，沒想到他刻板的臉下，還藏著那麼深的心機。

藉著金縣令的勢，那鴨子自然不愁銷路，這一下就解決了何田田苦惱那麼久的問題。她不由朝陳小郎豎起大拇指，連聲誇他有生意頭腦。

「我根本沒想到會這樣。」好半天，陳小郎才吐出一句話。「送縣令鴨子是早就想好的，他幫我賣鴨子，我根本沒想過。」

何田田和陳錦書互看了一眼，合著他是真的準備自己去賣鴨子，這算不算是歪打正著？

兩人長嘆一聲，都覺得他的運氣真不錯。

鴨子不愁銷路，何田田沒了後顧之憂，便大力孵起小鴨子，反正沼澤地大得很，到處都有蟲子，鴨子長得飛快，隨後陳小郎又去了幾次縣城，都不用找金縣令，那些店家也願意收這些鴨子，聽那些顧客說這鴨子比以往的都好吃，甚至還簽了長期的約。

荷花開過後，青色的蓮子就長了出來，一個個蓮蓬看起來很討喜，何田田每天都去荷田看上兩、三次，就盼著它早點熟透，好摘下來品嚐。

這天，何田田終於摘下一個蓮蓬，剝掉蓮子外面的那層「房子」，取出其中的果實，剝掉中間那根綠芽，放入口中，脆脆的，咬起來吱吱響，尤其清香。

陳錦書見她吃得有滋有味，迫不及待地拿過一顆，往嘴裡一塞，結果苦得他差點要吐。

「妳害人，這麼苦也能吃？」半天過後，陳錦書指控地看著她，大聲說道。

「這蓮芯雖苦，但能幫你養心益腎，多多益善。」何田田說完又丟了一顆到嘴裡。

陳錦書不死心地看著她的動作，總算看出其中的奧妙，把那根綠芽弄掉，才丟進嘴裡，終於嚐到了蓮子的味道。

陳小郎在一旁看著他們，不慌不忙地吃著。

陳錦書自吃過後就上癮了，老是以看魚為藉口跑過來偷吃。何田田氣得直跳腳，卻又跑不過他，最後只能眼睜睜地看著他一顆顆地丟進嘴裡。

隨著蓮子熟透，魚兒也差不多可以抓了，這些天陳錦書每天圍著池塘打轉，指著吃草吃得歡的魚，說道：「多吃些，長大些好讓我們有個好收成。」

何田田沒有理他，還在為怎樣把活魚運到城裡而煩惱。牛車太慢，得有馬車才行，可放眼整個荷花鎮，馬車根本沒有幾輛。

陳小郎見她愁眉苦臉的樣子，便道：「我去那邊借馬車。」

何田田猛搖頭，堅決反對。「不，我們另想辦法。」

她不能讓他去低這個頭，再說她其實也不想讓陳大郎知道他們養魚。聽說陳大郎自打了錢氏後，便讓錢氏交出管家權，想讓馮氏管家，錢氏打死也不肯把鑰匙拿出來。

梅氏見他們鬧得實在不像話，把陳大郎叫過去狠狠罵了一頓，又把錢氏和馮氏叫過去，讓錢氏把馮氏院子的事交出來，讓她自己管，其他的則由錢氏管，這才解決了問題。

馮氏出了小月子，便管著自己的院子，錢氏按月讓帳房把錢給她，什麼事都不管，兩人暫時處於和平的狀態，陳大郎見狀，便以做生意為藉口出去，已經很久沒有回來了。

這些都是何田田從陳二嬸口中聽來的，何田田有些不放心梅氏，拜託她經常去探望梅氏，得知梅氏一切安好的同時，也就知道了這些八卦。

陳小郎見何田田堅決的樣子，最終點了點頭。

陳錦書圍著池塘走了一圈後，回來問何田田道：「這魚什麼時候可以抓？」

「抓魚容易，可你想好了怎麼運送嗎？」

這個問題何田田很早就提醒他了，只是他一直沒有回應，也不知道他找到解決辦法了沒？

「沒關係啦，從家裡運到城裡也就大半天，就算死了也不會臭，那些人不會介意的。」

陳錦書完全沒把這問題放在心上，想想那些人平常想吃魚，得跑到河裡去抓，飯館和酒樓甚至得派專人在河邊抓魚，那抓來的魚不照樣是死的嗎？現在有這麼多魚送上門，他們都要樂壞了，哪裡還會管是死是活？

被他這麼一說，何田田竟有種自找煩惱的感覺，不過她覺得魚就要吃活的，要是能有活魚，那肯定更好，價格也更高，只是暫時想不出辦法，也就只能這樣了。

中秋節前夕，何田田準備趁過節抓些魚去賣，順便看看市場。陳錦書一聽要抓魚，很是來勁，挽起褲腳就要下池塘。

何田田拍了拍頭，光只想著要抓魚，都忘了沒有網。那麼多魚，總不能赤手去抓，或像去河裡一樣，用樹杈去叉吧？

她忙叫陳錦書去鎮上買一疋麻布，這麻布織起來比較稀疏，漏水性應該不錯，接著又搓了根粗粗的麻繩縫在邊上，這樣一個簡易的漁網就完成了。

陳錦書和陳小郎一人站一邊，陳小郎一手把漁網丟下去，兩人各自拿著一頭繩子往前走，隨著他們的移動，魚兒躍起來濺起晶瑩的水花，很是熱鬧。

陳小郎和陳錦書一開始不覺得，但走著走著就覺得有些吃力了，那魚很多都跳出漁網了，何田田嫌棄他們走得慢，在另一邊叫他們快一點，要不魚都跑掉了。

陳小郎沈默不語，不緊不慢地走著；陳錦書不甘了，在一旁也叫了起來。「妳自己過來拉拉，這怎麼那麼重呀！」

何田田只看別人用過，那些人用的時候看起來輕而易舉，她理所當然地以為應該用不了多少力氣。聽了陳錦書的話，不服氣地跑過去，從他手中接過麻繩，手一沈，竟差點被拖下水，幸虧陳錦書早有準備，馬上拉住繩子，才沒讓她跌到池塘裡。

陳錦書一臉好笑地看著她。何田田臉一紅，默默地站到一旁。

怎麼會，難道是魚太多的關係？可現在還沒到撈魚的時候呀……何田田百思不解，到底是怎麼回事？

第十三章

何田田看他們的腳步越來越慢，又看了看漁網，總算明白了為什麼。那麻布的孔太小太密，水排不出去。

弄懂了這個道理，陳小郎和陳錦書總算到了岸邊，正合力往中間攏去，那魚跳得更歡了，有不少逃了出去，陳錦書在那兒大叫連連。

何田田過去幫忙，總算把漁網收攏在一起，陳錦書跳下水，抓起魚往上面的桶子放。

「你抓大的就好，小的不要抓。」何田田見他一骨碌全抓，不管大的小的，連忙道。

陳錦書也從最初的興奮中慢慢冷靜下來，認真地挑了起來。

何田田朝桶裡一看，見大多是草魚，還有一些大頭魚和白鰱。

「沒有了，都是小的了。」陳錦書伸直腰，甩了甩手上的水道。

看著整個人浸在水裡的他，何田田忙道：「快上來，回去換件衣服，把這魚送去城裡，看能不能活著到達。」

何田田暫時沒有想到讓魚活久一點的辦法，她只是準備了兩個大桶子，儘量放多一些水，看這樣做能不能讓魚撐著到城裡。

陳小郎把漁網收了起來，把魚提回家，兩個桶子大約有十四、五條，看起來有些擁擠。

這次陳小郎沒有去縣城，而是直接去了荷花城，畢竟魚得及時烹煮，要不就會臭掉。

陳錦書早就做好準備，直接把魚送去城裡酒樓的那條街。果然，那些掌櫃看到他們的魚，很是興奮，尤其見還有活魚，那更稱奇。

他們甚至還沒開價，幾家酒樓的掌櫃就吵了起來，紛紛要活魚，幸得陳小郎站在那兒，那些人對他有所畏懼，才沒有打起來。

「各位聽我說、聽我說。」陳錦書沒料到竟是這樣的場面，忙道：「這活魚只有六條，這樣吧，三位掌櫃一人兩條，剩下的也剛死不久，看各位掌櫃要幾條。」

三人各自哼了一聲，算是接受了這個結果。

陳錦書又道：「各位掌櫃不要急，以後每天都可以送魚來，只是這活的麼……比較難，價格就……」

幾位掌櫃聞言知意，很快就把價格報了出來，比死魚整整高了十文，這讓陳錦書很興奮，忙秤起魚來。

終於打發了幾位掌櫃，桶裡就只剩下一條小的了，陳錦書握了握手中的錢袋，準備把剩下的一條帶回去，自家嚐嚐鮮。

「前面買魚的，等等！」

牛車剛起，後面就傳來了叫聲。

陳錦書忙叫陳小郎把車停下來，轉身朝後面看去，只見一個管家模樣的人追了過來。

「你們等等！」那管家跑得氣喘吁吁，彎著腰不停喘氣，好一會兒才平復下來。「你們還有魚賣嗎？」

陳錦書朝桶裡那條翻著白肚的魚看了一眼。

「還有一條，不過不大。」

「行，一條就一條。」

那管家聽說還有一條魚，喜出望外。總算是買到魚了。

「我主家姓李，我跟著主家姓，你們可以稱我為李管家。要是以後來賣魚，送一些到李府，到府外就說找我就行。」

李管家手裡接過魚。雖然魚已經死了，可還是比以往買的新鮮，就特意叮囑道。

陳錦書一聽，很是興奮。他就知道，這魚只要養成了，根本不愁銷路。荷花城的人本就喜魚，只是魚難得，所以吃得少，也正因為這樣，價格比肉還貴。

普通人家抓到魚，一般都會送到鎮上去換些錢，也有人想以捕魚為生，只是這似乎比上山打獵還危險，淹死的人不少，漸漸地，那些人也不敢打這主意了，只等旱季河水淺的時候才會去撈，只是魚滑溜，很難抓得到。

「好的、好的。」陳錦書接過李管家遞過來的碎銀子，樂呵呵地應道。

看著空空如也的水桶，陳錦書的心情特別好，不禁哼起了歌，引得陳小郎朝他翻白眼。

一來一往，加上賣魚的時間，陳小郎他們回來時已是第二天的上午，何田田正在院子裡跟陳二嬸織漁網。

自陳小郎離開後，何田田就去陳二嬸家，問她有沒有麻，準備自己動手改造漁網。

陳二嬸弄明白她要做什麼，馬上抱出一大捆麻出來。

何田田把麻抱回家後就開始弄，織了半天都不行，不是太密就是太稀疏，最後她想出了一個辦法──找一根竹枝，先把麻搓成大小差不多的繩子，然後像鉤圍巾一樣鉤，沒想到還真行，那洞剛剛好。

陳二嬸很好奇何田田怎麼織漁網？一大清早跑了過來，見到她的方法很意外，還從沒有見過誰這樣弄呢！

何田田笑而不答，總不能告訴她這是前世帶來的技能吧？

「妳養的魚真能賣了？妳說能賣得出去嗎？」

陳二嬸一邊幫她搓繩子，一邊好奇地問。

何田田的手頓了頓。其實她一直忐忑著，生怕魚賣不出去。

這時外面傳來狗叫聲，她把手中的東西往旁邊一丟，便朝門口跑去，果然就見陳小郎他們坐在牛車上，悠悠地駛了過來。

陳小郎剛把車停穩，陳錦書就跳了下來。

陳二嬸不知何時也跑了出來，她一把抓住他，急急問道：「魚賣出去了嗎？」

陳錦書把腰間的荷包解下，放在手心，往上拋了拋。

「那還用說，肯定都賣完了。」

何田田朝兩個桶子看了看，見桶裡一條都不剩，心裡樂開了懷，再看陳錦書那得意的樣子，一把將錢袋撈了過來，跟著陳小郎進了屋。

陳二嬸也跟進了屋，實在沒想到這魚還真養成了，看樣子還能賺不少錢。

回到屋裡，何田田把銀錢倒在桌上，陳二嬸看傻了眼。「你們今天賣了多少魚？怎麼這麼多錢？」

桌上的錢加起來應該有七、八百文了，何田田也沒想到，就十幾條魚，竟會賣到這麼多錢。

她驚訝地看著陳錦書。

陳錦書見他們都看向自己，頓時得意了，朝陳小郎看了一眼，站在中間把他們在城裡如何賣魚的情景說了一遍。

他講解得很生動，逗得陳二嬸大笑連連。

「嫂子，妳說我們怎麼能賣這麼多錢？還真是妳說得準，那活魚的價格比死魚高了十文，一條大的就多了四十文，六條活魚足足多了二百多文。」

何田田這才知道為什麼會多出那麼多錢，也更加堅定她要想辦法讓那些活魚撐到城裡。

「嫂子，明天我們再抓魚去賣吧？」

陳錦書嘗到了甜頭，迫不及待地又想撈魚去賣。

何田田搖了搖頭。「我們的魚並不多，一共才幾百條，一天十多條，沒多久就賣完了。況且如果去得勤了，怕那些掌櫃壓價。以後就五天去一次，每次抓十條魚，下次你們去的時候，就說這些魚來得不容易。」

陳錦書聽了就明白她的意思，嘖嘖地笑了幾聲。

陳小郎朝何田田多看了幾眼，何田田裝作沒看到。物以稀為貴，這道理誰不懂？

家裡有了魚這個進項，何田田的手頭一下子寬裕很多，讓陳小郎買夠了糧食，心裡就有了底。

她還特意送了幾條魚回何家，讓他們不用再擔心沒糧吃，還讓何世蓮隔一段時間送米過來。

林氏沒想到她真的能養活魚，而且還能賣出好價錢，為她開心的同時，也讓她不要隨意跟別人說，免得引起不必要的麻煩。

何田田點點頭，她想拉何家人一起致富，但開頭這一、兩年不行，第一是魚苗問題，再來就是池塘問題，總不能讓他們挖良田來養魚吧？再說他們也沒有良田可挖，都是佃的地。

至於種荷花也沒底，不知道藏在那荷葉底下的蓮藕到底有多大？

等解決這兩個問題，什麼事都好說，畢竟那麼大的沼澤地，兩個人是無法管理的，加上那魚要吃草，荷花也要經常施肥，且還要防蟲、防病。

何田田心中有打算，卻沒跟林氏說。林氏人很好，不過心眼不大，若讓她知道了，難免會嘮叨。

陳小郎和陳錦書除了撈魚去賣，閒暇時開始挖起池塘。沒有靠岸的沼澤地，那泥要深很多，在古代完全靠人工的情況下，挖起來自然艱難得多。

好在對進度沒有要求，累就歇，渴了就喝，餓了就吃，倒也沒有感覺到那麼累。

何田田不知道蓮藕具體成熟的時節，荷葉變黃了，想著蓮藕也該成熟了。她讓陳小郎順著荷花梗摸到泥裡，用力把蓮藕扯出來。

何田田接過來，用水清洗乾淨，難免有些失望。她前世看到的蓮藕都是又大又粗，可眼前的卻是又短又小，並沒有想像中那麼好。

陳小郎跟著陳員外在外，倒是吃過一次蓮藕，但沒見過剛從泥裡挖出來的，見何田田失望的眼色，不禁問道：「怎麼了？」

何田田搖搖頭，讓他再挖一株出來，這次挖出來比第一節要大一點，不過看起來還是不怎麼好。

何田田把蓮藕拿回家，洗乾淨準備弄來吃，看看味道如何。

何田田前世最喜歡蓮藕排骨湯，便讓陳小郎去買些排骨肉回來，順便跟屠戶要些大骨頭。

陳小郎很快便把骨頭買回來了，何田田便把骨頭和排骨一同放入瓦鍋中，加入清水，先用大火燒開，然後用小火慢慢燉著，沒多時，骨頭的香味就在房裡蔓延開來。

陳錦書幫忙家裡幹完活，想到有幾天沒去看魚了，便趕著牛車慢悠悠地過來。隔著老遠，他就聞到了香味，不由揚起鞭子，快跑了起來，離大門還有一段距離就跳下來。

「嫂子，妳又在弄什麼好吃的了，竟然不叫我！」相處時間久了，陳錦書跟何田田也越發像家人，很是隨意。

陳小郎瞪了他一眼，陳錦書卻不怕他，直往廚房裡衝。何田田剛把骨頭湯盛出來，聽到陳錦書在外面大呼小叫，不由啞然。

怎麼只要弄什麼，他似乎都能感應得到，來得那麼及時呢？

何田田剛把湯放在桌上，陳錦書就迫不及待地挾起一塊蓮藕丟入嘴裡，被燙得直呵氣，等吃完了，大聲地稱讚起來——

「粉粉的、糯糯的，清淡而香甜，這是什麼？好吃！」

說完又迫不及待地挾上一塊。

何田田聽了他的話，也挾起一塊放入口。她煮得夠久，蓮藕入口即化，味道濃郁，竟比前世那種又大又粗的更好吃。

陳小郎以前吃過蓮藕，再吃何田田做的，竟覺得比在酒樓裡吃過的還要好吃，不由加快了挾菜的速度，一大碗很快就見底了。

「你就不能少吃一塊嗎？這塊是我先挾到的。」陳錦書和陳小郎同時挾到最後一塊蓮藕，都不肯放手，陳錦書不由得出聲抱怨道。

陳小郎並沒有說話，只是瞪著眼睛看著他，讓陳錦書無奈地敗下了陣。

何田田對兩個大男人的幼稚有些無語，低下頭喝著湯。這湯也很濃，可能是純天然的原因，竟比前世她喝過的所有蓮藕湯都好喝。

吃過蓮藕，何田田對那荷田又有了信心，就生起了出去賣的心思，這次她打算也一起去賣，畢竟這東西不好看，得讓酒樓的人親自嚐過味道才行，而且她也想試試那菜譜是不是像小說裡的一樣能賣到錢？

陳錦書口才是不錯，不過卻是個廚事白癡，更不要說從沒下過廚的陳小郎了。當陳錦書知道那麼美味的東西竟是蓮藕時，直呼發財了。

何田田搖搖頭，以目前的情況來看，離發財還遠著，不過衣食無憂倒是真。

第二天，陳錦書早早就來了，陳二嬸自然也沒落下，一聽那蓮藕那麼好吃，她自然得見識、見識。

可當看到蓮藕那不討喜的樣子就是陳錦書口中的美味時，失望從她臉上閃過。

收蓮藕也是個累活，得下到泥裡去，一個一個挖出來，何田田只準備賣一半，另外一半留下來做種。

何田田和陳二嬸坐在一旁把挖出來的蓮藕洗淨放好，順便說說閒話。

聽說陳家院子那邊，自陳大郎出去後，倒是平靜不少，梅氏最近也過得舒坦，只是聽說陳大郎這幾天就會回來，到時又不知道會發生什麼事。

何田田對陳家的事不感興趣，但又得隨時掌握那邊的動靜，陳二嬸剛好滿足了她的要求，聽說陳大郎要回來了，何田田看著手中的蓮藕，有了主意。

因為不知道能不能賣出去，頭一天不準備弄太多，見差不多了，便拿出幾節蓮藕與大骨一起燉，陳二嬸這才知道，什麼都不可貌相。

第二天一早，陳錦書和陳小郎就撈了十條魚放入桶裡。魚少了，何田田又往桶裡放了點鹽，總算能讓魚撐到城裡，死得比較少了。

將蓮藕也放上車後，一夥人便朝城裡走去，何田田還是頭次進城，雖然開頭荷花鎮讓她失望了，還是影響不了她的興致，很是興奮。

因過了秋收，田裡的莊稼都已經收完，地裡沒有幾個人，他們的牛車走在大路上，揚起一陣灰塵隨風飛揚，何田田的興致就這樣很快磨掉了。

牛車慢悠悠的，最後何田田竟靠在陳小郎的背上睡著了，直到到了城門口才被叫醒。何田田醒來揉了揉眼，看著古色古香的城牆，終於與她的想像有些相符了。

排隊進了城，陳小郎直接把車趕往酒樓街道，剛把車停穩，幾家酒店的掌櫃馬上就過來了，笑咪咪地看著他們。

陳錦書熟練地挑魚、秤魚、收錢，整個過程很流暢。至於桶裡最後一條魚，則是為李家準備的，這成了慣例。

見眾掌櫃們提著魚就要走，陳錦書忙道：「各位請留步，我這有道新菜，不知各位掌櫃感興趣嗎？」

幾位掌櫃聽了都面面相覷，很快就意識到了其中的商機，異口同聲道：「不知道是什麼？能讓我們見識見識嗎？」

「那還得借掌櫃的廚房一用。」

陳錦書笑咪咪地看著他們，一副神秘的樣子。

三位掌櫃你看看我、我看看你，都不明白眼前的年輕人想要什麼花招？其中一個道：「就用我家的吧。」

何田田跟著眾人進入酒樓，酒樓的生意還不錯，大堂裡坐滿了客人，掌櫃直接帶著他們進了後院。

何田田挑選了幾節蓮藕，跟著掌櫃進了廚房，其他幾人都留在外面。

蓮藕排骨湯需要一些時間，她準備弄點簡單的，就來個酸辣蓮藕。她先把蓮藕去皮，切成片浸泡，見廚房裡有肉、有菇，她便拿了一些切成末，再切點辣椒。

等一切都準備好，大火熱鍋，倒入油，把肉末炒香，再加入蓮藕和菇一起翻炒，等到八分熟時再加入一點醋、辣椒，見旁邊放著醬油，又加了一點，然後炒勻，便裝盤入碟。

酒樓的廚師倒是見過蓮藕，只是沒有做過，沒想到在這小娘子的手中竟是那麼簡單，就是不知道那味道怎麼樣？見她要端走，也跟著一起走出廚房。

幾位掌櫃見沒多久何田田便端著菜走了出來，而眼前的菜式竟是從沒見過的，不禁大感意外，都圍了過來，紛紛拿起筷子挾起蓮藕放入口中。

吃起來脆脆的，很是清爽，口味酸酸辣辣，一下子就打開了味蕾，眾人都被這味道征服了，三位掌櫃更是兩眼放光，也顧不得吃了，把陳錦書圍在中間。

陳錦書從沒吃過酸辣蓮藕，吃了一口覺得好吃，還想挾一塊來吃，就被圍住了，不禁有些惱，可想著銀子，只得放下筷子，笑咪咪地看著他們，心裡則想著回去一定要何田田補償、補償。

「那蓮藕我要了，不過你得把這道菜的做法交給我們的廚師。」

「那可不行，這蓮藕我要了，這可是在我的廚房做的。」胖胖的掌櫃不甘示弱道。

「你們都別吵，這東西我要了，這菜式與我那酒樓最合。」

看著三人你一言、我一語吵得激烈，陳錦書故意裝出一副為難的樣子。「你們這樣我也作不了主，要不你們自己想個辦法解決，看誰家要這蓮藕。我可告訴你們，這蓮藕不多，而且放眼這荷花城，應該也就我這獨一家。」
陳錦書說完就老神在在地站在那兒，幾個掌櫃的你看看我、我看看你，都不甘示弱。何田田對陳錦書做生意的手段佩服不已，便示意他過來，附在他耳邊叮嚀了幾句。
陳錦書一聽，朝何田田豎起大拇指，才昂首挺胸又回到原位置。
幾個掌櫃爭論來、爭論去，還是沒有結果，陳錦書咳了兩聲，然後朗聲道：「怎麼樣？決定好了嗎？」
「價高者得吧！」
胖胖的掌櫃一副勢在必得的樣子，挑釁地朝另外兩個掌櫃看過去。兩個掌櫃見他那神氣的樣子，自然不服氣，便開始競起了價。
陳錦書對這樣的結果樂見其成，價格高對自己肯定好，可見三位越競越高，甚至比魚的價格都高，連忙出聲制止。
「幾位掌櫃，你們靜一靜，先聽我說幾句。」
陳錦書一出聲，三位掌櫃總算停了下來，冷靜下來後，又被自己出的價給嚇到了。
幾位掌櫃眼巴巴地看著陳錦書，希望他能拿出一個主意，讓他們能順利得到這新鮮的菜式。
「三位掌櫃，我看你們都是直爽人，這價格呢，我也不敢要高，你們商量一個公平的價出來，菜式我們可以免費為你們每家提供一個，以後蓮藕也像魚一樣，三家平分，你們覺得怎麼樣？」

三位掌櫃一聽自然大喜，連連點頭。不光拿到了蓮藕，還能有免費的菜式，這樣的好事誰會不願意？

幾人聚在一起商量了一下，給出一個合適的價格，而這個價格比何田田預想的還要高。陳錦書心裡樂開了，面上卻還裝出一副為難的樣子。「你們剛才給出的價格可比這個高很多。」

幾位掌櫃的一聽，老臉都紅了，相互看了一眼，又咬牙加了兩文，陳錦書這才笑咪咪地點點頭。

蓮藕的事解決了，何田田便把準備好的菜式拿出來，三位掌櫃迫不及待地接過看了起來，發現上面的菜式果然與自家酒樓的菜式相符，都欣喜若狂，忙小心翼翼地摺好，放進荷包內。

所有的事都解決了，簽了文書，幾人在胖掌櫃的酒樓吃了點飯菜，才走出來。何田田頭次進城，便想著去逛逛，陳小郎自然不會反對。陳錦書很想回去，可見那兩人根本不理他，只得無奈地跟上去。

荷花城很大，街上行人來來往往，時高時長的吆喝聲，都能感受到它的繁華。這裡的房子都是青磚黛瓦，一排排的沿街道建立。

久違的熱鬧讓何田田看看這、挑挑那，樂此不疲，有時還會問問價，如果便宜的，便會拿出幾文錢把它買下來。

前面一間店鋪上方掛著個大大的「陳」字旗，何田田不由道：「你看，那家店那麼大個『陳』字，是不是你大哥的呀？」

何田田不過是隨口一問，畢竟她完全不知道陳家到底是做什麼生意的，沒想到這話一出，陳小郎和陳錦書就露出一個怪異的表情。

「難道那店真是陳大郎的？」

陳小郎點點頭。

何田田好奇了，便朝那店鋪走過去，沒想到剛到店門口，就見裡頭鬧哄哄的，還夾雜著女人的尖叫聲。

陳小郎和陳錦書幾步就衝到何田田的前面，走進了店鋪，何田田快步跟上，裡面的客人不少，此時都圍成了一圈，從中間傳來女人尖銳的聲音——

「都說了，這個是我要的，你憑什麼不由分說就給了她?!」

「憑什麼呀，妳又沒有給錢，我怎麼就不能買了？」另一個女聲不疾不徐道。

原來是兩個女人搶同一件東西，真是老套，只是這店裡的伙計既然應承了前一個客人，就不應該再賣給別人，這不是不講誠信嗎？

似乎被那女人的話氣到了，很快就聽到砰砰的響聲，旁邊的人都同時抽了口氣。

「客官、客官，別丟了，這讓我怎麼跟東家交代呀！」掌櫃的聲音都帶有哭意了。這東西都不便宜呀，可怎麼辦呢？

陳小郎見事情越鬧越大，想衝出去，陳錦書緊緊拉住他，小聲道：「現在這店可與你一點關係都沒有。」

陳錦書的話成功地讓陳小郎站住了，轉身氣沖沖地走出店鋪。陳錦書和何田田也顧不上看熱鬧，急急跟了出去。

陳小郎一聲不吭坐上牛車，何田田看著比往常臉更黑的人，與陳錦書對看了一眼，跳上了牛車。

何田田一直以為陳家是做雜貨店的，沒想到荷花城的店賣的是首飾，難怪陳小郎會說，這荷花鎮最有錢的就是他們家了。她的頭上就插著一支木簪，雖然也有一支銀簪，不過她不太喜歡那款式，本來還想見識見識這城裡的流行款，結果卻遇到這樣的事，心裡很鬱悶。

這陳大郎真是到哪兒都與她作對。

「你以前來過嗎？」何田田見陳小郎一副「不要靠近我」的樣子，氣場冷得很，便小聲問起了陳錦書。

陳錦書看了一眼陳小郎，也小聲回道：「來過，以前大伯帶我們來的，生意很好。」

原來，荷花城這間店鋪算得上是陳員外發家之店，在這之前，他確實是賣雜貨的，但那些利潤不大，賺頭自然沒有那麼多。

後來陳員外認識了一個做玉石的朋友，便投入全部資本開了這家店，而這家店的生意從開業就一直不錯，很快就回本了，並為他賺到了不少錢，也是從那時候開始，陳員外在別的城裡也開了同樣的店，陳家的財產也就越來越多。

陳員外為人低調，不愛張揚，發家了也不像其他人那樣炫富，村裡的人都以為他不過是開雜貨店的，根本不知道他們家有那麼多家業。

這家店對陳家的意義自然不一樣，難怪陳小郎會那麼氣憤，他肯定是看不慣陳員外的心血被人這樣糟蹋。可惜現在他已經不是以前的那個陳二少爺，根本無權指責，他心裡一定感覺很無力吧？

何田田和陳錦書同情地看著他，同時對陳大郎做生意的手段充滿了懷疑。看那伙計的做法，肯定不是頭一次了，要不怎麼不見掌櫃指責他？誠信對生意有多重要，只要是商人都明白，這樣的做法只會讓顧客失望，不再光顧。

就因為這事，蓮藕大賣的喜悅都被破壞了，陳小郎回到家，就只知道埋頭苦幹，心裡在想什麼也不說。

這樣的情況持續了兩天，晚上躺在床上，何田田忍無可忍，用力往他的腰間肉一掐。

「你想幹麼？那又不是你的店，你在這兒操什麼心？」

陳小郎吃痛，忙按住她的手，把她抱在懷裡不能動彈，過了好半晌才道：「爹曾經說過，那家店就是陳家的根本，要是連那家店都變成那樣，誰知道其他的店變成了什麼樣？」

「你冷靜一下吧，現在的東家可不是你爹，而是陳大郎，你真是瞎操心。」何田田才不管陳員外說過什麼，反正現在跟他們一點關係都沒有。

陳小郎被她這麼一鬧，鬱悶的心情總算好了些，把頭埋進何田田的懷裡，低沈道：「那可是爹辛苦半輩子才經營起來的。」

他這樣說，何田田不知道該怎麼安慰，只是把他緊緊地抱在懷裡。

第二天，陳小郎總算恢復了正常，跟陳錦書挖蓮藕、撈魚，隨著魚和蓮藕越來越少，何田田手中的錢則是越來越多了。

何田田數了數錢，然後放進罐子裡藏起來，這才剛放好，陳二嬸就過來了，神秘地道：「陳大郎回來了。」

陳大郎的家在這兒，回來很正常呀！

似乎看出了何田田的疑惑，陳二嬸又道：「這次他帶回來一個男人，說是找到你娘的那個兒子。」

「真的？跟娘相認了？」

這下可把何田田驚到了，誰不知道梅氏想兒子想到眼瞎，知情的更知道，陳員外的意外去世也與那件事脫不了關係，現在陳大郎竟把他帶回來，梅氏會有多高興？

「嗯，不過那男人對妳娘冷冷的，可能對她懷恨在心，並不親熱，倒是對陳大郎這個弟弟很好。」

男女有別，陳二嬸也不好總盯著一個男人看，可她總覺得怪怪的，要是那兒子真不理解梅氏，那肯定會有情緒，要麼是怨恨，要麼是憤怒，可他對梅氏的感覺就像是陌生人，很是疏離。

「那娘肯定傷心失望極了吧？」何田田擔心地道。心心念念的人回來了，卻不認自己，那得是多大的絕望？

陳二嬸回憶梅氏當時的樣子，倒也沒什麼傷心，只是很激動，問了他不少問題，可那男人面對她那些問題，要麼沈默，要麼就賭氣地道：「妳都不管我那麼多年了，現在還問什麼？」

何田田聽了陳二嬸的話，也是雲裡霧裡的，鬧不明白他們唱的是什麼戲。如果那人不是梅氏要找的兒子，陳大郎找他回來有什麼目的呢？現在陳家可都是他的了。

何田田左思右想，都不知道到底是怎麼回事，只得把這事拋到腦後，當作不知道。

誰知，陳小郎他們剛回來，金花就出現在院門外，對陳小郎道：「二老爺，老爺請你們過去一趟。」

陳小郎沒出聲，何田田猜想肯定是關於帶回來的那位「大哥」的事，便對金花道：「妳先回去，我們先換套衣服再過去。」

金花巴不得，轉身就走了。

何田田便把陳二嬸說的全告訴了陳小郎。

陳小郎聽了，眉頭越皺越高，臉上也出現從來沒有過的嚴肅。

離上次到陳家又有好些日子了，再次進到陳家大院，感覺很陌生，院子裡又添了不少生面孔，看起來比他們住在這兒的時候多了很多人。

剛到大堂，就見陳大郎坐在正廳主位上，旁邊坐著一個男人。

對於這人，何田田找不到詞來形容，就是那種再普通不過的人，與陳大郎他們沒有一點相像之處，如果硬要說，那就是跟陳大郎一樣陰沈沈的。

自陳小郎他們進來，陳大郎就一直盯著他們看。上次奚落過他後，以為沒了梅氏的暗中幫助，他們肯定過得很狼狽，沒料到他們的氣色似乎比住在這裡時還要好，這讓他一直得意的心很不是滋味。

陳小郎一如既往地一聲不吭，何田田則是低眉順眼地站在他身邊，也不說話，堂上一時陷入無聲。

「大哥，這就是小弟及弟妹。」可能意識到沈默得有些久，陳大郎指著陳小郎，對旁邊的男子道。

那男子看了一眼陳小郎，平靜地道：「這就是小弟呀，我是你大哥。」

陳小郎看了他一眼，眼神一斂，根本不理他。那人似乎沒料到陳小郎會是這樣的態度，明顯愣住了，朝陳大郎看去。

陳大郎用手掩了下嘴，才道：「大哥別介意，小弟從小就這樣，不愛說話，不喜歡與人相處。」

那人用審視的目光盯著陳小郎，陳小郎突然朝他瞪了一眼，他嚇得往椅子跌坐下去，不敢再說話。

也不知道陳大郎在想什麼，似乎有些意興闌珊，朝陳小郎擺擺手，示意他退出去。陳小郎二話不說轉身就走，剛走到院子外，陳嫂就站在那裡。

何田田以為她是要他們去看梅氏，忙拉住陳小郎，誰知陳嫂走過來道：「老夫人說了，她有些累，你們就不用去見她了，過好自己的日子就好。這裡有些吃食，你們帶回去吧。」

陳嫂把手中的食盒遞給何田田，何田田看了一眼，陳小郎才接過來。「陳嫂，娘她最近還好吧？大哥找回來了，她一定很高興吧？」

陳嫂見他們接過食盒，似乎完成了一個重大任務一樣，笑道：「老夫人都好，吃得好、睡得好，現在身心也好，你們只管放心。」

何田田還想問話，誰知陳嫂卻道：「時候不早了，你們回去吧，等老夫人哪天得閒，你們再過來看她。」

說完也不等何田田回話就轉身離開，這讓她很詫異，平時她可都是讓他們先走，自己才回屋的。

陳小郎見何田田呆站在那兒，便拉著她往外走，她只得跟著他往外走，誰知剛到外院，就見陳大郎站在那兒，二話不說，就讓他身邊的小廝上前，把食盒搶了過去。

何田田不甘心，想把食盒搶回來，陳小郎卻把她拉住，只是冷冷看著陳大郎。

陳大郎把食盒的蓋子打開，用手隨意翻動著，見沒有什麼，才又重新把蓋子蓋上，遞給小廝。「我看看娘給了你們什麼好吃的，就這點南瓜餅，太寒磣了些。來人，去給二老爺再拿些糕點來。」

很快地，就有人提了幾包糕點出來，陳大郎一副「為了兄弟」的樣子，語重心長地對陳小郎道：「大哥找回來了，你也經常來看看娘，一家人總算團聚了。」

小廝把食盒和糕點一齊遞給何田田，她卻不願意接。這陳大郎是什麼意思，連食盒都要過目，這是怕梅氏把東西放在這裡面嗎？他也太過分了吧！

何田田沒接，陳小郎卻一把將食盒提了過去，轉身拉著何田田就走。

陳大郎見他看都沒看那糕點一眼，眼神變得深沈，看著他的背影出神。

何田田見陳小郎只顧著往前走，便甩開他的手，不滿地看著他。「你幹麼呢？」

陳小郎看著她有些紅腫的手腕，停住了腳步，抱歉地看著她。

何田田懶得理他，每次就只知道生悶氣。她走了幾步，又忍不住問道：「你怎麼把食盒提回來了？」

陳小郎半天沒說話，何田田以為他又不肯說，便不再理他，低頭就走。

「娘的心意。」

就在快要進院子的時候，陳小郎忽然道。

何田田愣了一下，才明白他是在回答剛才的問題。

回到家，何田田打開食盒，把裡面的東西拿出來。上面是一些糕點，下面一層乾果果脯之類，想來這些都是陳大郎帶回來的吧，他們在鄉下這些東西是難見的。

何田田把東西放好，重新把食盒蓋上，忽然發現在食盒的下層有個閃亮的東西。她好奇地湊近去看，發現竟是一條銀鍊子。

「你快過來看看，這是什麼？」

陳小郎坐在一旁看書，聽到她驚訝的叫聲，抬起了頭，看到她手中的東西一時臉色大變，連手中的書掉在地上也顧不得，一把將那鍊子搶了過去。

「哪裡來的？」陳小郎嚴肅地問道。

「就放在這食盒裡。怎麼了？」這不過是一條普通的鍊子，談不上好看，唯一特別的是那吊墜是一把小小的鑰匙。

陳小郎抓著鍊子，思緒回到了多年前，似乎是他決定不做生意的時候，陳員外手中正是拿著這條鍊子，當時他似乎說過「你別看這鍊子不起眼，卻是我們陳家最值錢的東西了。」

他聽了也沒放在心上，不過是一條銀鍊子，加起來的重量也不過十幾兩，能有多值錢？記得自己當時還不屑地看了眼，就轉過了頭。

只是他沒想到竟還有機會看到，且是梅氏以這樣的方法交給他，難道這鍊子真有什麼秘密不成？

「沒什麼，這可能是娘怕我們沒錢用補貼我們的。妳收好，不要弄丟了。」陳小郎又看了鍊子一眼，才把它遞給何田田。

何田田看他的表情就知道，才不信這鍊子真有那麼簡單，再說還無故說了這麼長的話，想來這東西對他有特殊意義，便道：「既然這樣，要不你自己收著吧。」

陳小郎的手頓了頓，最後還是搖搖頭。「不了，妳收著就行。」

無奈，何田田只得把鍊子接過來，把它與房契這些貴重的東西放在一起藏好。

另一頭，陳大郎直到不見陳小郎的背影才回到錢氏的屋裡，錢氏見他走進來，沒有起身，而是坐在那兒諷刺地道：「難得陳老爺還會進我這屋？不知道又有什麼事？」

陳大郎沒理會她那陰陽怪氣的語調，在一旁坐了下來。「這段時間，小弟他們有來看過娘嗎？」

錢氏聽了，諷刺一笑。「有你陳大郎在，誰敢來呀？」

陳大郎聽了眉頭緊鎖，手敲打著桌面，誰也不知道他在想什麼。

池塘裡的魚不多了，何田田準備現在先不賣，等到年底再賣，那時的價格肯定會更高。至於蓮藕，她準備再賣一次也不賣了，都留著明年當種子。

「哇，魚，這裡好多魚！」

陳錦書下到荷田沒多久，驚叫聲就傳了過來。

陳小郎和何田田不由朝他那兒看過去，只見水面游來一群魚，數量還挺多，何田田忙把竹簍遞給陳錦書。

「接住。」

陳小郎也下了田，把魚往陳錦書的方向趕，很快魚兒就四處竄逃，陳錦書費盡力氣才終於抓到兩條。

他爬上田埂，癱坐在地上。「這可比在池塘撈魚累多了。」

何田田沒理會他，朝那竹簍看去，這魚並不是他們常見的草魚、鰱魚，牠的身子比較扁，頭很小。

「這魚你們見過嗎？」何田田忍不住問道。

陳小郎和陳錦書聽她這麼問，都好奇地看了過來。剛才只顧著抓魚，沒有仔細看，現在一看才發現竟與平時見到的魚不一樣。

「以前他們在河裡撈過，這魚可好吃呢，比草魚之類的更美味。嫂子，妳怎麼在這裡養魚，也沒聽妳說過呀？」陳錦書看了一眼，驚喜地道。

何田田也疑惑這魚是從哪兒來的，她並沒有在裡面養魚，不過前世她曾聽說有人在荷田裡養魚，還有個好聽的名字叫「荷花魚」。但她根本不知道怎麼養，也沒放在裡面，這魚到底是從哪裡來的呢？

忽然，她靈光一閃，想起當日捕來的那些魚苗，她把那些不認識的魚苗倒進荷田旁的那個小水池中，後來幾場大雨，那裡的水就跟著流入荷田，想來這些魚就是從那裡跑來的。

「嫂子，這魚可好吃了，等一下就做這個吃吧！」

陳錦書一臉饞相，期盼地看著她。

何田田也想試試這魚的味道，便點點頭。接下來，陳錦書和陳小郎又發現不少魚。以前沒發現，可能是聽到動靜都跑到邊上去了，現在荷田的水沒那麼多，邊上比較乾，中間的水深，這才容易被發現。

何田田見這魚比較小，聽陳錦書說這魚肉比較細緻，便做了清蒸魚，這樣更加清甜鮮美。

等魚上桌，陳錦書早就等不及了，一口吃下去，閉著眼直說：「好吃，太好吃了！」

何田田被他那一臉享受的樣子感染了，也忙挾了一塊放入嘴裡，鮮味一下子就充滿整個口腔。

魚肉滑嫩，她根本想不到用什麼形容詞來形容這味道，最簡單的字就是好吃，回味無窮。

兩條魚不過轉眼工夫就沒了，而三人都是一副沒吃過癮的樣子，最後你看看我、我看看你，都只有一個念頭，那就是再撈幾條上來吃。

「嫂子，這魚妳不準備賣嗎？」

三人又吃了幾條魚，這次是紅燒的，味道一樣好，陳錦書見何田田完全沒有提到這魚，不禁問道。

「這魚不賣，等明年再說。」

何田田早就想過了，當時放了那麼多小魚在荷田，成功長大的只有這種魚，那就說明那荷田裡只適合養這魚，別的魚都受不了荷田裡的環境，所以現在不能賣，得讓那些魚生更多小魚，這樣才是長久之計。

陳大郎在錢氏那裡沒有打探到消息，便帶著大哥到了梅氏的院子。

梅氏的院子跟以前沒什麼變化，唯一的改變就是多了以前在何田田面前伺候的銀花。她當日被錢氏送去了廚房，後來梅氏院子裡少了個丫頭，便把她要來了。

陳大郎對這些並不在意，坐在梅氏的身邊，對她噓寒問暖起來，最後才裝作無意問道：「娘，大哥回來也有幾天了，是不是該去接大嫂他們過來？」

梅氏聽了他的話，臉上的表情一凝，過了好一會兒才道：「不了。你好好招待你大哥，陪他玩幾天，就安排他回去吧，他畢竟不姓陳。」

陳大郎臉上的笑容一僵，朝大哥看了過去，後者的臉色當場就變了，站起來就往外面走，甚至都沒有跟梅氏告退。

「娘，這樣不好吧，這麼多年，您不是千方百計想找大哥嗎？怎麼找到了，反而不待見了呢？」

梅氏轉動著手腕上的佛珠，低頭道：「那時不知道他生死，現在既然知道他活得好好的，也就不用擔心了。你們都長大了，自然也不需要一直守著我這個老太婆，你弟弟離開了陳家，不是也過得挺好的嗎？」

陳大郎似乎沒料到梅氏會這樣說，餘下的話一句也說不出來了。

他不甘心，最後問道：「可大哥家裡的環境不好，那娘的意思呢？」

誰知道梅氏竟笑了起來。「你說我一個瞎眼婆子，還能幫他什麼？你要是真心疼他，就打發他一些銀錢。我這屋裡，最多也就剩下一些沒用的布料，要是他不嫌棄，倒是可以拿幾疋回去。」

陳大郎聽了，臉一下子黑了，怒氣一閃而過，兩手不禁握成拳頭，最後裝出無奈的樣子，道：「既然這樣，兒子知道怎麼做了，就不打擾娘親了，兒子告退。」

說完，陳大郎頭也不回地走了，留下梅氏一個人怔怔地坐在那兒。

「老夫人。」

陳嫂端著一碗湯走了進來，小聲叫道。

梅氏慢慢端起了湯，喝了兩口才重新放回桌上，忽然道：「妳說這陳大郎到底想幹麼？」

更好。

陳嫂一愣，不知道怎麼回，便安靜地站在那兒。

梅氏似乎也不需要她回答，自顧自接著道：「他呀，就是太精了，才會看不透。」

陳嫂不懂其中的涵義，不過她沒有問。一個做下人的，有些事不需要弄明白，糊塗一些更好。

陳大郎出了梅氏的院子，就見大哥收拾好了包袱，坐在大堂上。見他進來，便道：「看來是不需要我了，拿錢來。」

陳大郎朝四處看了看，見沒有人，這才從懷裡拿出幾個銀子丟給他。「大哥，這就回了？不再玩玩了？」

大哥把銀子拿過來朝上面丟了丟，心情大好，爽聲笑道：「多謝大弟的盛情款待，你嫂子在家肯定擔心不已，我這就回去跟她說道，等來日再回來看娘及大弟。」

說完也不等陳大郎反應，便邁開大步走出大堂，很快就消失在路上沒了影。

第十四章

何田田從陳二嬸口中知道陳家院子發生的一切時，距離事情發生已經過去好多天了，何田田除了對梅氏的態度有些疑惑外，別的都不關心。

轉眼一年又快過去了，天氣也一天比一天冷，何田田擔心荷田裡的蓮藕會不會壞掉，便讓陳小郎他們到城裡時順道去書鋪找關於種農作物的書籍。

最後不負眾望，總算找到一個比較有用的方法，那就是把蓮藕藏在地窖裡，用稻草蓋著，這樣蓮藕就能保存到明年。

何田田讓陳小郎在後院找個合適的位置，挖個大一些的地窖，以方便儲藏東西。

陳小郎忙著挖地窖，何田田想著很久沒有回荷花村了，便提著幾條魚和一些蓮藕回去看看。

荷花村還是跟以前一樣，並沒有什麼變化。林氏見她回來了，迎著她進屋，噓寒問暖一番。

水伢子還不能走，不過已經爬得飛快了，也能簡單地叫娘了，見到她先是陌生地看了幾眼，害羞地往林氏的身後躲，才慢慢地探出頭。

等何田田坐得久了，熟悉了些，他便爬到她面前盯著她。何田田從荷包裡拿出幾顆糖，塞進他的嘴裡，他終於對她咧嘴笑了，露出幾顆小白牙。

何家一切都好，因自己家裡有了田，今年又風調雨順的，除去交稅收，夠他們吃到明年了。

何田田又問起老屋那邊的情況，跟往年差不多，除了交稅收還要交給張地主租糧，所剩無幾，只能摻些雜糧，熬到明年。

何田田不由嘆了口氣，深切體會生活的艱辛。

林氏見她光顧著問別人，便問她家裡還有沒有糧？要是沒有便回家拿，不要不開口。

何田田忙道：「您放心吧，我的糧食已經準備好了，再說就算不夠，不是還有陳二叔家嗎？」

「妳也不要總去麻煩他們，要我說，都怪那陳員外糊塗，家業那麼多，盡留給一個兒子，難道這小兒子就是撿來的嗎？」林氏當著陳小郎的面不敢抱怨，現在只有何田田，終於把心裡的話說了出來。

「不是給我們留了一大片沼澤地嗎？」

何田田現在是一點也不怪陳員外了，她覺得現在的日子過得挺好，那沼澤地既不用交租，又不用交糧，賺來的錢都是自己的，多好呀！

「那算地嗎？也虧得陳小郎的腦子靈活，養了些魚，可到底比不過糧食。」

林氏還在那裡絮絮叨叨地唸著，何田田卻沒有再解釋。

林氏是知道何田田養了些魚，賣了些錢，卻不知道她賺了多少，她也沒有要說的意思。有些事她現在不想說，總覺得一說出來就會有事發生，她不光何家沒說，就連陳二叔家，她還特意叮囑了陳錦書，不讓他說實情。

中午陪何老爹他們吃了飯，見天色不早，才跟林氏一起準備去老屋看看就回去，沒想到剛走到路口，就見何三嫂急急地朝張地主家跑去。

隨著何三嫂過去，圍在路旁的女人便小聲地議論開了，何田田這才知道竟是何嬌娘要生了。

自從上次張少爺回去後，就沒有再來過她家，一開始何田田到了日子還會提前準備張少爺喜歡的菜，後來幾次沒來後，她也就習慣了，想來張少爺厭倦了那裡吧，畢竟那地方除了她和陳小郎外就沒有別人，根本沒什麼好玩的。

後來何田田忙著養魚、種荷，很快就把他拋在腦後，現今看到何三嫂才又想到了他。

老屋裡，方氏他們都在，何靈靈的婚期就要到了，忙著準備嫁妝，而像他們這樣的人家，陪嫁無非就是被子以及一些日常用品，貴重的是不可能了，條件好一點的給你幾百文到一兩的銀子，那已經很多了。

方氏頭次嫁女，自然想多給些陪嫁，但下面還有一個女兒呢，就這三餐不飽的情況能給什麼？林氏剛坐下，她就嘮叨上了，無非是覺得對不起孩子之類的。

她這麼一說，更是引起林氏想起傷心事，兩人越說越難過，唉聲嘆氣的。何田田坐在那兒很不好受，可又不知道怎麼安慰，只得站起來道：「娘、大伯母，天色晚了，我就先回去了，靈靈成親那天再回來。」

林氏也顧不得傷感，忙跟方氏告辭。方氏也沒有再挽留，站起來送她們出了院子。

她們剛到路口，就聽到驚訝聲不斷。

「何三嫂，妳這是怎麼了？怎麼全身是血呀！」

何田田朝那邊看去，只見何三嫂一副慌慌張張的樣子朝村頭走去，兩隻手上沾著不少血跡。

「看樣子何嬌娘的情況不妙呀！我可聽說這些日子她都被禁足在家，張地主根本不允許她出院子，每天好飯、好菜地伺候著，就怕肚中的胎兒出問題，卻是沒想到，這都要生了，還是出事了，我看他們張家的祖墳肯定有問題。」

「就是，要不怎麼張地主家那夫人也早早離去了？」馬上有人接話道：「妳們說……這何嬌娘會不會也像她婆婆那樣？」

「少說兩句吧，要是讓何三嫂聽到了，只怕要跟妳拚命了。」

可能也意識到說話太過，那些女人很快就鳥獸散了，林氏在一旁嘆息道：「這女人呀，生孩子離閻王殿就一張紙薄，一個不好，那命就沒了。」

何田田正想著該怎麼回覆她的話，手就被人強拉住了。

「花花，我兒子、我兒子！」

「張少爺，你這是幹麼呢？」林氏見何田田的手被人拉住，急了。

「花花，我兒子、我兒子！」張少爺完全不看林氏，一個勁兒地對何田田喊道。

他臉上有著從沒有過的焦急，甚至兩眼充滿了淚水，何田田被驚到了，再聯想到他說的話，忙道：「你兒子怎麼了？」

何田田見張少爺還是重複唸著那幾句話，不由得拍了拍自己的額頭，她也傻了不成？

「走，我們去看看。」

其他人在討論何嬌娘的時候，何田田並沒有多少感慨，可現在面對張少爺時，她起了惻隱之心。她知道張地主有多麼盼望這個孩子，現在看張少爺的樣子，想來他也是很期盼的吧？哪怕他的智商停留在孩童，可面對血緣，他本能會擔心。

很多事耳聞遠沒有親眼所見那麼震撼，何田田看著從產房端出來一盆盆的血水，可想而知裡面生產的人有多危險。

何田田前世沒有生過孩子，都只從別人口中得知，耳中聽著何嬌娘那時高時低的叫聲，再看著眼前那紅紅的血水，她緊緊拉著林氏的手。

「走，回家，妳非要來湊什麼熱鬧？」林氏本就不贊成何田田來，現在見她沒有血色的臉，心疼不已，拉著她就朝外走。

誰知本來一回來就趴在產房窗戶上的張少爺，一見她們要離開，迅速跑到她們面前，拉著何田田，就是不讓她走。何田田根本掙不過他，只得留下來陪著他。

很快地，何三嫂把鄰村的老穩婆接了過來，兩人很快進了產房。

何嬌娘的聲音小了很多，何田田看著越來越暗的天色，不免有些著急，也不知道裡面是什麼情況？

直到天色完全黑下來，產房的門終於打開了，走出來的是那個老穩婆，一邊搖頭，一邊嘆息。

張地主一見老穩婆走了出來，忙上前問道：「裡面的情況怎麼樣了？」

老穩婆看了他一眼，才緩緩道：「孩子生下來了，不過那孩子……」

聽了老穩婆的話，張地主驚得往後退了幾步，要不是他身邊的小廝扶得快，只怕都要倒下了。

何田田的眼神帶著同情，想著他是那樣期盼這個孩子出生，誰知道得到這樣的結果，讓他備受打擊。

張少爺似乎也感覺到了不對勁，他朝產房跑過去，很快又出來了，只是手裡多了個布包。

何三嫂跟在他後面，喊道：「張少爺、張少爺，把孩子給我，快給我！」

誰知道張少爺根本不理她，在何三嫂過來拉他時，一腳踢了過去，一點也不客氣。他直接走到何田田面前，把布包塞到她手中。

何田田慌亂地接過那個孩子，只見孩子眼睛緊閉，小小的頭上全是血，應該是生產的時候擠壓到了，臉色呈現黑紫色。

林氏見孩子塞到了何田田手中，不由得大急。「田田，快把孩子給張少爺，我們回去！」

何田田卻忍不住把手探向那孩子的鼻孔，確定沒了氣息，手碰到他的肌膚，卻感覺還是溫溫的，忙解開裹著他的衣服，伸手探了探他的胸口，發現還有輕微的跳動。

「這孩子還活著……快，快救他！」何田田大聲叫了起來，抱著孩子的手都在顫抖。

誰知道那老穩婆可憐地朝她看了一眼，搖了搖頭，直接走了，就連張地主請來的大夫也不肯上前來看看孩子。

何田田想起前世看過一些急救知識，忙抱著孩子跑進屋裡，把他的身子先提起來倒著拍了屁股幾下，再用雙手壓著他的胸口，一下一下，見孩子還是沒有動靜，最後，她想到了人工呼吸。

不過她雖然見別人做過，自己卻從沒有真正試過，最後，她只能孤注一擲，所幸跟著進來的除了張少爺、林氏外沒有別人。

「娘，您幫我守著門口，不要讓人進來。」何田田迅速地道。

林氏雖然不知道何田田想做什麼，可自見到女兒抱著孩子跑進屋所做的事後就完全慌了神，根本不知道她在做什麼，聽到吩咐馬上就照著做。張少爺卻是一動不動地看著那個孩子，這時的他一點也不像傻子。

何田田把孩子放平，輕輕捏著他的下巴，見他的口裡似乎有痰，先幫他清理了下，接著再按照記憶中人工呼吸的方法對著他吹氣。一開始並沒有什麼反應，做了五、六次後，他終於能夠自己呼出氣了，這讓何田田喜出望外，更加有信心了。

也不知道過了多久，何田田只覺得自己站得腳都麻了，腰也瘦了，那孩子咳了幾聲，吐出一口血痰後，終於能自己呼吸了，雖然還有些微弱。

何田田把包裹住孩子的布整理好，癱坐在椅子上，外面傳來何三嫂的陣陣叫聲，而張少爺像個門神一樣擋在那兒，誰也沒有放進來。

「娘，把孩子抱出去讓大夫看看。」何田田對著傻站在一旁的林氏道。

林氏覺得一切就像作夢一樣，看向何田田的眼光多了些什麼。何田田知道她想什麼，只得無奈地解釋道：「我在書上看的。」

林氏懷疑地看著她，何田田知道她懷疑什麼，便道：「陳小郎教我識字的，現在看書完全沒有問題，家裡買了不少書，這方法也是在家裡的書上看的，我也不過是死馬當活馬醫。」

說完何田田不再多說，信不信隨她。

林氏聽了，並沒有說話，只是小心翼翼地把孩子抱出去。張少爺緊張地跟在林氏身後，何三嫂要接過孩子，他根本不讓她碰。

張地主見了，忙走到林氏身邊，急促地問：「孩子怎麼樣了？」

「你快請大夫過來看看。」林氏對張地主有些懼怕，低著頭小聲道。

張地主聽了，忙朝大夫叫道：「快過來看看！」

大夫出了產房就想走的，可張地主不讓，只得無奈地站在那兒等。大夫根本不相信那孩子還能救活，現在聽張地主叫他，只得應付地走上前，伸出手去探孩子的脈，這一探可把他嚇了一大跳。他不信，換另一隻手探，沒想到竟還是一樣的結果。

「這孩子沒問題了，只要好好照顧就行了。」

張地主一聽大喜，忙對一旁的管家道：「快，拿賞錢來，多拿一些。」

張地主小心地從林氏手中接過孩子，看著他還閉著眼，不放心地朝大夫問道：「真沒事了？可他怎麼還閉著眼睛？」

「可能是太累睡著了，放心吧，剛探了他的脈，除了比一般孩子體弱一點，其他都好。」大夫雖然百思不解，明明落氣的孩子，怎麼一轉眼又恢復過來？但確實他現在的脈搏是正常的。

張地主這才放下心來，見何田田從裡面走了出來，感激地抱著孩子走到她面前。「大夫說，孩子沒問題了。」

何田田點點頭，終於放心了，見天色完全黑了下來，朝林氏道：「娘，走吧，回家。」

張地主一聽，忙道：「等等，這些妳拿著。」

何田田見放在盤子裡閃亮亮的兩個銀元寶，這可是十兩銀子！沒想到一向吝嗇的張地主也有大方的時候。不過她並沒有拿，她救人又不是為了銀子。

張地主雖然不知道剛才屋裡發生了什麼事，但也知道肯定是何田田救了這孩子，他是真的想好好謝謝她，所以才會拿出十兩銀子，卻沒想到她竟不要。

何田田和林氏走在回家的路上，林氏幾次欲言又止，想問她為什麼救了那孩子，又不要那銀子？那十兩銀子夠花很久了，可不知道為什麼，她就是不敢問出口，對何田田感覺有些畏懼，沒了以前的隨意，想說啥就說啥。

何田田又累又餓，一句話也不想說，想著也不知道陳小郎在家會不會擔心自己？腳步不由得加快了些，很快就把林氏甩到後面了。

何田田走到一半，發現後面沒人，這才注意到林氏沒有跟上來，只得停下腳步等林氏走上前。

藉著月光，她看到林氏一臉若有所思，便道：「娘，您是不是還在想那些大夫都不知道的救人方法，我怎麼會知道吧？」

林氏面對何田田那了然的眼神，想否認卻發現根本無法搖頭，只得沈默地看著她。

「娘，這些真是我從書上看的，不過並不是從醫書上看的，是從雜談上看到的，一般人都不會看那樣的書，更不要說那些大夫了，所以他們不懂也不奇怪。不過，這事您回家後不要跟別人說，就連爹他們也別說，我怕他們誤會。其實救這孩子只是個巧合，剛好從書上看過這樣的先例，但妳讓我去救別人，我肯定就不會了，這也是我沒有收張地主那銀錢的原因。

「說來也是那孩子命大，您想想，為什麼恰好我就看到了這個辦法，又剛巧今天回來了呢？那肯定是上天有意讓他活在這世上，所以才會讓我去救他。」

何田田故意說得神奇一些，以便打消林氏的懷疑，畢竟這個年代的人識字不多，思想比較愚昧，會做出什麼事，誰也弄不清。

林氏聽了何田田的話，細細想來，不正是這麼個事，恍然大悟道：「正是這樣，沒想到那孩子還有這樣的造化。田田，妳以後可千萬不要再這麼做了，妳可知道男女授受不親，讓陳小郎知道不好，好在他是嬰兒沒事……」

何田田頭上冒出黑線，完全不明白一件救人的事竟被她說成這樣，可也知道她說的是現狀，便點點頭。「娘，您放心吧，不會有下次了。」

總算把林氏搞定，他們回到了何家，卻見陳小郎筆直地坐在大廳，何老爹和何世蓮正襟危坐，見她們走了進來，明顯鬆了一口氣。

「娘、田田，妳們去張家湊什麼熱鬧，天黑了都不知道？」何世蓮忍不住抱怨起來，要不是村人給他們報了信，只怕現在還在外面找她們呢。

何田田知道讓他們擔心，自知理虧，沒有回話，只是走到陳小郎身邊，小聲問道：「什麼時候過來的？」

陳小郎抬頭看了看她，見她安然無恙，放下心來，同樣小聲回道：「沒多久。我們回去吧。」

依照何田田的想法，自然是不想走，就在這裡睡一晚，可想著何家並沒有多餘的地方給陳小郎睡，只得點點頭。「那我跟娘他們說一聲就走。」

何田田他們連夜回了家，她並沒有跟陳小郎講在張地主家的經過，陳小郎自然不知道在張家發生的事，只以為她是單純因為張少爺的關係，才會在張家待那麼久。

直到第二天，張地主特意帶張少爺上門來請何田田去吃三朝酒，他才知道她竟救了張家小少爺的命。

送走了千恩萬謝的張地主，陳小郎瞪著大眼，直直看著她，對何田田是越來越看不透了。

明明她識的字是自己教的，偏偏她的腦袋就有別人想不到的東西，像那魚和荷花，現在竟也能救人了，這些她到底是從哪裡學到的呢？他真是百思不解。

何田田在他的注視下有些心虛。對林氏，她可以說是從書上看的，可對陳小郎，這個解釋卻是不成的，好在他當時不在場，便故意道：「看什麼？我臉上生花了？」

陳小郎從她臉上看不到一點心虛，見她不願意說，少有的好奇心被勾了起來，不禁問道：「妳到底是怎麼救那孩子的？」

「那孩子喉嚨裡堵了些血痰，穩婆以為孩子沒氣了，大夫又不願意承擔危險，我不是剛看了一本話本，上面剛巧就有這麼一段，我就照上面說的，把那孩子倒提起來，拍幾下屁股，然後幫他順了氣，孩子就活過來了。」

陳小郎聽了半信半疑，上次她也是這麼回的，這次她又是用同樣的理由。

何田田見他一臉不信，臉色有些不好看了。「怎麼，不信？跟我進屋，我指給你看。」

陳小郎見她有些怒氣，想著為了這樣的事惹她不高興很不值得，總歸救了人是好事，便道：「我只是沒想到妳看個話本竟還能救人，怎麼別人就學不到呢？」

「人家看書不過是看故事，而我卻喜歡從這些書裡看那些人文風俗，你不要以為那話本裡的都是假的，有些東西是作者結合當地一些風情寫下來的。」何田田一本正經地道。

她這話上次已經提過了，不過陳小郎並沒有放在心上，這次卻不禁深思起來，看向何田田的眼光都有些不同了，而他不自覺也養成了只要口袋裡有些閒錢，就給她買本書回來，反正只要是書，她不拘是寫什麼的，都照單全收。

別說，這還真讓何田田從書中找到了幾個實用的方法，讓她後來解決了不少麻煩。

對孩子來說，洗三挺重要的，張地主對這個來之不易的孩子很重視，給他的自然也是最好的，從上到下都穿金戴銀。

何田田一來，張地主很熱情地迎了上來，並示意奶娘把孩子抱過來。

何田田一見到孩子身上的東西，不由得皺起了眉。

張地主還以為孩子有什麼不妥，忙問道：「陳二夫人，孩子是不是有什麼不對？」

「他這才出生幾天，皮膚很嬌嫩，不適合戴這些，衣服也最好穿細棉布的，這些並不合適。」何田田到底沒忍住，指著他身上的東西道。

「誰說的，我家小少爺生來就是富貴命，就得穿金戴銀，自己都沒有生養過孩子，哪知道怎麼帶呀？」

張地主還沒有反應，一旁就有道尖銳的聲音插進來。

何田田見何三嫂一臉得意地過來了，還挑釁地看了看她的肚子，哪裡還不明白是什麼意思？何田田不想在眾目睽睽之下與她爭吵，便拉著陳小郎朝一旁走去。

自何田田救了孩子，加上張少爺對何田田莫名地依賴，連帶張地主都對何田田不一樣了。

張地主聽了何三嫂的話，忍不住豎起眉，嚴厲地道：「這裡沒有妳的事，滾一邊去！」

何三嫂聽了張地主的話，頓時不高興了，一副要吵架的樣子，旁邊幾個女人忙把她拖到一旁。

很快地，就傳來何三嫂大聲吹噓的聲音。

「我早就說了，嬌娘那可是我們荷花村最有福氣的，這不嫁到張家還不到兩年，就生下了個白白胖胖的少爺。哪像那個何田田，嫁到那陳家，說是少奶奶，卻連一畝地都沒有，守著一片沼澤地，沒餓死就不錯了，她可是比我家嬌娘嫁得早，卻連一個蛋都沒有呢！」

何三嫂的聲音很大，陳小郎也聽到了，他瞪著眼睛看著她，拳頭握得緊緊的，何田田生怕他鬧事，忙把他拉著。張地主見狀，忙讓奶娘把孩子抱好，自己領著何田田和陳小郎走進正堂。

孩子洗三的時候，按習俗是要外婆抱著在盆裡洗的，誰料張地主硬是把孩子塞到何田田手中，讓她給孩子洗，還讓孩子叫她姑姑。

孩子塞進何田田懷裡，她當場就僵住了，她還從沒有抱過這麼軟綿的孩子，根本不知道怎麼抱，怕他摔下去，只得緊緊摟著。

說也奇怪，那孩子本來一直閉著眼睡覺，結果到了何田田手中，他便張開眼，甚至還朝她露出無齒的笑容，讓何田田的心一下子就變柔軟了。

一旁的接生婆連聲說孩子跟何田田有緣，還說了一堆吉祥話，何田田看了陳小郎一眼，才把孩子放進盆裡，讓接生婆給他唱贊歌。

一旁的何三嫂怒火中燒地看著何田田，恨不得一把將孩子搶過來，可看著一旁的張地主，還有傻笑的張少爺，她根本不敢，只能眼睜睜地看著孩子洗了澡，穿上簡單的細棉布衣裳，就那樣簡單地包起來送入屋裡。

儀式一結束，何田田便跟陳小郎出了張家，張地主硬是提了一籃子的紅雞蛋給她，說是等孩子滿月就帶他過去看他們。

何田田不明白張地主葫蘆裡賣的是什麼藥，只得笑著點點頭。

回家的路上，陳小郎一直沈默著，就連何田田跟他說話，他都沒有回應，也不知道他在想什麼。

回到家，陳小郎就拉著何田田坐在羅漢床上，一本正經地道：「田田，我們要個孩子吧！」

何田田看著他嚴肅的樣子，不禁愣住了。他這是受到刺激了，怎麼忽然想要孩子呢？不過有個孩子似乎也不錯，想著那孩子天真無邪的笑容，她的心就軟軟的。

見何田田點了頭，陳小郎二話不說就撲了過來，把她壓在身下。

何田田還沒有反應過來，就被吃乾抹淨了……

冬日裡陳小郎他們總算閒下來，魚塘不用每天割草，蓮藕也放進了地窖。

陳小郎看著缸裡幾條荷花魚，還有在院子裡爭食的鴨子，對在一旁忙著做衣服的何田田道：「明天去縣城一趟。」

何田田對於去縣城自然沒有異議，家裡的鴨子又長大了，差不多又可以賣了，去看看行情也好，只是這次的鴨子可比上次多，已經有一百多隻，也不知道那小小的縣城能不能消化？

不過何田田現在一點也不擔心，如果縣城消化不了，大不了送去省城好了。

第二天，陳小郎牽來了陳二嬸家的牛車，用桶子裝好魚，再把鴨子綁好，才跟陳錦書趕著車出門。

陳錦書見牛車又停在縣衙前，再也不感到奇怪，而是幫忙陳小郎把魚搬下來，自己則趕著車去了酒樓。

陳小郎一到，金縣令就接到了消息，趕緊把手中的事處理完，急急地朝後院走去。

「錦鯉，你可來了，怎麼這麼長時間不見呀？」

陳小郎正待得有些不耐煩，打算告辭，就聽金縣令爽朗的聲音從外面傳了過來。

「金大哥。」

陳小郎轉過身便朝他行禮。這句「大哥」是他發自肺腑喊的，總覺得與他就像親人一樣，一些日子不見便有些牽掛。

金縣令聽了他的稱呼，更是笑容滿面。他從小便沒了爹娘，跟著伯父長大，偏偏跟伯父家的幾個兄弟又合不來，自小到大就是獨來獨往的。

自從陳小郎救了他，便是真當他為兄弟，要不當日也不會安排他到後院。只是到底委屈了他，一想到這兒，就覺得有些對不起他。

陳小郎自然不知道金縣令心裡所想，把桶子朝地上一放。「自家養的魚，給你送來幾條。我還得趕路，先回去了。」

金縣令伸頭朝桶裡看了看，真有幾條魚在那裡游。

「這真是你養的？」金縣令驚訝地問：「你不是養鴨嗎？」

「都有。這都是我媳婦養的，送幾條過來給你嚐嚐鮮。」陳小郎說完就要走。

金縣令忙拉住他，讓管家去廚房拿些糕點出來。

「看樣子你過得不錯，這樣為兄的就放心了，要是遇到什麼解決不了的事，只管來找我。」金縣令叮囑道。

陳小郎點點頭，心裡根本沒有一點要麻煩他的意思。

金縣令看得明白，更覺得陳小郎這人值得相交。

很快地，管家就提了一個食盒出來，金縣令接過塞到他手中，陳小郎沒有推卻，拿著就出了縣衙。

陳錦書已經等在外面了，臉上滿是笑容，見他出來，忙把手中的鞭子遞給他，自己接過食盒。

「那些掌櫃一見我送鴨子來了，都笑得合不攏嘴，這次價格比上次還多了五文，只是要求隔十天就送一次過去。」陳錦書喜孜孜地道：「回去得讓嫂子殺隻鴨來吃吃才行，肯定是我們這鴨子比其他地方的好吃，才會那麼受歡迎。」

陳小郎沒有說話，而是揚起鞭子趕起了車。

陳大郎剛從自家鋪子出來，就見到坐在牛車上的陳小郎和陳錦書。他揉了揉眼睛，確定真是他們，並不是眼花。

「他們來縣城幹麼？」

陳大郎疑惑地看著他們，並沒有上前打招呼的打算。

「陳少爺，等等。」金縣令的管家在後面叫著，陳錦書看到了，忙叫陳小郎把車停下來。

陳大郎看著金縣令的管家與陳小郎熟識的樣子，眼睛睜得大大的，心裡的疑惑更深了。

陳小郎他們跟管家告別後，就趕著牛車離開縣城，陳大郎卻是看著那越來越遠的牛車，陷入了沈思中。

回到家，何田田聽了陳錦書的話，覺得他真是越來越不客氣了，一隻鴨子可值一百多文呢，不是過年過節，他倒好意思想殺來吃。

「嫂子，今年的收入雖然不夠你們頓頓吃肉，但隔段時間打打牙祭還是可以的，要是嫂子實在捨不得，這樣吧，這次去縣城我就不要錢了，做頓鴨子大餐給我吃就行了。」

何田田被他的話氣樂了，合著她是這麼小氣的人？

「行，既然你那麼大方，那就這樣。陳小郎，去抓一隻鴨子回來殺了。」何田田指揮起來。「陳錦書，既然你那麼捨得，那不介意再去買塊肉回來吧？我呢，就再去抓兩條魚回來，今晚就吃頓飽。」

陳錦書聽了不由有些肉疼。她還真是一點都不客氣，不過話都已經說出口了，他也不能收回，只得抬起腳往外走。

何田田見陳錦書二話不說就去買肉，心裡笑開了，跟在他後面道：「順便回去把你爹娘和兄嫂他們都請過來，熱熱鬧鬧聚一聚。」

其實何田田自手裡有些餘錢後，早就想請陳二嬸他們過來吃頓飯，感謝他們這麼久以來的幫助，只是一直沒有合適的機會，如今見陳錦書想吃鴨子，心想他們三人肯定吃不完一隻鴨，那就乾脆趁這機會好好吃一頓。

陳錦書腳步踉蹌了下，這女人還真是精打細算呢，不過心裡卻怎麼感覺挺開心的呢？

陳小郎的動作很快，一隻鴨子很快就擺在案板上，等著何田田去料理。

這鴨子何田田打算燉湯來喝，畢竟鴨肉和醃蘿蔔一起燉非常美味，前世她媽媽就很會燉這道湯，且材料簡單，一隻老鴨、幾條醃蘿蔔，再加些生薑就大功告成。

何田田俐落地把鴨子洗乾淨、切成塊，放入鍋中炒，再倒入瓦鍋。瓦鍋裡有已經燒開的水，再從罈子裡拿出幾條醃蘿蔔切成片，又拍了些老薑，一同倒入鍋裡，放在火上慢慢燉煮。

陳錦書買了一塊五花肉回來，何田田便想到蓮藕炒肉片，魚就做清蒸魚，想著人有些多，又炒了盤青菜。

陳錦書把陳二叔他們接來了，隔好遠就聞到香味，他使勁地聞了聞，一臉興奮地道：「看來今晚又有口福了。」

陳二嬸一巴掌拍在他頭上。「就只知道吃！這麼大了，一天到晚就往外面跑，也不成家！」

陳錦書見陳二嬸又要囉嗦，一個箭步就跳下牛車，朝院子跑去，氣得陳二嬸對陳二叔抱怨道：「你看他，還不讓人說了！」

「行了，妳孫子有了，媳婦也有兩個了，他不願意成親就別管了。」陳二叔安慰道。

陳二嬸聽了更氣，要不是見車已經停了，她都要破口大罵了。

何田田見陳錦書自己跑了進來，便問道：「二叔他們呢？你不要告訴我沒有請過來。」

「哪敢呀？放心吧，都來了，就不知道妳做的菜夠不夠？」

陳錦書朝這鍋看了看，又朝那鍋看了看，見瓦鍋中傳來陣陣香味，就知道鴨子肯定在裡面，趁何田田一個不注意，便揭開蓋子，只見那鴨湯油亮，香氣撲鼻，食慾一下就被勾起來，正想偷吃一塊，頭又被敲了。

「你這臭小子，又在幹麼？」陳二嬸進來就見到陳錦書這副模樣，有些頭痛地罵道。

陳錦書怕他娘嘮叨，忙把鍋蓋重新蓋好，跑到了外面。

何田田見陳二嬸進來了，忙讓她去外面坐著等。

陳二嬸卻沒聽她的，洗了洗手便幫忙幹起活來。很快地，薛氏和朱氏也進來了，頓時廚房變得十分熱鬧。

陳二叔和陳錦程兩人在何田田剛搬來時來過，後來雖然聽陳二嬸和陳錦書說過這裡的變化，卻也沒想到竟會出現這麼大的差別——院子裡一塊塊的菜地、旁邊是一排雞鴨的窩，外面雖然還是一片沼澤地，但又跟以前不一樣了，有池塘，還有一片種過荷葉的濕地。雖然看起來有些蕭條，但他們都知道，陳小郎他們就靠著這個賺了不少錢。

陳二叔還想去池塘邊看看，卻聽到裡面叫吃飯的聲音，他的腳忙轉了個方向。

來到屋裡，只見桌上放著一大盆熱騰騰的鴨湯，上面浮著金黃色的油，夾雜著醃蘿蔔特有的香味，不禁吞了吞口水，更不要說旁邊還有一大盤蓮藕炒肉片，以及看起來就很新鮮的清蒸魚。

難怪陳錦書一天到晚就往這邊跑，換作是他，他也願意呀！

陳二叔內心雖然這麼想，臉上的表情卻跟往常沒區別。陳小郎見陳二叔進來了，忙拉開椅子請他坐下，其他的人才坐下來。

陳二叔見人都到齊了，便拿起筷子挾起一塊鴨肉，其他人才紛紛挾起菜來。

「娘，真好吃，我還要鴨肉！」環兒吃了一塊鴨肉，又指著碗裡道。

薛氏有些不好意思地朝何田田看了下，何田田笑道：「只管吃，鍋裡還有呢，特意為你們殺的鴨子，可不要剩下了。」

何田田的話剛落，陳錦書就挾了一隻鴨腿，很不客氣地道：「環兒，只管吃，你嬸嬸院子裡還有好多鴨呢，吃了這隻，我們再讓她殺。」

「胡說八道，你嫂子養的鴨子可是要賣錢的，要不這糧食從哪裡來？」陳二嬸一聽，呵斥道。

何田田見陳錦書馬上蔫了下去，不由得好笑。不過這鴨子味道確實不錯，比前世吃過的都要好吃，滋味鮮美，可能跟一直養在沼澤地有關。

「吃。」

陳小郎見環兒吃完了碗裡的，卻不敢再跟他娘要，便心疼地又挾了一塊放入他的碗中。

何田田見陳二嬸幾句話便讓氣氛有些僵了，忙道：「二嬸，我知道您是心疼我們，不過這鴨子養來就是要吃的，別人是花錢買來吃，我們自己養的，那應該多吃才對。放心吧，肯定餓不著，明年我再養多一些。環兒，你要是想吃，只管跟叔叔過來，嬸嬸給你做。」

何田田並不是那種只賺不花的人，自然不會吝嗇，以前不殺鴨子吃，主要是她覺得鴨子有種腥味，現在嚐過後，才發現根本沒有腥味，那自然就不同了。

眾人都被她這大方的語氣逗樂了，很快又開始有說有笑起來。

陳大郎回到家左思右想，就是想不明白陳小郎怎麼會去縣衙？他去梅氏那邊探過口風，沒有得到想要的消息，便想找陳小郎問個清楚，卻沒想到站在屋外都聞得到香味，還陣陣笑聲傳來，讓他變了臉色。

陳大郎氣沖沖地回到陳家院子，一腳踢開錢氏的房門，嚇得金花臉色蒼白，擔心地看著錢氏。

錢氏坐在那兒頭也沒抬，慢條斯理地看著帳本，理都沒有理陳大郎。

陳大郎一巴掌拍在桌上。「妳是不是早就知道陳小郎他們跟金縣令認識了？」

陳大郎以為陳小郎之所以能在那沼澤地前的房裡吃香的、喝辣的，那是因為他與金縣令相識的緣故，他從沒想過就靠著那些沼澤地，他們也能把生活過得有滋有味。

聽了他的話，一直裝平靜的錢氏終於變了臉色，手中的帳本都掉到了地上，睜大眼睛，不可置信地道：「你說什麼？陳小郎那個醜八怪怎麼可能與縣令認識？人家不把他趕走就不錯了。」

陳大郎見錢氏震驚的樣子，半信半疑地看著她。「妳真不知道？」

「誰告訴你的？不會是那個女人吧？她大門不出、二門不邁，怎麼會知道？」錢氏露出譏諷的笑容，不屑地道。

陳大郎一見她這樣，更是惱了。

「妳胡亂說什麼？我親眼看到陳小郎從縣衙走出來，而且跟縣令家的管家很熟識，到底是哪裡出了錯？」

錢氏已經恢復冷靜，又拿起帳本看了起來，見陳大郎六神無主的樣子，冷笑不已。連對自己的親兄弟都這樣，何況她這個女人？

如今外面的事她不想管，還不如緊緊抓住自己手中的銀錢。

錢氏想通後，也不理陳大郎，讓他自己在那裡急得團團轉。

「錢氏，妳倒是冷靜，陳小郎與金縣令認識，到時事情一暴露，妳我都跑不掉，這些店鋪、財產也都成了他的，看妳到時還能不能像現在這樣？」

陳大郎想了許久，回過頭見錢氏只管看自己的帳本，根本沒有在想辦法，不由得怒道。

錢氏的頭終於從帳本裡抬了起來，看著慌了神的陳大郎，斂下眼中的鄙視。「你做了什麼，竟要這麼慌張？分家又不是你分的，當時陳小郎和二叔他們都在，我們只是聽爹的，難道這也有罪？」

本來有些慌張的陳大郎聽了錢氏的話，頓時眉開眼笑起來。「對，妳說得對，我沒有做什麼錯事，我都是按爹說的在做。」

想通後的陳大郎心情變得極好。「那妳早些歇著，今天累了一天，我也該去休息了。」

說完陳大郎轉身就朝門口走去，在跨過門檻時忽然又停住腳步，讓錢氏的心緊了一下，抓筆的手一用力，不小心在帳本上畫了重重一筆，可這些她都沒有注意，眼睛裡只有門口的陳大郎。

「雖然我沒做錯什麼，不過妳還是讓人去娘那裡探探口風吧，不要到時被打個措手不及。」說完頭也不回地走了。

錢氏氣得把筆一丟，帳本都差點被她撕了。

沒良心的男人！有事就找自己，沒事就只知道跟那女人鬼混，真是氣死她了！

「夫人，您冷靜些。老爺也真是的，竟敢這樣對夫人，也不想想只有夫人才什麼事都願意替他想……」金花見狀，忙過來安慰道。

另一頭，陳錦書撫著發脹的肚子，躺在椅子上，有些感嘆。

「以前也吃過鴨肉，可全都是骨頭，還有很重的腥味，一點也不好吃，沒想到嫂子做的這鴨肉，味道卻這般鮮美，回味無窮呀！」

何田田對陳錦書吃飽就感慨的習慣早已見怪不怪，陳二嬸卻是看不慣，瞪了他幾眼，見他沒有反應，走到他旁邊「啪」的一聲。

「娘，您幹麼呢？」陳錦書挨了一巴掌，連忙坐起身，很不滿地道。

「你看看這像什麼樣子？我跟你說，你嫂子他們不容易，你不要只知道吃吃吃！」

陳二嬸對這個小兒子也充滿了無奈，與兩個哥哥不一樣，不想種地，一天到晚就只想幹輕鬆活兒。以前沒有門路還算老實，自從開始賣魚，根本很難得見到他的影子，一念叨他，他就丟給妳一點銀錢，根本拿他沒辦法。

何田田看在眼裡，也知道陳二嬸的意思，忙道：「二嬸，您別怪錦書，其實我早就想殺隻鴨子來嚐嚐了。其實我們這鴨肉味道確實不錯，難怪鎮上的掌櫃隔段時間就要來買上幾隻，想來也是知道我們這鴨子與別人養的不同，我準備明年養更多鴨子，到時還得麻煩錦書呢。」

「養那麼多，忙得過來嗎？」陳二嬸擔心地問。

何田田已經想好了，到時可以回荷花村老屋找人過來幫忙，那幾個堂哥為人勤勞老實，最重要的一點，就是對家人無話可說。

「沒關係，忙不過來就叫我娘家人來幫忙。」

何田田越想越覺得可行，這沼澤地很大，養幾千隻鴨子都沒問題。當然，一下子也不可能養那麼多。況且鴨子的糞便可以施肥、養魚，這一舉三得的事，何樂而不為？

陳二嬸也知道何田田是有成算的人，便不再阻止，想說她也可以過來幫忙，可轉眼想到自家那些地，根本沒空，只得把話嚥了下去，朝一旁聽得津津有味的陳錦書腦袋拍了一下。

「好好幫你嫂子，不要老是想著吃。」

「娘，我到底是不是您的兒子，怎麼老是打我呀？」陳錦書委屈地道。

陳二嬸揚起手又要拍下去，陳錦書一個鯉魚打挺溜掉了，陳二叔剛好走過來，對著他就呵斥道：「又惹你娘生氣了？」

陳錦書一臉鬱悶，耷著頭不說話，何田田見了，覺得有趣得很。

送走陳二叔一家，何田田便把養鴨子的事跟陳小郎說了。

陳小郎看著她。「妳想做就做，想要我幹啥我就幹啥。」

何田田看著他一副「唯妳是從」的樣子，心裡有股暖流流過。他雖然不愛說話，卻總是用行動來支持她，讓她沒有後顧之憂，這正是她需要的。

「明年再弄兩個池塘，把蓮藕都種下去，然後多養些鴨子，想來收入肯定會比今年多。」何田田美滋滋地道。

「田田，」陳小郎認真地道：「妳還忘了一件事。」

「什麼事？」何田田驚訝地看著他。

她抬起頭，看著陳小郎抿著嘴、一副緊張不安的模樣，想了又想，還是不明白他想說的是什麼事，竟是讓他這樣為難。

陳小郎低下頭，看著何田田那靈動的大眼眨呀眨的，身體有些僵硬，聲音也變得嘶啞，手不禁放在她的小腹上。

「我們是不是……也該添個小傢伙了？」

何田田的臉騰地就紅了。原來是這事……

她有些惱羞成怒，用力朝他的手拍了一下。「別胡鬧。」

陳小郎委屈地看著她。就連張家那個傻子都當爹了，他怎麼就不能想要個孩子呢？

何田田轉過身，手也不禁放在小腹上，想著要是懷了寶寶，會是什麼模樣？

何田田轉過年想多養鴨，陳小郎便帶著陳錦書在院子下面的空地上又建了幾間屋子，磚頭那些就自己做，好在這些日子天氣不錯，磚頭也就乾得快。

何田田用蓮子芯煮了些水當茶喝，這東西雖然有些苦，但有清熱、安神、強身的功效。剛開始喝有些不習慣，喝多了卻喜歡上這味道。

「花花。」

她把茶放好，就聽到外面似乎是張少爺的聲音，連忙走了出去。

她走到外面，就見張少爺蹦蹦跳跳地跑進來，張老爺則跟在後面，一旁的奶娘抱著孩子。

何田田不禁一愣。算了算日子，正是那孩子滿月，他們不抱去何三家中，怎麼到這裡來了？

第十五章

「花花，快，我兒子。」張少爺強拉著何田田就跑到了奶娘面前，指著那孩子道。用小被子包裹著的嬰兒已經有了很大的變化，白白嫩嫩的，眼睛烏溜溜地轉個不停，見了何田田咧開嘴就笑，伸出手想抓她。

何田田抓著他小小的手，軟軟的、暖暖的，很是可愛。

「張老爺，你們怎麼過來了？」何田田接過孩子，轉過頭看向張地主，這肯定是他的主意。

張地主一點也不客氣，自己找地方坐了下來，見到桌上的蓮子芯水，直接就倒了一杯，似乎沒料到是苦的，皺起了眉頭，吞下去又接著喝了一口，見何田田總盯著他，只得放下水壺。

「何三那個家哪裡值得我乖孫去？話說你們怎麼不歡迎我們？」張地主不快地道。

何田田聽了很是無語，合著他們過來，還是看得起她？孩子出月子去外家是荷花鎮的風俗，怎麼到他這裡就行不通了，難道他這孫子不是從人家娘肚子裡出來的？

心裡雖然是這樣想，何田田到底沒有把話說出來，而是逗起了孩子，也好奇他們把孩子抱過來，何嬌娘怎麼會同意？

剛滿月的孩子，大部分都在睡覺，何田田逗了一會兒，他就打起呵欠來，一旁的奶娘忙接了過去，說是小少爺要喝奶、睡覺了。

何田田把孩子遞給奶娘，便去地裡把陳小郎叫回來，讓他陪著張地主，自己則是去做飯。念著今天日子特殊，便讓陳錦書殺了一隻鴨，又抓了幾條荷花魚回來。

飯飽食足，張地主就打發張少爺去外面玩，見屋裡只有何田田和陳小郎，認真道：「我今天帶著兒子、孫子來這裡，還有一個意思，就是想跟你們認個親。」

何田田有些不懂他這話的意思，雖然張老爺只有張少爺一個兒子，但他本家還有不少兄弟，加上何嬌娘那邊的親戚，不說多怎麼也不少了，怎麼還特意認他們做親戚？

「不行。」

何田田沒想明白，陳小郎卻明白了他的意思，這是想認乾親呢，因此想也沒想便拒絕了。

張地主似乎也知道陳小郎不會那麼爽快同意，很平靜地看著何田田，又開口道：「我知道你們不喜歡我，覺得我吝嗇，當年還強逼妳嫁給我兒子，可我再吝嗇，那也沒有多收佃戶的租金，妳去別的地方看看，他們那裡的佃農是什麼樣的情況？」

何田田雖然穿來這裡一年多，可她連鎮上都去得少，自然不太了解民情，只知道荷花村的人苦是苦，可挺一挺也還是能過得去。像何老爹他們以前，雖然沒有田，不也每頓都有糧食？雖然都是湯湯水水的，但外面怎麼樣，還真不知道。

她朝陳小郎看了一眼，見他沒有搖頭，看來他說的是事實了。

張地主又接著說了下去。「當時去求娶妳可是真心的，雖然我兒子傻是傻，但他聽話，只要妳對他好，他也會對妳好，再說了，嫁進來就能當家作主，又沒有婆婆管，只要不隨便花錢，我也不干涉，總比嫁入那種一天三餐不飽的家裡好吧？」

話是這麼說，可誰又會希望自己的女兒嫁一個傻子？窮一點還有希望，這傻子可就沒希望了。

心裡雖是這樣想，不過何田田到底沒有反駁他的話。也許換個角度，他說的也可能沒有錯，畢竟有時窮比什麼都可怕。

張地主見到他們的表情，便知道不同意了，長嘆了一口氣，看來只能另作打算了。

「既然你們都不願意，就當我沒說。何田田，金寶喜歡妳，妳是除了我以外，他最信任的人，如果哪天我出了什麼事，還請妳看在他對妳一片誠心的分上，幫幫他。」說完張地主就站了起來，準備離開。

陳小郎聽了張地主的話，臉色都變了。何田田看在眼裡，忙拉了拉他的手，他的臉色才好一點，卻不讓她去送張地主。

何田田看著他難得幼稚的行為，聽從了他，誰知道張少爺卻像一陣風一樣跑進來，目標就是何田田，直接撲過來就要拉她的手。

陳小郎見了，把何田田拉到自己身後，黑著臉看著張少爺。

張少爺沒有碰到何田田，委屈地嘟起嘴，眼睛紅紅地看著他，像是受到很大的委屈。

何田田看著有些想笑，那麼大的漢子，偏偏做出那麼幼稚的動作，忙把陳小郎拉到一旁，轉過身對張少爺道：「你爹要回家了，帶走了你兒子，你怎麼還在這兒？」

「妳都不送我們。」張少爺更加委屈，眼淚都要掉出來了。「我爹說，以後妳就是我的妹妹，我就是妳的哥哥，我們是一家人，我過些日子還帶兒子過來看妳。」

得！張地主這是認不了乾親，乾脆讓張少爺來認個兄妹？偏偏她對張少爺那傻乎乎的樣子沒有抵抗力，在他那純真的眼神下，只能點了頭。

張少爺見她同意，咧開嘴歡喜地笑了，眼中哪還有什麼淚花，轉身邊笑邊叫著跑了出去，何田田覺得好像上了當。

陳小郎氣呼呼地坐在一旁，不肯看何田田。何田田不禁撫額，真不明白他跟一個傻子計較什麼？張地主說張少爺喜歡她，無關男女之情，要不他也不可能當著陳小郎的面說，他這是吃哪門子的醋？

何田田哄了幾句，見陳小郎還是黑著臉，也懶得理他，自顧自地在那兒喝起了茶。

陳小郎看何田田那怡然自得的樣子，有些氣急，卻又對她無可奈何，猛然站起來，撈起她就朝內室走。何田田趴在他肩上大聲尖叫，不知道他發什麼瘋。

等她明白過來，人已經在床上了，而陳小郎的衣服已經有一半在地上，何田田頭一次知道不要隨意惹惱男人，尤其是那種不愛說話的男人，她全身就像被輾過一樣，連動的力氣都沒有了。

過了兩天，林氏忽然過來了。

何田田連鴨子都沒有餵了，趕緊走上前。「娘，您怎麼來了？」

林氏到她這裡，用手指頭都能數得清，主要是她不放心家裡，總覺得那個家要是沒有她，那肯定會垮，所以她輕易不走親戚。

林氏上次來時還是春天，那時剛挖了池塘，其他的啥都沒有，就連鴨子都還很小隻，這次來，已經有了很大的變化。林氏看著生氣勃勃的院子，總算明白何田田說的「她什麼都有」的意思了。

「這不是擔心妳嗎？這才過來看看。」

林氏這也算是實話，何田田他們沒有分到良田，一直是林氏的一個心結，雖然每次何田田回去都會帶魚、帶肉，可她沒瞧見，那心總是沒有底。

何田田迎著她進了屋，端了一碗藕片出來。「這是我做的，娘嚐嚐，挺好吃的。」

林氏一看，這蓮藕上面還裹著一層糖，咬下去脆脆的、甜甜的，味道是不錯，只是這樣會不會太浪費了些，這一碗那糖都用上幾兩了。

何田田不知道她心裡怎麼想，還在想中午要不要殺隻鴨子，留一半給她帶回去。

「張少爺的兒子滿月是不是來妳這兒了？」林氏見何田田忙上忙下的，到底把來這兒的目的問了出來。

何田田驚訝地看了她一眼。

難道她就為了這事過來的？這多大的事呀，值得她特意跑一趟？她面上不顯，點了點頭，不在意地道：「是呀，張老爺帶著張少爺還有小少爺都來了。」

林氏本來還不相信，聽她這麼一說，猛地站起來衝到她面前，一副氣急敗壞的模樣，指著她半天，氣得都說不出話來，過了半天才道：「妳呀妳，怎麼那麼糊塗，怎麼能讓他們到妳這兒來呢？」

何田田雖然知道張老爺他們來這裡不合規矩，但也不覺得是什麼重要的事，來都來了，吃頓飯就走了，而且這次張地主還帶來了肉，並沒有虧什麼。

林氏一見她的樣子，更是氣不打一處來，這孩子怎麼就那麼不知道輕重呢？她都不知道現在荷花村都在說她做得不地道，孩子滿月都是去外家，就算不去外家，那也是要去親戚家的，像這樣直接到跟張家無關的人家來，說是把何家的福氣全都帶過來了，難怪何三嫂每天在家罵人，她還以為是何三嫂沒事找事，誰知道竟是真的。

「還有這事？我怎麼不知道？」

何田田還真不知道有這一齣，現在她總算知道為什麼張地主會在那天提出做乾親，見陳小郎不同意，轉而叫張少爺來認她這個妹妹，這不是逼著她承認嗎？

「唉，都怪我，以前光教妳幹活，都忘了教妳這些人情世故，妳當時嫁得急了些，很多東西都沒有教會。」林氏見她一副懵懂的樣子，便開始自責起來。

何田田聽了不禁有些頭痛，忙道：「娘，您別急，那張老爺認我做乾女兒，張少爺認我當乾妹妹，我跟他們並不是無關係的人，那何三嫂要怪就去怪張地主好了，跟我沒有任何關係。」

「啊？這是什麼時候的事，我怎麼沒聽妳說過？」林氏被何田田的話嚇到了，這認乾親可不是隨便的事，她怎麼都沒有聽說過呀？

張少爺認她為妹妹的事，何田田本來並沒有放在心上，結果被林氏這麼一說，不認也得認了，便把事情的經過都告訴她，免得她擔心。

林氏是放下心來了，口裡卻責怪張地主做事不地道，怎麼也沒想到，兜兜轉轉，還是跟張家扯上了關係。

「這事只能這樣了，我回去得讓妳哥去一趟張地主家，挑個吉日，舉行個儀式，讓別人都知道你們是乾親，以後有事，大家心裡也有個數，免得他們誤會。」林氏又操起心來，安排起要做的事。

何田田對這些風俗都是一知半解，只能聽從她的安排，等陳小郎回來再跟他說，讓他心中有個底。

林氏吃過飯就急著要回去，一是不放心家裡，二是覺得何田田這事得趕快辦好，畢竟何三嫂是個拎不清的，那何三也是個不講理的，現在何嬌娘受了委屈，誰知道他們會不會找上門來？

何田田只得把半隻鴨子裝在籃子裡，又拿了些青菜、蓮藕裝滿一籃子，才送她出門。

林氏看著籃子裡的東西，再看看院子裡的雞、鴨，拒絕的話到底沒有說出口，想來以後也不會因為何田田沒有田而著急了。

兩天後，張地主就派張少爺身邊的小廝通知何田田，已經算好吉日，讓她準備準備，去張家舉行認親儀式，還特意交代要早一天過去。

何田田點了頭算是答應了，送走小廝後，便問陳小郎。「這儀式還有什麼要注意的嗎？」

陳小郎搖搖頭。「不知道。」

何田田見他一臉鬱悶，便不再問他，想著到時提前去何家問林氏好了。說起來，她比陳小郎更鬱悶，這完全是逼著自己認親，要是放在前世，她才不管這些禮節呢，可現在她還真不敢，真是憋屈。

另一頭的張家，張地主這幾天興致很高，安排著下人準備吃食，一改以前吝嗇的形象，竟買來半頭豬，甚至還特意讓人去荷花城買了許多糕點，就是為了張少爺認妹妹的事。

何嬌娘自從生下孩子後就坐起了月子，每天困在房間裡，而自出了產房，她就沒見過那孩子，每次她提出要看看孩子，就被以「剛生產完、身體不好，不能見」為理由拒絕了。

雖然她根本不待見那孩子，但被這樣阻隔開來，心裡很不是滋味，再說她之所以生這孩子可還有目的呢，誰料這目的還沒達到，孩子都見不到了，這讓她如何開心得起來？每天不是罵這個，就是罵那個。

好不容易出了月子，何嬌娘想著無論如何孩子總得回到自己身邊了吧？於是她早早起來，收拾妥當，便打發人去奶娘那裡把孩子抱過來，等一下一起去荷花村娘家。

誰料孩子竟被帶走了，而且不光是孩子，就連張地主和那張傻子也不在，氣得她拿起東西就往地上砸，急得一旁的小丫頭面無血色，這東西砸了可是要賠錢的。

何嬌娘砸了幾樣東西，理智總算慢慢回來了，看著凌亂的房間，她黑著臉問道：「去打探打探，小少爺被抱到哪兒去了？」

張地主把孩子抱出去，不可能去荷花村，他討厭何三嫂不是一、兩天的事了，也不知道是去哪個親戚家？真是太過分了，不管怎麼樣，這孩子也是自己生下來的，這樣重要的日子都不去外家，真是欺人太甚。

何嬌娘越想越氣，誰知打探回來的消息更是讓她氣得吐血——竟然把孩子帶去何田田那個賤人那裡！她氣得差點連手帕都要撕爛了。

好不容易等到張地主他們回來，她迫不及待跑去正堂求見，張地主倒是沒有拒見，只是她情願乾脆不見。

「爹，我娘家在荷花村，您把孩子帶去哪兒了？」

要是以往，何嬌娘絕對不敢這樣跟張地主說話，不過她現在有了兒子，情況就不一樣了。

張地主不用看也知道何嬌娘在想什麼，頭也不抬地道：「我抱孩子去他姑姑家了。怎麼，這事還需要跟妳商量？」

何嬌娘傻眼了，張傻子什麼時候有姊妹了，她怎麼不知道？再說明明是去了何田田家，怎麼是去了姑姑家？

「你們不是去了何田田家嗎？」何嬌娘情不自禁地問出來。

張地主聽了，什麼也沒有說，只是揚了揚眉。「妳來得正好，剛好有事要跟妳說，金寶認了何田田為妹妹，我也認了她為女兒，以後她就是妳的小姑子，看到她態度好一些。」

「什麼?!」何嬌娘大驚失色，失聲叫了起來，滿臉不敢置信。

「怎麼，有意見？」張地主很是不快地道：「以前跟妳說過，只要妳生了兒子，家就由妳管，這點我說話自然算話，但這個管家只包括內院，外面的事就不需要妳操心了。等一下我就讓管家把帳本送去給妳，還有每個月的開支，都按舊例，如果有特殊情況，妳就告訴管家，我自會處理。」

何嬌娘聽說能管家了，不快都丟到腦後去了，便開心地應承了下來。等管家把帳本送過來，她才記起自己不識字，只得讓管家把家裡的帳目都跟她說了一遍，然後用自己的方式記下來。

等弄清家裡的帳目後，她簡直欲哭無淚。張地主這些帳目算得很精準，她想撈一點好處根本無從下手，到此時她才知道，為什麼張地主那麼爽快地讓自己當家了。

何嬌娘明白這個事實後，一點也沒有當家的歡喜，對張地主那是恨之入骨，覺得自己完全被騙了，尤其看到張地主為了認親儀式，一改平時吝嗇的習慣，花起錢來眉頭都不皺一下，讓她的心裡非常不是滋味，對何田田更是充滿了恨意。

到了張地主定下的日子，何田田和陳小郎提前回到了荷花村，張地主早早就通知了，林氏見他們回來也就不意外，拉著何田田把明天要注意的事項說了。

何田田沒想到認乾親還那麼麻煩，林氏卻一本正經道：「認過乾親，那張少爺就是妳的哥哥了，跟世蓮沒有多少區別。」

見林氏那認真的樣子，何田田這才意識到，古代的乾親跟她意識中的乾親並不是一回事，畢竟前世認乾爹什麼的很隨意。

次日，林氏和何老爹都穿上一身嶄新的衣服，這還是何田田幫著他們做的，一直捨不得穿，今天才拿出來。何世蓮和戴氏也是打扮得整整齊齊，就連水伢子也換了新衣。

眾人出了門，到了村口就見老屋眾人都等在那兒了，打過招呼後，才朝張家走去。

村人早就聽說張家要跟何田田結乾親，他們還以為是開玩笑呢，畢竟大家都知道兩家的糾葛，現在看到一眾人朝張家走去，這才知道是真的。

頓時大家議論紛紛，那些跟何三嫂要好的馬上跑去何三家通風報信了。

何田田一行人到了張家，就見張地主帶著張少爺等在門口，後者一見到他們，樂呵呵地迎上來，跟以前的態度有了天壤之別。

何老爹一時間完全不能適應，很是拘束，倒是何世蓮一眾人看著張少爺，想著以後也是他們的兄弟了，心情都有些複雜。

張少爺一見到何田田，便黏了上來，眼巴巴地看著她。

何田田不解其意，疑惑地看著他，半天他才委屈地道：「妹妹，叫哥哥。」

何田田哭笑不得地看著他，怎麼這個時候不傻了？在他如小鹿般的眼神注視下，拒絕的話說不出口，再加上不管她願不願意，反正以後都得叫他哥哥的分上，小聲地叫了一聲。「哥。」

張少爺很開心，大聲應著，還從荷包裡拿出兩只黃燦燦的金魚兒塞進她的手中。「爹說，要給妳。」

雖然他說得沒頭沒尾，但何田田還是明白了他的意思，再次看向他，心中有些想法。誰都知道他護東西，只要到他手中的東西，哪怕就是一朵小花，別人想要那也是很難的，就算是張地主也可能不給。可每次對她，他似乎總是不設防，現在連這麼貴重的東西都毫不猶豫地給了她，這種純粹的情感，真讓她感動。

何田田忙把特意為他做的衣服遞給他。「我幫你做的，等一下讓人幫你換上試試，要是不合適我再幫你改。」

張少爺毫不客氣地搶過去，轉身就跑了，服侍他的丫頭緊張地在後面追著。

「妳對他真好。」

陳小郎一直站在她身旁，見身邊無人，便小聲嘀咕道。

何田田故意把玩著手中的小金魚。「他對我也好。你看，這東西肯定有很多年頭了，而且光滑發亮，想來他經常把玩，可是卻送給了我，你說呢？」

陳小郎聽了，盯著她手心看，確實如她所說，沒想到這張傻子還真捨得，他們這鄉下很難打出這麼好的金魚，想來是張地主花了高價去城裡打的。

「我也可以送妳。」陳小郎到底不甘，小聲地道。

何田田不想理偶爾腦子抽風的陳小郎，朝向她招手的張地主走了過去。

張地主今天穿著繡滿「福」字的綢緞衣裳，配上一臉笑容，竟顯得格外和藹可親，待何田田走到跟前，笑呵呵地道：「妳可來了！離吉時沒多久了，快跟我去正廳。」

何田田和張地主到了正廳，只見裡面有不少人，見他們進來，眼光都落在她的身上。何田田知道他們都是張家人，便含著微笑點點頭，不疾不徐地跟在張地主身後。

對於張地主忽然要認親，張家一部分親戚很不情願，自然不會給何田田好臉色。何田田雖然不明白他們為什麼這樣，不過也沒把這件事放在心上，反正他們以後又不用打交道，他們是什麼樣的態度並不重要。

何嬌娘早早就來到了正廳，雙手緊緊地握著帕子，死死地看著何田田，眼裡充滿了恨意。

她實在不明白，張地主怎麼忽然要收她為乾女兒？認了她，她的計劃全都被打亂了，一切又得重新開始，而她以前所有的努力全都白費了。

何田田一進來，就感受到一道充滿恨意的眼光落在自己身上，不用猜都知道是誰，忍不住想，何嬌娘既然這麼恨她，不知道會不會在儀式上鬧出事來？

張地主坐在主位上，旁邊還有一個空位，想來那是留給張少爺的，只是不知道他現在跑哪兒去了？何田田正想看看哪裡還有空位，找個地方坐坐，就見張少爺像陣風一樣跑了過來。

「爹，妹妹做的。」

眾人的眼光都落在張少爺的身上，只見他身著一套嶄新的綢緞長袍，尺寸剛剛好，那衣服也不知道繡了什麼圖案，看起來很喜慶，配著他那憨厚的表情，更添了幾分樂趣。

張地主寵愛地看著張少爺，他臉上的笑容是從沒有見過的，越發覺得自己作出的決定是正確的，忙把張少爺拉到身邊，指著那空椅子，道：「你坐下，聽話，接下來的事對你妹妹很重要，你若不聽話，那她就不認你這哥哥了。」

張少爺一聽，緊張地朝何田田看了一眼，便在椅子上坐得筆直，一動也不敢動。張地主看得又是心酸、又是難受，轉過頭示意司儀開始儀式。

何田田坐也不是、走也不是，尷尬地站在那兒，就在這時司儀開口叫她，並帶她到正堂前面，開始讓她跟著他的動作行禮。

隨著一道道儀式，何田田累得有些嗆，心裡不禁有些怨氣。明明不是她要認的乾親，為什麼累的卻是她？

似乎感覺到了她的勞累，司儀總算把她帶回張地主的面前。

司儀示意何田田端過一旁小丫頭托盤中的茶，讓她敬給張地主。

何田田端過茶，把茶微微抬高些，跪在張地主面前，叫道：「乾爹，請喝茶。」

張地主笑咪咪地接過茶，從懷裡掏出一個荷包塞給她，樂呵呵地道：「以後這裡就是妳娘家，要經常回來看看。」

接下來就是見張少爺了，因是同輩，就不用行大禮，只需敬一杯茶。

何田田以為這次張少爺沒有東西給她了，誰知他喝了一口茶，又從懷裡掏出一支金簪出來。何田田遲疑，不敢去接，這東西一看就不是便宜貨，她忙朝張地主看過去。

誰知張地主也是一臉驚訝，不過在她看過去時，嘆息了一聲，朝她點點頭。「妳哥給妳的，妳就收著吧。」

何田田這才接過髮簪。

等何田田這邊的認親儀式結束，就輪到張少爺，他也是一樣的流程，不同的是，他行禮的對象是何老爹與林氏。

何老爹他們沒有什麼貴重禮品給張少爺，林氏便給了他一雙鞋子，何老爹給了他一個荷包，也不知道那裡面裝了什麼。張地主卻是一點也不介意，笑著讓張少爺喊「乾爹、乾娘」。

等一切儀式完成後，張地主便招呼眾人去正堂吃飯，何田田才發現竟不見何嬌娘的身影，本還猜想可能因為她是女人的關係，可看著一直都在的戴氏，便覺得這理由不充分，心裡有了疑惑。

直到送走張家的那些本家人，張地主臉上的笑容一下子就落了下去，對管家道：「去把你家少奶奶叫出來。」

何田田見他臉色不對，便提出告辭，沒想到張地主卻拒絕了，讓她坐好，等著何嬌娘的到來。

何田田忙示意何老爹他們先走，自己和陳小郎留下來。張地主也知道這樣的場合留何老爹他們不合適，便讓身邊的小廝送他們出去。

很快地，何嬌娘便從內室走了出來，見何田田也在，恨恨地看了她一眼，便扭過頭去，一副不服氣的樣子。

何田田有些摸不著頭腦，不知道她這又是為了哪一樁，真是有些莫名其妙。

「何氏，妳到底想做什麼？最好是說清楚，不要以為妳暗地裡做的那些事沒有人知道。」張地主瞪著眼，氣呼呼地道。

何嬌娘心裡一驚，故作鎮定地看了張地主一眼，不解地問道：「不知道爹說的是什麼事？我一婦道人家，每天都在這個四方院子裡，能做什麼見不得人的事？」

何田田驚訝地看著何嬌娘，不愧是何三嫂的女兒，反應夠敏捷，言辭也夠鋒利，就是不知道她是不是真有那麼清白？

「來人！」張地主不再問她，直接朝外面喊道。

很快就有個男子被押了進來，他低著頭，何田田看不出是誰，但何嬌娘明顯慌了神，馬上跪在張地主面前，哭道：「爹，是媳婦糊塗，您就看在金寶爺兒倆的分上，放過我吧！」

張地主根本不顧她哭得傷心欲絕，嚴厲地道：「如實招來，妳到底想幹麼？」

何嬌娘迅速抬起頭看了那男子一眼，然後又哭泣起來。「我招、我招……您明知道我跟何田田不和，卻還執意要收她為乾女兒，我妒忌、不情願，一時氣極，才會想到要破壞那儀式……

「不過，爹，我保證以後再也不會了，您就饒過我吧！」何嬌娘紅著眼，楚楚可憐地看著張地主。

張地主還想說什麼，旁邊的男子也跪了下來，求饒道：「張老爺，這不關我的事，是少夫人硬逼我做的，少夫人說不這樣做，以後就不要種張家的地了，小的沒辦法，才會按少夫人的要求去做……張老爺，真不關我的事……」

一個大男人，眼淚、鼻涕都流出來了，看來嚇得夠嗆。

張地主一揮手，便讓人把那男子帶下去，整個屋子就只剩下何嬌娘細細的哭泣聲。

何田田有些不自在，她就知道何嬌娘不會坐以待斃，一定會鬧出一點事來，真要她什麼都不做，那才要擔心呢！只是看來她還沒下手，就被張地主發現了。

「這次就饒過妳，禁足一個月，要是再讓我發現妳暗地裡做壞事，那麼我不會再客氣，妳就滾回何三家去。」

何嬌娘聽了，忙從地上爬起來，連連謝過張地主，這才急急進了內室。

張地主看著她的背影，長嘆一聲。

「田田，我知道妳對我有怨，不想結我這門親，可妳也要理解我這做爹的苦心。妳看看，這何嬌娘一肚子壞水，我還在就這樣，萬一以後我不在了，妳說留下金寶兩父子可怎麼辦？」

「田田、錦鯉，我觀察你們兩個很久，覺得你們是可以託付的人，以後他們父子倆就拜託你們了。」張地主越說越傷感，也越來越低落。

何田田聽了，只得道：「乾爹，您別擔心，好好保重身體，等孫子大了，就不用擔心了。」

何田田走在路上，被涼風一吹，頭腦立即清醒過來了。

她有些後悔一時心軟，答應張地主無論怎樣都照顧張少爺父子倆的要求。張地主真是個老狐狸，竟然博取同情，他肯定算計了很久，只是沒有找到合適的機會，今天倒是如了他的意。何田田氣自己中了他的招，又見一旁的陳小郎一言不發。

「你是不是都看明白了？」何田田有些惱。

陳小郎看著她氣呼呼的樣子，心裡覺得好笑得很。當時不是答應得很爽快嗎？難道現在還能反悔不成？

看他那了然的樣子，不用說也明白，他肯定從頭到尾都把張地主的算計看得清清楚楚，卻沒有出聲阻止她。

「你幹麼不提醒我？」何田田不由得抱怨道。

陳小郎抬起手，將落下的一縷頭髮往上整了整，才慢條斯理地道：「提醒妳有用嗎？就算當時妳明白一切都是他的算計，妳就不會答應嗎？」

何田田張口想反駁他的話，卻什麼都說不出來。

是呀，她會拒絕嗎？肯定不會，只要想到張少爺跟那個白白嫩嫩的孩子被人欺負，只怕不用張地主說，她也會去保護他們。

「你倒了解我。」到底不甘，何田田小聲抱怨道。

陳小郎嘴角不由往上挑，明明是心軟的人，卻總是裝出一副凶巴巴的樣子，真不知道在想什麼。那張地主為什麼會算計她，還不就是看中她這一點嗎？

既然成了改變不了的事實，那麼只能接受，再說現在張地主的身體還健壯得很，也許根本用不著她，不過是他未雨綢繆罷了。

接下來的日子何田田總算徹底閒了下來，陳小郎和陳錦書卻沒得閒，還在加挖池塘，準備明年再多養些魚，希望能一年四季都有漁獲，這樣便能保持收入。

手裡有了餘錢，何田田就不想委屈自己了，買了很多布料回來，準備給自己、陳小郎還有何老爹他們多做幾件衣服。

另一頭的陳大郎，自從知道陳小郎認識金縣令後，他心頭難安，守在縣城好多日子，卻再也沒看到陳小郎的身影，只得又回到陳家來。

「天氣冷了，娘您不想看看小弟嗎？我讓人請他們過來，我們一家人也樂一樂。」陳大郎坐在梅氏身邊，一副手足情深的樣子。

梅氏懶洋洋地躺在羅漢床上，閉著眼，抬起手擺了擺。「不用了，叫他過來坐在這兒半天都不說一句話，我又是個瞎子，看也看不到，你就別操這份心了，要是我真想他，自然會讓人去叫他過來。」

梅氏停了停，又道：「你現在後院女人也有兩個了，多花點心思在她們身上，讓我早日抱上孫子才是正事。你跟錦鯉已經分家了，各過各的挺好，以他的性格，就算沒飯吃，肯定也不會到你面前來討。」

陳大郎面色沒變，拳頭卻握得很緊，猛地站起身來。「那兒子就不打擾娘親了，這就告退。」

說完不等梅氏說話，大步流星離開。

梅氏躺在那裡，一動未動，過了好半晌才幽幽嘆息了一聲。

陳大郎長年不在家，整個陳家就只剩下兩個女人與梅氏這個看不見的老夫人，錢氏似乎也失去了鬥志，跟馮氏過著井水不犯河水的日子。

錢氏一早就聽說陳大郎回來了，知道他回來第一時間肯定是去梅氏那裡，就讓金花去打探消息，沒多久，金花就慌慌張張地跑回來，低聲在她耳邊說了幾句話。

錢氏的臉色頓時不好看，忙吩咐道：「快看看我這房間還有沒有什麼貴重的東西，全都給我收起來。」

兩主僕剛把房間整理好，就聽到門砰的一聲被踢開了，錢氏見金花嚇得直哆嗦，忙示意她出去。

金花低著頭，屏住呼吸，儘量縮著身，不讓陳大郎注意到自己。

陳大郎黑著臉，陰森森地看著錢氏。

錢氏自上次被打後，對陳大郎態度就不一樣了，以往是掏心掏肺地為他打算，現在她完全都不過問他的事，每次陳大郎交代她的事，轉身就丟到腦後去，不管不顧。

每次陳大郎來責問，錢氏就讓他去找馮氏，氣得他暴跳如雷，把她房間裡的東西砸個遍。一次、兩次下來，錢氏學乖了，房裡乾脆不放貴重的東西，他愛砸就砸，再添置就好，反正自己無兒無女的一個人，手裡抓著那麼多錢，到時還不知道便宜了誰。

「夫人，我上次交代的事，妳辦得怎麼樣了？」陳大郎吸了一口氣，坐在錢氏身側，和氣地問道。

錢氏已經做好他進來就是一頓罵，然後砸東西的準備，畢竟他在梅氏那裡受了氣，每次都要到這裡發洩，卻沒想到他卻一改往常，這讓錢氏很驚訝。

陳大郎看著終於正視自己的錢氏，抓住她的手，慢慢地撫摸起來。「夫人，我知道這個世界上，只有妳是真心對我的，以前是我糊塗，沒看明白，現在算是看透了，還是夫人妳最好。」

錢氏掙扎幾下甩不開，聽了陳大郎一番話，她放棄掙扎，抬起頭看著陳大郎。

「夫人，我知道以前是我混帳，為了要個兒子，傷透了妳的心。相信我，以後再也不會了。」陳大郎真誠地道。

錢氏將信將疑地道：「你說的都是真的？不會再做惹我傷心的事了？」

陳大郎舉起手。「我發誓，要是以後再負夫人，就讓我……」

陳大郎的嘴被錢氏捂住了，根本沒有說出後面的話來。錢氏熱淚盈眶，撲到陳大郎的懷裡哭了起來。

「你就知道欺負我，你不要我了，還冤枉我……」

「都是我不好，都是我不好。」陳大郎把錢氏抱到懷裡，用手輕輕為她拭去眼角的淚水，兩人的臉越靠越近……

金花站在外面，一直擔心地聽著屋裡的動靜，生怕又吵起來，可過了好一會兒，都沒有意料中的聲響傳來，金花更擔心了，悄悄靠近房門，終於聽到動靜，只是裡面的聲音卻讓她紅了臉。

她連忙站遠了些，嘴角卻不由得往上挑。看來老爺終於明白了夫人的好。

何田田連著做了幾天的衣服，見好不容易有了個太陽天，便把被子、棉襖拿出來曬，這樣晚上睡覺的時候暖和些。

錢氏帶著金花慢悠悠地一路走來，站在院子外，不敢相信自己的眼睛。

「金花，這是陳小郎家？」

這可與她印象中的不一樣，透過那木柵門，可以看到裡面幾塊菜田，再過去是一棵大樹，大樹下擺著一張石桌，上面鋪了一張桌巾，桌面放著幾朵用布做的花朵，就那樣散放著，卻充滿了意趣。

而桌子的周圍放著幾張椅子，用同色的布料當椅墊，這樣的天氣坐著也不會感覺到冷。在不遠處還掛了一架鞦韆，地面打掃得乾乾淨淨，要是忽視前面那些雞、鴨和菜田，誰也不會認為這是間農家院子。

這一切都讓錢氏很驚訝，她以為經過這麼久，陳小郎他們花完了帶過來的銀錢，肯定會變得落魄不安，難怪一直以來，陳大郎都不放心，總讓她注意，可她一直以為以陳小郎的本事，不餓死就算不錯了，有什麼好擔心的？看來自己真是錯得離譜。

「夫人，要進去嗎？」

金花見錢氏在發呆，而門口的那隻狗一直盯著她們，總覺得要是再站下去，那狗肯定會撲過來。

「進去，妳去敲門。」錢氏回過神，整了整衣裳，吩咐道。

屋內，何田田聽到狗叫聲，好奇地朝外面看去，沒想到竟看到了意外之人，不禁疑惑。這錢氏來幹麼？

她走到院子，就聽見錢氏的聲音傳來。

「弟妹，怎麼，不歡迎我？不請我進去坐坐？」

何田田知道她既然來了，一定是有目的，這次拒絕她，肯定還會來第二次。便似笑非笑道：「既然嫂子都不嫌棄我院子裡的雞屎、鴨糞，那就請進吧。」

何田田把她們迎到石桌前，倒了一杯水，便道：「嫂子無事不登三寶殿，不知道這次來是為了什麼？」

儘管錢氏是個不顧顏面的人，可被何田田這麼問，臉還是漲得通紅，抓著水杯的手都緊了起來，想將杯子朝她砸過去，可想起陳大郎昨晚的交代，只得狠狠吸了口氣，才道：「弟妹這麼說就見外了，很久不見你們過來，見今天的天氣好，特意過來看看，有沒有什麼需要幫忙的？」

「幫忙就不用了，雖然吃穿用度比不上嫂子，但粗茶淡飯還是能保證。」何田田淡淡道。

「小郎是個有本事的，沒有田地，你們的日子還能過得不錯，想來是有什麼妙招，不知道弟妹介意說說嗎？」

何田田就知道，肯定是陳大郎上次沒死心，不知道又用什麼理由把錢氏騙過來。她道：「妙招不敢說，只要能吃得苦、受得累，雖然不能發財，但是養家還是沒問題的。」

錢氏見何田田藏得滴水不漏，眉頭皺了皺。「娘親年紀大了些，有些想念小郎，妳讓小郎回去看看，怎麼說也是母子，有什麼放不下的？」

何田田聽了這話，真的想罵娘了。

什麼意思，這是想說陳小郎不孝順才不去看梅氏了？可他們是什麼情況，錢氏心裡沒數嗎？這不正是他們所樂見的嗎？

錢氏慢悠悠地端起茶，在鼻子下聞了聞又放下，一副完全不急的樣子。何田田卻沒有心情跟她周旋，不客氣地道：「嫂子，妳看我還有一大堆的雞鴨要餵，實在不像嫂子一樣清閒，要是沒事，就不作陪了。」
錢氏聽了，臉色一下子不好了。自分家後，這何田田的膽子是越來越大了，可偏偏現在奈何不了她。
「弟妹現在是越來越不客氣了。對了，陳小郎和金縣令的關係，看起來很好呀？」
「嫂子說的這話，弟妹聽不明白，怎麼突然扯上了金縣令？我們平民百姓的，可不敢惹那些當官的，我們的日子就靠這些雞鴨養活，不好好伺候可不行。哪像嫂子，有個能幹的丈夫，每天坐在家裡都能穿金戴銀。」何田田諷刺地道。她就知道，錢氏不會無緣無故上門，肯定又是被陳大郎慫恿過來的。
錢氏見從何田田這裡根本打探不出消息，也有些不耐了，再加上雞鴨叫得煩，那兩隻狗也不時對她們吼幾聲，便不快地站起身。「既然這樣，我們就不打擾弟妹，先走了。」
說完轉身迅速離開，金花忙跟了上去，何田田頭也懶得抬，繼續做自己的事。
錢氏氣呼呼地衝出院子，等走遠一些，又恢復了幾分理智，想著昨晚陳大郎一再叮囑，不免又有些不安，腳步也緩了下來。
「妳看出什麼異樣了嗎？」錢氏問道。
金花搖搖頭。「夫人都沒看出什麼，奴婢更沒了。」
錢氏看了她一眼，金花又接著說道：「不過我看二夫人他們院子的鴨子有些多。」
「怎麼說？」

道。

錢氏不是農家出身，對農家的事不懂，金花卻是農家女賣身進來的，對農家事自然知道。

「一般農家養鴨不過幾隻，可二夫人家卻有上百隻，那可需要不少糧食，但分家的時候，他們又沒有分到糧食，甚至連田都沒有，那麼多鴨子怎麼養活？」金花細細分析道。

經她這麼一說，錢氏才明白過來，不禁有些興奮。「快，我們快回去。」

第十六章

自錢氏出去後，陳大郎就進了書房，關緊房門，馮氏讓身邊的丫頭去打探消息，得知他自回來後只去了正院，就留在錢氏那裡，現在更是情願待在書房也不來她這裡，心裡又是委屈，又是生氣。

「小姐，姑爺肯定有事，我可聽說了，從老夫人那裡出來的時候，臉色可不好。」

馮氏聽了，心情更不好了。以往他心情不好，都去錢氏那裡發了火就過來這邊，可這次他卻在那邊過夜，這說明什麼？還不是看她爹不再是縣令，不把她放在眼裡了？

錢氏以為自己找到了陳大郎要的東西，興沖沖地回到陳家大院，就讓人去找陳大郎。

陳大郎一聽錢氏回來了，而且是笑著回來，忙迎上前去。「夫人，辛苦了，可打聽清楚了？」

錢氏得意地看著陳大郎，似乎在說「還有我搞不定的事」？

陳大郎急著知道消息，便道：「夫人最是能幹，妳可聽到了什麼嗎？」

錢氏便把金花的分析說了出來。

陳大郎越聽，臉色越難看。他想知道的是陳小郎與金縣令的關係，誰讓她去打聽這個了？陳小郎養多少鴨子，與他們有什麼關係，最多就是他餓不死，不會找上門來。

可他與金縣令的關係一日沒弄清，他這心裡就一日不得安寧，總覺得頭上懸著一把劍，隨時都有可能掉下來。

錢氏見說完，陳大郎的臉上一點笑容都沒有，板著一張臉，很是陰沈，忙把邀功的話吞進肚裡，默默地坐在那兒，生怕又惹他生氣。

氣氛過於安靜，終於讓陳大郎回過了神，見錢氏一臉忐忑，忙把她的手放在自己的手心，溫柔地道：「以後妳多去跟何氏走動走動，如果有什麼異常，隨時回來告訴我，我知道妳不喜歡去那裡，可是妳要知道，我們是一條繩上的螞蚱，要是出了什麼事，誰也逃不了。」

錢氏的心繃得緊緊的，不知道為什麼，明明他的態度很好，沒有對她發火，可帶給她的感覺卻比發火還可怕，忙點頭答應。「放心，以後我隔一段時間就去看看。」

陳大郎見錢氏這麼聽話，便笑了笑，讓人擺了飯，跟錢氏一道休息了。

次日，金花伺候錢氏梳頭時，笑道：「夫人，老爺終於明白您的好，這次回來一直都沒有去那邊，總算熬出頭了，要是再生個小少爺，那就最好不過了。」

聽了金花的話，錢氏卻深思起來。

陳大郎是真的對她好嗎？她的心中起了疑問，不過這樣的問題她是不會跟一個下人說的。

陳小郎回來後，何田田便把錢氏來的消息告訴他，並把自己的猜測一併說了。

陳小郎的臉色很不好，讓何田田一時猜不透他的心思。

「下次她要是再來，妳就故意說我跟金縣令的關係很好，我們之所以能挺過來，都是因為認識了金縣令。」過了好半晌，陳小郎忽然道。

何田田看著他，不明白什麼意思，可陳小郎卻半點解釋的意思也沒有，她只得把這事拋到腦後，只是好奇錢氏怎麼忽然又跟陳大郎好起來了？

解惑的人很快就到了，陳二嬸一大早就跟陳錦書過來，幫她餵起了鴨子。

「陳大郎這次回來，變化可大呢，每天跟錢氏在一起，每晚也睡在錢氏的屋裡，連一步都沒有踏入馮氏的院子，聽說連馮氏故意打發丫頭去請他，說是身體不舒服，陳大郎也不過待到大夫走就離開了，並沒有留宿。」

「真的假的？這變得也太快了吧！」

何田田不敢置信，當初可是陳大郎堅持要把馮氏娶進來，又為了她打了錢氏二十大板，誰看不出這馮氏就是陳大郎的寶，豈料不到一年的時間就丟到一旁，真是大出人意料。

何田田知道錢氏還會再上門，卻沒想到來得這麼快，不過隔了幾天，錢氏就又帶著金花上門了。

這次何田田沒等她旁敲側擊，便按陳小郎的意思跟她說了，錢氏得到想要的消息，一刻也不再多待，馬上就離開了。

陳大郎聽了錢氏帶回來的消息，臉色大變，急匆匆地出了家門，對外稱是因為店鋪出了急事，要去處理。

到了年關，何田田便讓陳錦書把池塘裡的魚都打撈上來送去城裡賣了。天氣冷了，街上很少有魚，更不要說活魚，剛到城裡就被一陣瘋搶，價格自然高了不少，賺的錢也就多了許多。

趁著過年，陳小郎也把鴨子送去縣城賣了，順便送了幾條魚和幾隻鴨子去金縣令那裡當年禮，出來時手裡自然沒有空著，提著各式糕點、各種布料出了衙門。

陳大郎正好又看到了這一幕，更加確定陳小郎與金縣令的關係不一般，看向陳小郎的背影，眼光有了些凌厲，陰沈著臉，誰也不知道他在想什麼。

過了幾天，何田田跟陳小郎提起去看望梅氏的事，平時不去，那是梅氏執意如此，但過年要是不去，就有些說不過去了。

何田田他們還在猶豫什麼時候上門合適，那邊梅氏就打發銀花過來了。要說何田田對陳家大院裡還有什麼不放心的，也只有銀花了，不過自她到了梅氏的院子，她也就放下了心。銀花也一直擔心何田田，雖說從梅氏她們平時的談話中知道何田田和陳小郎生活得很好，但到底沒親眼見過，這次終於能親眼看到，很是歡喜。

何田田打開門，見到銀花，很是意外，忙問她是不是梅氏出了什麼事？

銀花忙搖頭。「老夫人好著呢，只是不放心二夫人，所以讓奴婢過來一趟。」

何田田聽了，放下心了，忙把她迎進來，問一些梅氏平常的瑣事，知道她現在不會整日哭哭啼啼，精神比以前還好了幾分，便知道陳二嬸的話不假。

銀花自進了院子，眼睛就不夠看，她從來不知道農家的院子還可以像這樣，這與她小時候的記憶一點也不相符。她記憶中的農家，只有幾間泥土屋和破爛的門窗，院子裡也是光禿禿的，可眼前的情景硬是打破了她的觀點。

「二夫人，你們養了這麼多鴨子？」

前些日子下了雪，何田田怕鴨子凍壞，便把牠們關在院子裡沒放出去，看起來有些壯觀。

「嗯，這些都是還沒長大的，長大的都賣掉了。」何田田笑著解釋。「妳回去跟老夫人說，讓她放心，我們好著呢。對了，老夫人讓妳過來，到底有什麼事？」

銀花這才發覺自己把正事都忘了，忙道：「老夫人讓你們正月初一再去看她，年前就不要去了。」

何田田聽了，就知道她是不願意一起吃團圓飯了，雖不知道她的意圖，還是點點頭。

陳小郎知道梅氏的打算後只說了一句。「按娘說的，我們初一再過去。」

初一，何田田他們到梅氏院子拜了年，歡歡喜喜地聊著天，因錢氏他們都知道養鴨子的事，她就跟梅氏聊起養鴨子的一些注意事項，梅氏聽得津津有味，錢氏和馮氏卻是聽得連連皺眉。

何田田見狀，越發說得起勁了，能噁心人一把，也挺有趣的不是嗎？

一年一次的團圓飯，何田田卻是食之無味，陳大郎的眼睛總是有意無意地盯著她，害她如坐針氈，好不容易見梅氏放下筷子，何田田馬上站起來，扶著她走出飯廳。

陳小郎正準備跟過去，卻被陳大郎叫住了。「小郎，我們好久沒坐下來好好吃頓飯了，一起聊聊吧。」

陳小郎看了他一眼，嘴角諷刺地往上一挑，沈默地坐了下來。

錢氏和馮氏見狀，忙離了座，丫頭們也都避開，整個飯廳就剩下他們兄弟倆。

「小郎，長大了，有本事了，連縣衙都是想進就進，跟縣令稱兄道弟了。」

陳小郎聽了，那嘴角挑得更高了。他就知道他打的是什麼主意，這是還不死心呢。

「金縣令是好人，體貼我餵鴨不易，便多有照顧，大哥要是也想跟金縣令結識，不如也養上一群鴨，挑著去縣城賣？可能也就碰巧認識了。」說完也不管陳大郎的反應，直接離開。

陳大郎聽了他的話，氣得一拳頭砸在桌上。

陳小郎進來沒多久，梅氏就讓他們回去，還給他們一人一個紅包。

何田田不想要，梅氏卻似乎明白她是怎麼想的。「妳也別嫌棄，不過是以前戴舊的東西，給妳留個念想。走吧，別婆婆媽媽的。」

何田田拒絕的話說不出口，便跟陳小郎一起行了禮，一同出了院子。一路走出來，誰也沒見到，就連丫頭都沒見到一個，很是順利。

出了陳家院子，何田田全身心都放鬆下來，好奇地問：「陳大郎又問你了？」

陳小郎點點頭。

何田田撇了撇嘴。這陳大郎還真不死心，就不知道是為了什麼。想起陳員外的事，她欲言又止。算了，大過年的還是少提那掃興的事。

過了冬馬上就入了春，何田田他們便忙碌起來，陳錦書四處去收魚苗，何田田忙著孵小鴨，陳小郎則按何田田的要求，把魚苗分類、消毒，這樣才能確保存活率。

等這些忙完又開始種蓮，幾個人都忙不過來，最後何田田去老屋請自己的堂哥來幫忙，這才順利地把蓮藕種下去。

規模大了，事情多了許多，何田田想這樣下去也不是辦法，商量後的結果就是請人，自然就想到了幾位堂哥。今年因為自己的關係，老屋那邊佃的地沒有變化，但張地主不可能減租，這樣下去還是吃不飽。

老屋的勞動力多，平時不用那麼多人，抽出兩個人完全沒有問題。大伯他們一聽何田田要人，二話不說就讓何世仁和何世良過來，聽說要給工錢，都搖頭擺手。

「大伯、二伯，我這活兒不是做一天、兩天，你們要是不願意要這工錢，我可不敢繼續讓兩位堂哥做事了。」

「大哥、二哥，你們也別客氣，田田讓世仁他們做的可都是體力活，挺辛苦的，就該給工錢。」林氏在一旁笑咪咪地附和道。

何世仁和何世良兩人都是閒不住的，有了他們加入，何田田總算輕鬆了些，沒有那麼累了。

如今孵出來的小鴨子也能跟著大鴨子一起出去覓食了，每次出動，黑壓壓的一片，讓又來造訪的錢氏看得眼睛都直了，這時候她還真有些佩服起何田田來。

何田田自然沒想到錢氏竟還會登門，冷冷地打了個招呼就忙自己的事，錢氏坐了會兒覺得無趣就又離開了。

何田田已經懶得管她為什麼來了，有些事到時候自然會知道，她現在根本沒有多餘的時間。鴨子多了，鴨蛋除了孵小鴨外，還剩了許多，這可把她愁壞了。

鴨蛋比雞蛋腥，買的人比較少，上次陳錦書帶去城裡，也就幾個掌櫃拿了幾十個，一般人家都不要。何田田便想到前世的松花皮蛋和鹹蛋。

前世何田田很喜歡吃皮蛋，不管是配豆腐或淋醬油，百吃不膩，不過她吃的都是買來的，沒有自己做過，只在小時候看奶奶做過，印象中要用石灰、草木灰和黃土等等。

雖然知道原料，但她卻不知道比例，只得找來這些東西慢慢摸索。好在自家就有草木灰，而黃土雖然沒有，但荷花村有，這也不成問題，可石灰卻是難尋，她只得把這個任務交給陳錦書，讓他去找那種乳白色的石頭回來，這種石頭不會太硬，比較容易弄碎。

陳錦書接到任務後，就跟陳錦仁打聽，因為他長年打獵，各個山頭走得多，也就熟悉得多。也是他們運氣好，離陳家村不遠的山頭還真有那樣的石頭，陳錦書便興沖沖地跟著陳錦仁去揹了一籮筐回來。

何田田沒想到這麼快就找回來了，而且聽陳錦書說那山頭還有很多這樣的石頭，這讓何田田滿意極了，這就代表有很多材料可以讓她做實驗。

皮蛋沒有那麼快就做出成果，她只得先做鹹蛋，何田田只喜歡吃鹹蛋的蛋黃，尤其是那種出油的蛋黃。至於蛋白比較鹹，而且還保留著鴨蛋的腥味，她不太喜歡。

不過還是有很多人喜歡吃，像是用它來下飯，味道還挺不錯的。

鹹蛋做起來就簡單多了，一種是水鹹蛋，還有一種就是用泥。顧名思義，水鹹蛋就是用水來泡，先把鴨蛋洗乾淨，然後煮一壺白開水，加上一定比例的鹽，把鴨蛋放進去前最好先放進白酒裡煮一遍，這樣能防臭。把鴨蛋放好後，密封起來，放個三十到四十天就可以吃了，煮熟的鴨蛋還能流出油來。

至於泥的就是用黃土和鹽混合，然後把鴨蛋包嚴實，放到一個密封的地方，大約二十幾天就可以吃了。

何田田兩種方法都做了一些，看看哪種更好吃，蛋黃流的油更多。

陳小郎不知道何田田忙忙碌碌地在幹什麼，他雖然好奇，卻沒有問，不過陳錦書的好奇心比他強，見她把罈子封起來，不禁問道：「嫂子，妳這樣那蛋不會臭掉嗎？」

何田田不知道怎麼跟他們解釋，便只能裝出神秘的樣子。「我也不知道，反正家裡的蛋多就試試看，也許不臭，相反的還很美味呢！」

陳小郎若有所思地看了她一眼，害何田田心跳停了半秒，然後裝作若無其事地轉過頭。

你就看吧，反正你也看不出什麼來。

鹹蛋弄好了，她就開始處理皮蛋。

這東西得慢慢試，反正她也沒想過一下子做出來，一次做十個左右，把每次的比例都記錄下來，到時看哪個最好，就按那比例做。

何田田他們這邊忙碌不已，陳大郎那邊卻是遇到了大問題，有幾間店鋪的掌櫃同時提出辭職，而那幾間店鋪本是陳家這麼多鋪面裡最賺錢的，自去年開始就一路下滑，到現在變成虧本，此時掌櫃又齊齊要走，真是雪上加霜。

陳大郎愁眉苦臉，只得先把幾間虧得厲害的店鋪關了，一查帳目，氣得他差點沒暈過去——

他知道虧本，卻沒想到虧得這麼厲害，竟還欠了那麼多的外帳！

這店鋪一關，要帳的就紛紛上門，把陳大郎急得焦頭爛額，最後只得把主意打到店鋪上，想把店鋪賣掉來還債。可要賣店鋪，就得有房契，偏偏一直以來他都沒有看過房契。

陳大郎又回到了陳家大院，這次他直接衝進梅氏的院子，陰沈地看著她。「娘，店鋪的房契呢？」

梅氏手握佛珠，一動也不動地坐在那兒，似乎入了禪一樣，沒有回應他的話。

「娘，我問您，房契呢?!」陳大郎猙獰地看著她，氣急敗壞地問道。

梅氏長嘆一聲，沒想到這一天這麼快就來了，以往就聽陳員外說過，這陳大郎不是做生意的料，偏偏還容不了人，不肯陳小郎和陳二叔家的那幾個小子去幫忙，這不才短短一年多的時間，就要賣鋪面了。

幸虧陳員外想得長遠，早早給兩個兒子分了家，要不陳小郎還得受多少委屈？

梅氏自嘲地道：「你爹把整個家業都給了你，走的時候你一直陪在身邊，你可看到他拿什麼出來？你說我一個瞎婆子，怎麼可能把那麼貴重的東西放在我這兒？」

陳大郎卻是不相信的，陳員外對梅氏有多好，誰不知道？就算她看不見了，陳員外什麼事不跟她商量？哪怕是她從不提意見，房契那麼重要的東西，不在她手裡，能在誰手中？總不可能在陳小郎那個蠢貨手中吧？

梅氏見陳大郎不相信，怕他破罐子破摔，只得問道：「到底出了什麼事，怎麼突然問起了房契？你不會是要把那店鋪賣掉吧？大郎，那可都是你爹的心血，是你爹辛辛苦苦經營起來的，你接手才多久就敗光了？」

梅氏越說越激動、生氣，最後差點就要指到陳大郎鼻尖上了。

隨著她的問話，陳大郎也慢慢冷靜下來，很是懊惱，忙道：「娘，不是的，我不是要賣店鋪，只是房契不在我手中，總覺得不妥，所以才會來問問。」

梅氏也恢復了平靜，聽他這麼說，順勢軟了下來。「真的？你沒有把你爹的心血敗掉？」

陳大郎搖搖頭。「沒有。」

最後，陳大郎徒勞無功，只能離開梅氏的院子。他回到書房，氣得把書桌上的書全掃在地上。

「可惡！」

錢氏這個月的月事過了幾天還沒有來，正忐忑地跟金花商量著要不要請大夫回來看看，就聽到小丫頭說老爺回來了。

「夫人，要跟老爺說嗎？」金花興奮地問道。

這可是件大喜事，夫人成親這麼多年，肚子一直沒有動靜，那馮氏才會進門。要是夫人這次有了，這可是嫡子、嫡孫，夫人就能揚眉吐氣了。

錢氏搖搖頭。「先不要聲張，等請大夫看了再說。」

金花點點頭。等確認了再告訴老爺也不遲，別白高興一場，要是讓老爺誤會夫人就不好了。

這邊剛商量好，陳大郎重重的腳步聲就從外面傳了過來，金花忙退到一旁，錢氏也站了起來。

陳大郎進來，根本沒看錢氏，就粗聲地道：「家裡還有多少銀錢，全拿出來！」

錢氏的臉一白，見陳大郎一臉戾氣，大氣都不敢出，只得走到櫃子前拿出一個首飾盒，把它放在桌上。「都在這兒。」

陳大郎幾下就把盒子打開，把裡面的銀票拿出來數了數。

「就這一點？」

錢氏氣憤道：「你知道你多久沒拿錢回來了？這家裡上上下下哪樣不要用錢？這些還是我省吃儉用留下來的，不說別的，就說你那心頭肉，屋裡的東西哪樣不比我屋裡的貴？不知道的還以為她才是夫人呢！」

陳大郎瞪了她一眼，把銀票塞進袖子裡，不耐地道：「不要總糾結那些有的沒的。現在出事了，出大事了！」

說完也不等她再問，便頭也不回地又離開。

錢氏坐在那兒發呆，金花皺著眉不敢出聲，生怕惹到她。

「金花，妳過來。」錢氏不知道想到什麼，忽然出聲道。

「夫人，老爺他……」

錢氏不等她說完，便擺了擺手。「不要提他，妳低下頭來。」

待金花低下頭，錢氏便附耳說了些話。

「夫人……」

金花聽了，震驚地看著錢氏，不敢相信自己聽見的。

「妳知道我放銀錢的地方，過兩天我給妳放兩天假，妳就按我說的去做，記住，不准走漏一點風聲。」錢氏嚴厲地看著她。

金花打了一個冷顫，重重地點頭。「奴婢知道了。可是……真有那麼嚴重嗎？」

「不怕一萬，就怕萬一，妳明天就去請大夫來，其他的按吩咐做就行。」錢氏明顯不想說話了。

金花輕輕退了下去，錢氏的手又輕放在自己的小腹上，嘴角露出一個奇怪的笑容。

陳二嬸一跳下車，就一臉嚴肅地拉著何田田往屋裡走。何田田驚訝地看著她，不知道發生了什麼事？

「陳大郎的生意虧了，聽說虧得不少，竟要賣店鋪了。」

經過上次在店裡看到那樣的事，對於這樣的結果，何田田一點也不意外。不管什麼時候，做生意講究的是和氣生財，服務不好的店鋪，哪怕東西再好，下次也不會再去了，明顯地，陳大郎根本沒有意識到這些。

「娘知道了嗎？」

別的她不擔心，只擔心梅氏能不能接受，畢竟那些都是陳員外的心血。

「她知道了，這些都是她親口說的。」

陳二嬸還真說不出她當時的表情，似乎沒有難受，生氣也說不上，好似她早就料到會有這麼一天。

「不傷心就好。」

何田田也不知道該以什麼樣的態度面對這事，要是這店鋪不是陳員外開起來的，她肯定樂得大笑三聲，偏偏這些店鋪都是陳員外一生的心血，就這樣被陳大郎糟蹋了，實在讓人惋惜。

如果陳小郎知道了，還不知道會怎麼樣？

送走陳二嬸，何田田一直思索著要怎麼跟陳小郎說這事。

陳小郎忙完回到門口，就見何田田在發呆，也不知道在想什麼，連自己回來了都不知道。

「妳想什麼呢？那麼認真。」陳小郎提起茶壺為自己倒了杯水，幾口喝完，問道。

何田田本來還遲疑著要不要跟他提，見他心情似乎不錯，便道：「你大哥把你爹留下來的家業都敗光了，聽說都要賣店鋪了。」

陳小郎聽了沈默，全身散發著寒氣，一看就知道生氣了。

何田田很替他擔心，正想著要怎麼安慰他，就聽他長嘆一聲。

「賣了就賣了，反正與我已無關。我餓了，飯做好了沒？」

何田田被他這麼一問，不禁撫額，就因為擔心他，都忘了做飯，他倒好，進門就惦記著吃，真是白操心了。

她急匆匆地朝廚房跑去。

既然陳小郎說陳家的事與他無關了，何田田也不再關心，只專注地忙自己家的事。陳二嬸再來說起那邊的事，她也只是聽聽，沒放在心上。

過了二十多天，何田田做的鹹蛋差不多好了，她想嚐嚐味道，便拿了幾個出來，把它對切放在碟中，金色的蛋黃格外吸引人。

陳錦書一見，就道：「嫂子，這鴨蛋怎麼與平常的不一樣？」

何田田就知道，只要是吃的，最先出聲的肯定是他。「這是我做的鹹鴨蛋，你試試味道。」

陳錦書一聽，急切地挾了一半，剝了殼就要全放進口中，何田田忙道：「你先不要吃太大口，我還不知道會不會太鹹。」

陳錦書這才咬了一小口，朝她搖搖頭。「好吃，不鹹。」

何田田自己也挾了一半，吃下一口。就是這個味道！蛋黃沙沙的，可惜的是，可能時間還不夠，那油還不能流出來。

「嫂子，妳可以多做一點，拿去飯館或雜貨店肯定受歡迎。」這鴨蛋味道好，價格又沒有肉那麼貴，最合那些飯館了。

何田田也是這樣想的，一顆鹹蛋都能配一頓飯，對那些出門在外、捨不得花太多錢吃飯的人來說正好。

事情定了下來，何田田便不再拿新鮮的鴨蛋去賣，都拿來做成鹹鴨蛋。陳錦書現在也算是練出來了，做起生意頭頭是道，很快就有了穩定的銷售管道。

這兩天何田田人有些不舒服，懶洋洋的，不想動彈，躺在羅漢床上想睡覺，就聽外面的門被敲得砰砰響，她打開門，就見張地主的小廝滿頭大汗地站在那裡。

他一見到何田田，迫不及待地道：「小姐，老爺讓您趕緊回去！」

何田田見小廝跑得氣喘吁吁，眉宇間很是焦急，便知道肯定發生了大事，連門也顧不得鎖，跟著他就跑了起來。

「發生了什麼事？」何田田一邊跑，一邊問道。

小廝搖搖頭不肯說。「老爺說他得親口跟您說。」

得不到答覆，何田田心中更沒了底，不知道張地主又在搞什麼鬼，該不會是故弄玄虛？不免有些後悔出來得匆忙，都忘了跟陳小郎打個招呼。

急跑慢趕的總算到了張家，只見院子裡靜悄悄的，除了門房外見不到一個人，這讓何田田感覺更不對勁了，小廝直接領著她到了張地主的書房。

小廝敲了敲門，裡面傳來一句「進來」，聲音有些嘶啞，聽起來有氣無力。

門被打開了，裡面的光線有些暗，何田田朝裡看去，沒見到人，只看到一張書桌，上面放著一些帳本和幾枝筆，書桌後面有一個書櫃，放的也是些帳本。書桌旁一張椅子背靠著門，屋中央一座屏風，把房間一分為二。

小廝走過屏風，在張地主的耳邊小聲道：「老爺，小姐回來了。」

張地主伸出手讓他扶了起來，何田田不過一段時間沒見到張地主，他卻像是變了一個人，瘦骨嶙峋，頭髮斑白，何田田捂著嘴差點叫起來，不敢相信地看著他。

「乾爹，是您嗎？您怎麼變成這樣了？」何田田過了半晌才問出聲來。

張地主示意小廝扶著他坐下，喘著氣，指了指他旁邊一張小凳子讓她坐下。

何田田不敢推卻，生怕自己一高聲，虛弱的張地主一口氣就呼吸不上來了。

「乾爹，您怎麼了？」何田田還是忍不住問，張地主的樣子跟以前實在差得太多。

「大力，你去門口守著，不要讓任何人靠近。」張地主道。

小廝大力彎著身退了出去，屋裡就只剩下張地主和何田田。

張地主癱在椅子上。「前段時間著了涼，沒放在心上，誰知道越來越嚴重，便找大夫看了，結果根本不是風寒，說是什麼病我也記不住，反正意思就是日子不久了。

「一開始我還不相信，想著自己平時身體好，無災無病的，後來心裡不踏實，便又找了個大夫看，他倒是開了些藥，拿回來吃了，好了一些日子，沒想到過了幾天就急遽加重，這不就成了妳看到的這鬼不像鬼、人不像人的樣子。」

何田田聽了五味雜陳，世事難料，誰想到這樣的事會落在他身上，她還想著以他的身體，能再活幾十年呢！

「乾爹，您怎麼不早點告訴我，這鎮上大夫的醫術可能沒有那麼好，我們去城裡請最好的大夫看看，肯定能醫好的。」

張地主搖搖頭。「不用費那個勁了，我自己的身體自己知道，我的日子不多了，所以就讓大力去把妳叫過來，趁著我還能動，安排一些事。」

張地主的話讓何田田有些傷感，這時真有些恨自己不是大夫，沒有妙手回春的本事。

「人都會有這麼一天，妳也用不著傷心。」張地主見何田田臉上帶著悲傷，安慰道：「我最放不下的就是金寶和富貴了，只能把他們託付給妳了。」

何田田看著面前一大堆帳本，還有一盒子的銀票，實在不知道說什麼好，只覺得眼前就是個燙手山芋。

張地主話說得多了，顯得更加虛弱，見她左右為難的樣子，嘴角露出笑意。他知道自己沒有看錯人，這下自己離開也能放心了。

「乾爹，不是還有何嬌娘嗎？她管這些比我更合適。」這些就是麻煩，要是讓何嬌娘和何三嫂知道了，只怕又會鬧不停，而她最不喜歡麻煩了。

何田田的話落，張地主就不停咳起來，何田田忙上前幫他拍了拍背，把氣順下去。

好不容易不咳了，張地主指著凳子，緩緩地開口。「妳以為這是我願意的嗎？妳知道富貴是怎麼來的嗎？」

對於這個，何田田還真好奇過，主要是張少爺一個智力相當於兩、三歲的人，要像正常男子一樣去行夫妻之事，想想根本不可能，再說他一直不喜歡何嬌娘，那就更難了。可偏偏何嬌娘懷孕了，還生了個孩子出來，這孩子一看就是張少爺的種，因為跟他長得極像，難道這還有隱情不成？

張地主接著道：「何嬌娘嫁過來為了什麼，我心裡清楚，可誰讓金寶這樣？本來想著只要人嫁進來，對金寶好，她那些小心思也就不重要了，可誰知道這女人的心思太狠了些，竟明目張膽地不把金寶放在眼裡，我一怒之下就懲罰了她，自那之後，總算好了些，卻也讓她更恨金寶了。

「她不是一心想掌家嗎？後來我尋思著，只要金寶有了孩子，我再活個十多年，這樣以後就算兩腿一蹬，那也能閉眼了，便以此為條件，讓她收心。」

說到這裡，張地主長嘆一聲，臉上的表情很複雜。

「妳想不到吧，這女人為了達到目的，真是什麼手段都有，她竟跑去藥房買藥，她以為這事做得神不知、鬼不覺，殊不知我都清楚得很，只是想著如果這樣能達到目的，那就隨她去，又暗中讓下人看著，不能傷到金寶，也沒想到這事竟這麼順利，也是張家的祖宗顯靈，一次就懷上了。」

張地主停了停，才又接著道：「當時我想，如果她安安分分地把這孩子生下來，認真地把孩子養大，就算對金寶不好我也認了，最多就當作是養個下人照顧她就行了，可是沒想到這狠心的女人竟想對金寶不利，我怕出事，就把金寶送去妳那裡。後來她生下孩子，最先想到的不是看孩子，而是跟我要管家權。

「妳也知道她生這孩子有多凶險，我憐惜她生孩子不易，當時就決定了以後這個家就由她來當，反正這一天遲早會到的，可她太急了些，孩子剛生下來差點沒了，她不擔心，只擔心這個家給不給她當，後來她連孩子都很少看，也沒餵過一次奶，妳說，這像一個正常的母親嗎？」

張地主說著，兩眼泛紅，又是悲傷，又是氣憤。何田田看他這樣，對他也沒了怨氣。這不過是一個不放心自己孩子的父親罷了，他的千般算計都是為了兒子。

張地主看向何田田的眼光充滿歉意。「我不敢想像等我離開後，金寶和富貴會變成什麼樣？想了一夜，覺得只有妳能託付，所以富貴滿月，我就把他們帶去了妳那裡。」

何田田總算明白張地主忽然上她家來的原因了。這何嬌娘也真是個傻的，既然嫁進張家，那就是張家的人了，就算不喜歡張少爺，生下孩子後總得好好養著，這可就是她以後的依靠了。以張家現在的條件，只要她不亂來，肯定能一輩子保她衣食無憂。

何田田一時之間也弄不明白這何嬌娘想幹麼了，張地主又接著說道：「自認了妳做乾親，她開始急了，解了禁後，天天往何家跑，一個心不在這個家的女人，我也懶得管了，但她要是想把我張家的家產用在別人身上，那我是絕對不允許的。」

說到這裡，張地主又激動起來，猛烈地咳嗽，人都蜷縮成一團。

何田田忙給他倒了一杯水，小心地餵他喝下。

「田田，我知道把金寶父子倆交給妳，讓妳為難了，也知道妳看不上我這點東西，可妳就當可憐可憐我這個老頭，能安心地離開吧。」

何田田看著他哀求的目光，拒絕的話一句也說不出來了，再想張少爺那純真的眼神，終於慎重地點下頭。「乾爹，您放心，只要我在，不會讓哥哥受委屈的，富貴也會順利長大的。」

張地主總算聽到了想聽的話，鬆了口氣，全身癱在椅子上。何田田見狀，有些害怕，忙把大力叫進來，一起扶他在屏風後的床上躺下。

「大力，你家老爺的藥呢，有按時吃嗎？」何田田見張地主睡著了，小聲問道。

大力同樣小聲回覆道：「有按時吃，可不知為什麼，那藥越喝身體越不行。」

何田田聽了，皺起了眉，總覺得這事有些不尋常，便道：「你讓人去城裡請個大夫回來，給大夫看看那藥對不對症。」

大力一聽，心一緊，忙點點頭。「小的知道了，不會讓人發現的。」

何田田又把張地主身邊的幾個丫頭、小廝叫來訓話，讓他們小心照顧張地主，自己則是去了張少爺的院子。

「呵呵，呵呵。」

她剛進院子就聽到富貴那清脆的笑聲，其中還摻雜著張少爺的聲音。

原來張少爺正拿著用蘆葦織的小鳥在逗他玩，父子倆玩得開心不已，見她進來了，張少爺朝她跑過來，把手中的小鳥像獻寶一樣，開心地給她看。

「哥，想不想去我那裡玩？」何田田看著他那不識愁的笑容，更加理解張地主的用心良苦。

「好、好，去妹妹那裡玩！」張少爺聽了跳起來，不過很快就露出猶豫的表情。

「怎麼了，不願意跟我去？」何田田疑惑地問道。

張少爺跑到富貴的搖籃前，充滿期望地看著她。「能把寶寶也帶去嗎？」

何田田看著那一大一小相似的臉，富貴似乎也感知到什麼一樣，朝她咯咯笑著。

何田田的頭不由得點了下去。

何田田領著一大一小回到家，就見陳小郎站在門口東張西望，見到她，快步迎了過來。

「妳去哪兒了？」陳小郎有些委屈地道：「他們又是怎麼回事？」

何田田指著後面的張少爺道：「他們需要在我們這裡住一段日子。快幫我倒杯水，我好渴。」

喝完了水，何田田忙著安置張少爺和富貴，本來她安排富貴住在自己這廂，誰料張少爺死活要跟他兒子一起住，最後何田田無奈，只得安排他們住在另一廂。

整理好床鋪，其他的就交給服侍他們的下人，何田田有些不放心富貴，便交代奶娘，晚上一定要照顧好他，有什麼事就來找她。

奶娘是個老實的，聽了她的話，連忙答應下來。富貴這裡除了奶娘還有一個大丫頭臘梅，何田田見她沒幾下就把東西整理好了，這才安心地離開。

陳小郎有一肚子的話要問何田田，見她滿臉憔悴，體貼地什麼也沒說，端來熱水給她泡腳。

直到終於躺在床上，何田田呼了一口氣，這才把今天的事告訴陳小郎。

陳小郎聽完，什麼話也沒有說，只是把她摟進懷裡。

何田田笑得很甜。她就知道，不管自己做什麼，他都會支持她。

「乾爹把地契都給了我，其中二十畝說是補給我的嫁妝，我不想要，你覺得呢？」何田田答應照顧張少爺父子，並不是為了這些地，而是感動於他那顆拳拳父愛之心。

不管前世還是今生，她都不喜歡拿別人的東西，她喜歡用自己的努力和智慧去得到自己想要的，她沒有那種不勞而獲的念頭，這也是她對陳員外把家財都留給陳大郎沒有怨言的原因。

黑夜中，何田田看不清陳小郎的表情，只聽到兩個字。「隨妳。」

雖然只有兩個字，卻比千言萬語更讓她安心。她在他懷裡找了個最舒服的姿勢，閉上了眼。

家裡多了兩個人，頓時就不一樣了，早上一起來，張少爺就會跑到廚房裡看她做菜，然後開心地吃下她做的任何東西；隔一會兒聽到兒子的哭聲，就會緊張兮兮地跑過去，連問道：「怎麼了？怎麼了？」

奶娘就會很鎮定地回「餓了」或是「尿了」。

何田田覺得她的生活一下子就不一樣了，不像以前兩個人，每天的事都是重複的，現在時刻有新鮮的事在等著她，就像現在，張少爺一身泥地進屋，後面的小廝耷著頭，一副不想活的樣子。

「妹妹，魚、魚。」張少爺一見到何田田，笑著跑了過來。

何田田總算知道他怎會弄成這樣了，肯定是見到荷田裡有魚就跳了下去。

她一臉無奈地看著他，這都是第幾次了？剛哄著他和小廝進去換衣服，就見大力氣喘吁吁地走了進來。

何田田的心一沈。不會是出了什麼事吧？

她忙問道：「大力，你怎麼過來了，你們老爺呢？」

大力見她焦急的樣子，忙道：「老爺沒事，他就是讓我過來看看，要不要送什麼東西過來？」

聽說張地主沒事，何田田安下了心。「不用，他們在這兒挺好的，你讓乾爹不用擔心，等他身體好了，我再送他們回去。」

大力聽了她的話，臉上露出複雜的表情。何田田的心又沈了下去，難道張地主真的得了絕症？

大力這才娓娓道出最近查出的實情。

何田田驚訝，怎麼也沒想到何嬌娘的膽子這麼大，竟敢對張地主的藥動手腳，也不知道張地主會怎麼處置她？

「那乾爹的身體現在怎麼樣？」現在最關鍵的是他的身體。

大力搖了搖頭。「大夫說了，這病本就不好治，又因為藥耽誤了，想要康復是不可能的了。現在改了藥方，只能慢慢調身體，至於還有多少日子，大夫也不好說。」

何田田聽了，轉過頭看著笑得一臉純真的張少爺，不由得又是一聲嘆息。

雖然張少爺在這裡玩得很開心，其實他應該也挺想張地主的，不時地問起他，有時還會朝外面看。

「那你家老爺有說怎麼處置何嬌娘嗎？」

大力聽了何田田的話，搖了搖頭。他一個下人，老爺肯定不會跟他說這些。

何田田也想到了這一點，便道：「你回去吧，好好照顧老爺，我明天送富貴他們一起回去看看他。」

大力聽了，行了個禮就離開了。

何田田不由得又是一聲嘆息。這都是些什麼事？

第二天一大早，何田田就讓陳小郎去陳二嬸家借來牛車，一家人便回到了張家。張家更加冷清了，張少爺等門打開就朝裡面跑，一看就是朝張地主的房間跑去。何田田有些欣慰，張地主一心為他操心，他還是知道的。

何田田來到張地主的院子時，父子倆也不知道在說啥，張地主的精神看起來要比上次見到時要好一些。

見他們到了，張地主示意他們坐下，陳小郎見張地主明顯有事要說，便找個藉口要出去，張地主擺了擺手，示意不用，何田田便拉著他坐下來，用行動告訴張地主，他們是一體的。

張地主叫小廝把張少爺帶出去玩，一直到不見他的身影，才回過頭。「家裡的事，大力都跟妳說了吧？妳說說看，這何嬌娘該怎麼處置？」

以何嬌娘做的事，怎麼處置都不為過，可何嬌娘畢竟生下了富貴，而且張少爺又是這樣的人，要是處置了她，不知真相的外人會怎麼想？

張地主的身體現在又這樣，要是何三家鬧起來，家裡連一個當家的都沒有。何田田雖然認了乾親，到底還是有些名不正，想來張地主也是考慮到這些，才尚未對何嬌娘有什麼處置。

「乾爹，何嬌娘承認那藥是她動的手了？」

大力只說是她，可到底是有人指證，還是只是猜測，也沒有說清楚，這其中的差別還是頗大。

「沒有。」張地主搖搖頭。「這事我都不敢聲張，那女人心狠著呢，要是逼急了，誰知道她會做出什麼事來？」

理是這個理，張地主這麼想，更多的是為了張少爺吧？要不以他的手段，何至於這樣瞻前顧後？

何田田看了他一眼。「要不把她叫來，問問她到底想幹麼？」

一個人不會無緣無故做這件事，一旦做了肯定有目的，而何嬌娘這麼做肯定是想得到什麼，只有知道了她的目的才好解決。

張地主聽了，點點頭，朝外叫了大力，讓他去找何嬌娘過來。

何田田沒想到，不過幾年的時間，何嬌娘竟變了這麼多！在她身上完全看不到往日的樣子，以前雖然有些嬌蠻，卻不陰沈，可現在卻給人一種陰森森的感覺，看人的眼神冷冰冰的，像是完全換了個人。

何田田心裡很震驚，這何嬌娘怎麼變成這樣了？張地主雖然吝嗇，但也不至於苛刻，她變成這樣肯定與他無關，那會與誰有關呢？

何田田充滿了疑惑，面上卻沒表現出來，而是看向張地主。

怒。

張地主自她走進來，就沒有正眼看過她，只有那拳頭上爆起的青筋可以看得出他的憤

「何氏，自妳嫁進張家，我張家可有虐待妳？妳為何要置我於死地？」張地主開門見山地開口，完全沒有給何嬌娘心理準備的機會。

誰知何嬌娘頭都沒有抬一下，慵懶地道：「爹，您說什麼呢，兒媳怎麼聽不懂？」

何田田見她一點也沒有作賊心虛的表情，不禁有些疑惑。

難道這事跟她無關？

「妳不要以為裝出一副不知情的樣子，這事就跟妳沒關係。」張地主喘著氣道：「我告訴妳，就算我死了，張家的一切也與妳無關！」

何嬌娘臉色一下就變得很難看。「憑什麼？我是你兒子的女人、你孫子的親娘，怎麼就與我無關？你情願把一切都給何田田這個外人，也不願意給我？」

充滿血絲的眼睛、憤怒的表情，終於讓何嬌娘露出了真面目，看來她所做的一切，無非就是為了張家的家產，只是她卻用錯了方法。

「妳還知道妳是我兒子的女人、孫子的親娘？可妳做出來的事還配嗎？」張地主氣得臉都成了醬紫色，指著她的鼻子罵道。

何嬌娘從鼻孔裡「哼」了一聲，滿臉不在意。

何田田真恨不得上前搧她一個耳光。不管她有什麼不滿，都不應該去傷害別人的性命。

「既然妳不稀罕我們張家，我已經為金寶給妳寫了一封休書，妳去押個指印，從此與我們張家沒有任何關係。」張地主似乎不想與她糾纏了，無力地癱在椅子上。

何嬌娘聽張地主這麼說，猛地抬起頭來，憤怒地看著他，眼神中卻閃過慌亂。

忽然，她跪在張地主的面前。「爹，我知道錯了，我只是一時鬼迷心竅，才會做出那麼糊塗的事……爹，您就看在富貴的分上，饒了我吧！」

這事情的走向快得讓何田田有些目瞪口呆。這人也太善變了，剛才不是還一副不可一世的樣子，怎麼一下子就變成這樣了？

張地主閉了閉眼，最後道：「我知道妳想要什麼，這樣，妳以後就住在西邊的院子裡，我讓人從那邊給妳開個門，一個月給妳一兩銀子，再分五畝地給妳，以後妳不要再踏進這個院子一步。記住，妳是張家的媳婦，如果妳敢做出丟人的事來，那麼就不只是休書那麼簡單了。」

張地主到底沒有趕盡殺絕，為何嬌娘留了體面。

何嬌娘聽到一個月有一兩銀子，痛快地答應下來，站了起來，用手帕擦了擦眼淚。「還是爹明理，要是早這麼做，您也不用受那個罪。」

張地主氣得一口氣差點沒緩過來，指著她半天沒有說出話來。

何田田見狀，忙讓大力把何嬌娘帶出去。

第十七章

何田田見何嬌娘離開了，忙讓陳小郎扶起張地主，給他順順氣，安慰道：「現在這樣最好，以後叫個婆子去照顧她，想來她也會規規矩矩過日子，相安無事的挺好，要不以後富貴大了，問起他娘的事不好回答，尤其要是聽到那些不明真相的閒言閒語，弄個不好還會恨您呢。」

張地主何嘗不就是想到這個，才會心裡恨死了何嬌娘，卻還得養著她。

「以後妳就讓帳房每個月給她一兩銀子，只要不做出傷風敗俗的事，其他的隨她去吧！」

何田田點點頭，算是應承下來，見張地主一臉倦意，便讓他好好休息，自己則跟陳小郎一起出了屋。

大力跟著送了出來。「小姐，老爺的意思，還是想讓您把少爺和小少爺帶走。」

何田田回頭看了看屋裡。「如今何嬌娘出去住了，你讓下人小心些，還是讓大少爺和小少爺留在家裡陪陪老爺吧。」

大力聽出她言下之意，長嘆一聲，點點頭。「小姐，老爺雖然不說，但看得出來，他挺喜歡您回來的，您多回來看看他吧！」

張少爺見何田田他們出來，歡喜地迎了過來，把手中的馬蹄糕遞給她，示意她快點吃。何田田看著那白色糕點上的幾個手指印，有些為難，最後在他期待的眼神下，無奈地接過來，輕輕地咬了一口。

張少爺露出一個燦爛的笑容，白色的牙齒在陽光下閃著光芒。看著他們要離開，這次張少爺並沒有鬧著要跟她一起走，想來他也意識到了什麼，捨不得離開張地主了。

之後，何田田隔三差五便去張家看看，何嬌娘的院子單獨隔了出來，聽大力說，何三嫂是把那兒當成自己的家了，每天早上過來，晚上才回去，就連何三也時不時地過來。

何田田聽了，叮囑他只要何嬌娘不出格，其他的隨她去。

林氏自知道張地主的病後，也讓何老爹不時過來找他聊聊天，可能是有人陪伴，張地主的身體雖然不見好，但也沒有見壞，每天吃著中藥調養著。

這幾天家裡池塘的小魚浮上來吹泡泡了，丟下去的嫩草也沒多久就搶光，荷田裡的荷葉也長得鬱鬱蔥蔥。何田田站在田埂上，看著他們一手打造出來的這一切，露出滿足的笑容。

「嫂子，那鹹鴨蛋又沒貨了，還有，妳說的皮蛋到底好了沒有？」陳錦書剛從城裡回來，就迫不及待問道。

「你不提醒我都要忘了，按理應該差不多了，就不知道這次比例對了沒有？」前兩次都以失敗告終，這次她也還是沒有多大信心。

「嫂子，我們是不是該買輛馬車了？」陳錦書看著那在路邊啃草的牛，試探地問。

「對，要買輛馬車，這樣送魚比較方便。改天讓陳小郎跟你一起去買匹馬回來，不過對外你得說是你們家買的。」何田田早就想買馬車了，只是一直不夠錢，又得防著陳大郎，現在既然有了錢，就無須畏首畏尾了。

何田田回到家，把裝皮蛋的筐拿出來，示意陳錦書拿幾個去洗乾淨。陳錦書把洗淨的蛋放在桌上，好奇地問道：「妳說這樣就能吃？不用煮？」

何田田拿起蛋在手中打了幾個圈，猶豫了一下，便在桌上敲了幾下，這次並沒有像往常一樣，一敲就一股臭味傳來，難道這一次成了？

她手中的速度加快了幾分，幾下就把蛋殼剝了，一個黑黑的蛋出現在他們眼前。陳錦書看得有些傻眼，這蛋怎麼變成黑的了？

何田田的眉頭卻皺成了一團。看來還是沒有成功，好的皮蛋的蛋清是透明的，上面還有些小松花一樣的印記，所以才會有「松花皮蛋」的稱呼。

可眼前的蛋黑漆漆，沒有一點透明度，唯一比以前好的是終於凝固起來，不再是臭水了。

「這……能吃嗎？」陳錦書見她只是盯著蛋看，再次弱弱地問道。

何田田看了皮蛋一眼，又看了陳錦書一眼，一本正經道：「嗯，你看這蛋都凝固起來，代表熟了，肯定能吃了。」

陳錦書半信半疑地接過蛋，把它放在嘴邊，再次問道：「真能吃，沒騙我？」

「你見我什麼時候騙過你？真能吃！」何田田快要忍不住了，說完裝模作樣地把頭扭到一旁。

陳錦書想想，好似她真沒有騙過人，而且每次做出來的東西都挺好吃的。這麼一想，不再猶豫，一口咬下去，一股怪味在他的口中瀰漫開來，他差點吐了出來。

「這是什麼東西，味道怎麼那麼怪！」

陳錦書嚼了幾下，發現竟又沒有那麼難吃了，有點鹹，還有些澀味。

「好吃嗎？」何田田見他竟沒有吐掉，反而好奇地問道。

陳錦書把剩下的皮蛋丟進嘴裡，細細地品嚐，並沒有覺得難吃，如果去除澀味，那味道還挺特別的。

何田田見狀，又敲了一個蛋，這個更讓她驚訝，雖然沒有前世買的那樣透明發亮，但還是有透明度，上面還有幾條白色的條紋。

「成功了，真的成功了！」何田田欣喜若狂地叫了起來。

陳小郎不知道何時站在她的後面，把她手中的蛋拿過來，仔細看了半天，有些不敢置信地看著陳錦書。「真能吃？」

陳錦書用行動告訴他，又敲開了一個，一口咬下。

何田田見狀，又剝了一個，輕輕咬了一口，熟悉的味道撲鼻而來，讓她激動得差點流出眼淚。

何田田得出了結論，應該是石灰粉放多了一點的緣故，有點澀味，不夠爽滑，看來還得微微調整一下配料，就可以大量生產了。

這個皮蛋只此她這一家，價格自然不是鹹蛋可以比的，鹹鴨蛋只要吃過幾次，有些人就能試著做出來，但這個皮蛋就不一樣了，就算他們吃過，保證也不知道怎麼做出來的，物以稀為貴嘛！

陳小郎見他們吃得歡，不禁也把蛋放入口中，頓時他那撲克臉什麼表情都有了，逗得陳錦書哈哈大笑起來。

「這東西好吃？」陳小郎吃了一口，再也不肯吃第二口了，嫌棄地看著那黑漆漆的蛋。

何田田沒有為難他。有些人認為很美味，但有些人卻吃不慣這個味道，這樣很正常。

陳錦書吃完了蛋，就開始算它的價值。

「嫂子，這皮蛋除了這樣吃，還有沒有別的吃法？」

這就問到點上了，何田田神秘一笑，把剩下的皮蛋帶到廚房，很快地，一碟醬油皮蛋和一鍋皮蛋粥出爐了。

吃過何田田做的醬油皮蛋和皮蛋瘦肉粥，就是陳小郎也覺得味道不錯，皮蛋就被何田田提上了議程。她把各個配料按比例弄好，然後把鴨蛋一批批地醃製起來，等醃好後再交給陳錦書去賣。

何田田他們的日子是越過越好，陳大郎卻是焦頭爛額，他把錢氏的銀票拿去抵了虧欠的債，又傳來另外一間店鋪進了一批假貨，被幾個當家夫人鬧上門來，把店鋪砸了。

「該死的，人呢？你倒是給我把那人找出來！」陳大郎朝掌櫃吼了起來。

「都是小的的錯，想是合作多年了，應該不會出差錯，卻沒想到竟出了這事。小的再次上門，那邊死活不承認，還說根本沒有這號人……」

陳大郎氣得頭都要炸了，在這樣的節骨眼上，竟出了這樣的事。

「你進貨的時候沒看，連賣貨時也不看？」陳大郎的指頭差一點指到他的鼻梁上了。

掌櫃滿頭大汗，那天他剛進貨回來，家裡就發生急事，他還來不及看就回家了，結果第二天一來，貨已經都上架，甚至還賣了幾件出去，到中午他們就鬧上門來了。

「說吧，現在怎麼辦？」陳大郎垂頭喪氣地癱在椅子上，無力地問道。

東家都不知道怎麼辦，他們這些掌櫃怎麼知道？掌櫃把身子縮了縮，恨不得有個隱身法，讓他看不到。

陳大郎見半天沒有回答，氣得抓住墨盒就朝他砸了過來。「說話呀，啞巴了?!」

掌櫃來不及躲避，墨盒砸中他的頭，馬上腫起來了。

「哎喲，我的娘呀！」

掌櫃直挺挺地倒在地上，陳大郎看著躺在地上裝死的身體，恨不得再砸幾下。

金縣令剛回到後院，就見自己的夫人跟幾個孩子有說有笑地在那裡吃著什麼。

金夫人見他進來了，忙遞了一個給他。

「快嚐嚐，陳兄弟又送新吃食來了。」

「陳小弟來了？怎麼沒看到他？」金縣令接過夫人手中的吃食，驚訝地問道。

金夫人笑道：「他直接讓門房拿進來的，肯定是怕影響你處理公事，別說這陳兄弟真是個體貼之人，要是他是我們的家人有多好。」

金縣令沒有兄弟姊妹，金夫人家裡倒是有，不過都是庶出的，跟她不是一條心，現在有這麼個知冷知熱的兄弟，自然覺得很珍惜。

「他有沒有說這是什麼？」金縣令看著手中的皮蛋，愣是不知道是何物。

問到這個，金夫人更是樂開了。「你猜猜，肯定不知道是什麼。」

金縣令好奇地咬了口，爽滑可口，雖然味道有些怪，卻不難吃，吃完一口還想吃第二口。「這不會是蛋吧？」

「沒想到你還能猜到。不錯，這是鴨蛋，聽說是陳兄弟的夫人做出來的，你說說她怎麼那麼能幹呀，我還真想見見她。」

金縣令又拿起一顆蛋，仔細觀察了半天，也想不通怎麼能把蛋變成這樣，聽了金夫人的話，也是一樂。

「那就找個機會見一見。」

自陳大郎把銀錢拿走後，錢氏便關起院門過起自己的日子，尤其是自金花領大夫上門後，更是深居簡出，管家的事都交給了金花，有什麼問題也是由金花傳達，就連梅氏那裡也告了病假，沒有去請安了。

馮氏見了，又跳了出來，每天定時去梅氏院裡請安，一副當家夫人的派頭。讓人意外的是，面對這樣的馮氏，錢氏竟沒有像往常那樣跳出來收拾她，而是任由她蹦躂。

陳大郎還沒有想出應對的辦法，一群衙役直接衝進店鋪，把店鋪封了，理由就是他們賣假貨。

「完了、完了……」陳大郎癱坐在椅子上，兩眼空洞，一副了無生氣的樣子。

「老爺，您快想想辦法吧，這樣下去，我們的店鋪只怕全完了。」掌櫃急得團團轉，卻是半點也不知道該怎麼辦。

陳大郎被他這麼叫，像是清醒了幾分，拔腿就往外跑。

梅氏像往常一樣唸了半個時辰的經，陳嫂忙把她扶起來。「這二夫人嫁進來也有幾個年頭了，怎麼也沒個動靜呢？」

梅氏抓佛珠的手不由抖了抖。「唉，兒孫自有兒孫福，我呀，不操這份心。」

陳嫂聽了不再出聲，穩穩地扶著她坐到羅漢床上，正準備吩咐銀花去給梅氏端點心過來，就見陳大郎火燒火燎地走了進來。

「娘，您可要救救孩兒，這次除了娘，沒有誰能救得了孩兒了！」陳大郎雙腿一曲，直挺挺地跪在梅氏面前，哀聲道。

陳嫂被他給嚇壞了，伸手想去扶他，卻被他的眼神給嚇住，愣在那兒不敢動。

梅氏聽了他的話，加快了轉佛珠的動作。「大郎，你這是為何呀？」

「娘，店鋪被官府給封了，這次弄個不好，只怕孩子要下牢獄了，求您把那些房契拿出來吧！」陳大郎把手放在梅氏的膝上，滿含期待地看著她。

「大郎，上次我就跟你說得明明白白了，我不知道房契在哪兒，你要是不相信，我這屋子的每個角落你都可以翻一遍。」梅氏平靜地道。

陳大郎愴然一笑。「娘呀娘，您真是狠心呀，孩兒就要沒命了，您還守著那些東西，就是不給孩兒，難道那些東西抵不過孩兒的性命嗎？」

梅氏轉佛珠的手停了下來。「大郎呀，那些可都是你爹一輩子賺來的，你說，能不能抵上你的命？」

陳大郎心中一駭，不明白梅氏為何忽然提起陳員外來，不過聽她的語氣，那些房契就算沒有在她的手中，她也是知道去處的。

「娘，我知道那是爹一輩子的心血，都怪孩兒不爭氣，不能守住這些。」說完，陳大郎狠狠磕下頭，砸得重重的，沒幾下，額頭就破皮了，流出鮮紅的血珠。

梅氏長嘆一聲。「你不必如此，那些房契不在我這兒，你還是回院子去看看你媳婦兒吧！」

梅氏這話，陳大郎是不信的，他不明白為什麼到了這個時候，梅氏還是不願意拿出房契，難道自己不是她親生的嗎？

陳大郎見梅氏任他怎麼求，都緊咬著牙關，不願意吐出房契在哪兒，不禁大怒，伸手把梅氏面前的桌子掀翻，然後怒氣沖沖地出去了。

梅氏的房裡靜得連針掉在地上都聽得到，過了好久，梅氏才吐出長長的嘆息。

都是她的錯，當年要不是一味沈浸在尋找丟失的孩兒，又怎會讓陳大郎變成這種六親不認、唯利是圖的小人呢？

陳嫂知道梅氏的心思，可是卻不贊成梅氏的想法。

她自梅氏嫁過來就服侍她，兩個少爺都是她看著長大的，大少爺自小心機就深，梅氏在他的身上也是花了很多心思。只有小少爺，那才是真正沒怎麼操心，可他不是很純善嗎？因此這根本不是外界的原因，而是本性如此。

只是陳嫂知道，自己一個下人，無權去評價各位主子。她輕聲喚來銀花，把屋裡收拾一番，才勸道：「老夫人，您可不能倒下，這個家還需要您。」

梅氏閉著眼道：「那錢氏現在怎麼樣了？她倒是見機得快，妳說，她那肚子裡會是個男孩子嗎？」

陳嫂接過銀花手中的蓮子湯，輕輕攪拌了幾下，才遞給梅氏。「不管是少爺還是小姐，總歸大少爺有了骨肉。」

梅氏喝了一口蓮子湯，眉頭不由得皺了皺。「這蓮子沒去芯？」

「二夫人可說了，這芯可清熱，有安神、強心的功效，不可去掉。我已經讓廚房加了冰糖，老夫人您就慢慢喝了吧。」

「她倒是有心。聽弟妹講，他們今年這蓮藕種得更多了，這樣也好，守著那些沼澤地，過著平穩的日子，他爹肯定也想不到竟歪打正著了。」梅氏說著，又出了神。

陳嫂接過空碗，退出了房間。

陳大郎氣沖沖地走到錢氏的院子，忽地想起什麼，轉身去了馮氏的院子，很快就傳來馮氏殺豬般的叫聲。

「陳大郎，這些都是我的，你要拿去哪裡?!」馮氏用力拉著陳大郎，披頭散髮的，沒了平日那嬌滴滴的樣子。

「妳放手！這個家的東西都是我的，我想拿便拿，還得向妳交代不成？」陳大郎猙獰地看著她，見她還不鬆手，不耐地用力一甩，把馮氏甩後退好幾步。

陳大郎大步離開，馮氏坐在地上傷心地哭了起來。那狠心的陳大郎，把她的私房全都拿走，她什麼都沒有了。

她越想越傷心，哭聲也越來越尖銳。

另一頭，錢氏看著金花，問道：「陳大郎真的把馮氏的私房都拿走了？」

金花點點頭。看起來不像是假的，這下好了，看那個馮氏還怎麼蹦躂。

錢氏的臉上卻一點喜意也沒有，眉頭緊鎖，一臉愁容。

金花忍不住問道：「夫人，您怎麼都不開心？」

「上次我吩咐妳的事，都辦妥了嗎？」錢氏正色道。

金花點點頭。「都辦好了。」

雖然金花不知道錢氏的用意，但她對錢氏忠心耿耿，她的吩咐自然不會違背，都按她的要求準備好了，只是她不明白錢氏為什麼要這麼做？

錢氏沒再出聲，陷入了深思。

陳家大院的事，何田田他們完全不知道，此時的何田田有氣無力地躺在床上，一股酸氣從心底不斷往上冒，她不禁又開始乾嘔起來。

陳小郎手忙腳亂地站在床前，見她的頭往外探，忙把缽往前一遞，放在她口下方。何田田肚子裡的東西早已經吐完了，現在不過是一些酸水。

乾嘔了幾下，何田田又躺下了，陳小郎平時難得有表情的臉上滿是擔心、焦急，頻頻朝外看，口裡喃喃道：「怎麼還沒來？」

何田田其實已經猜到是怎麼回事了，沒吃過豬肉也見過豬走路，前世但凡電視劇有女人懷孕，莫不是從乾嘔開始，再加上她的月事又推遲了些日子，更是又多了幾分把握。

「來了、來了。」

大夫聲音還有些喘，一聽就知道肯定是走路太急的緣故。

陳小郎幾步走到門口，見到大夫，一把將他抓起來，幾步就把他放在床前。「快看看。」

大夫被陳錦書拉著一路跑來，氣都沒喘過來，又被陳小郎這麼一拉，鬍子都翹了起來，很不滿地看了陳小郎一眼，坐在那裡緩了會兒，才抓過何田田的手。

「滑脈，這是有喜了。」大夫輕吐出幾個字。

何田田早就猜到了，心中喜悅，卻不覺得格外驚訝，陳小郎就不行了，本來人就顯得呆呆的，現在眼睛瞪得大大的，口也張得大大的，一臉不可置信。

「大夫，你沒弄錯？我嫂子可是吐了一早上，不是病了？」陳錦書見過他大嫂懷孩子，可沒有這樣嘔吐不止過，懷疑地問。

大夫聽了，一字眉都變成八字了，很不悅地道：「你這小子，是質疑我的醫術，連一個小小的喜脈都探不準？」

何田田怕不懂的陳錦書再說出什麼話來激怒大夫，忙道：「辛苦大夫了，只是我這反應似乎有些大，有沒有好辦法可以減輕些？」

大夫收回手，見何田田臉色蒼白，無力地躺在床上，知道她的懷相不好，只怕要遭些罪了，便道：「一般人都有反應，至於嚴重不嚴重，端看個人體質。妳這才多久就這麼大的反應，我幫妳開幾味中藥，試著喝喝看，不過切記不能多喝。是藥三分毒，多了對胎兒不好，試著找些酸的東西吃吃，也許有些效果。」

何田田點點頭，知道大夫說得有理，見陳小郎還是傻傻地站在那兒，只得吩咐陳錦書領大夫出去，順便把藥抓回來。

直到大夫他們出去了半天，陳小郎才小心翼翼地走到床前，拉住她的手，問道：「大夫說的是真的？」

何田田看他那傻樣，不禁想笑，哪知道這一動，又一股酸水往上湧，她不禁用手摀著嘴，身體往前傾。

陳小郎見狀，把她摟在懷中，輕輕幫她拍著後背。

見她只是乾嘔，連酸水都吐不出來，陳小郎那眉頭都擰到一塊兒去了。「這可怎麼辦才好？明天我就去荷花村把娘接來。」

家裡沒有老人，遇到這樣的事完全束手無策，梅氏是不可能了，只能打林氏的主意了。

自從何田田嫁到陳家，又被陳家分出來，林氏就一直放心不下，生怕陳小郎欺負她，後來知道陳小郎是個好的，又擔心她沒飯吃，這好不容易吃得飽、穿得暖了，又開始操心她那肚子。

「明天是初一，我得去廟裡求求神，田田這都嫁入陳家幾年了，怎麼還沒懷上呢？」一大早林氏就跟戴氏嘮叨開了。

「娘，那明早我早些起來做好供品。」

戴氏的大兒子水伢子已經一歲多，已經能自己跑了，這肚子又有了，對何田田也關心著，見林氏要去廟裡，便操勞起來。

「不用，我自己來就行，但願早日聽到喜訊。」林氏看了看戴氏的肚子，搖了搖頭。

戴氏知道林氏是心疼自己，很是感動，對何田田的事更加盡心了。自從何田田嫁入陳家，他們得了那八畝地，加上她不時捎一些布疋、糕點回來，就再也沒有挨過餓、受過凍，這不都是受了她的好？

何田田的日子是越過越好，現在最大的遺憾就是沒有孩子，她別的幫不上，這上廟求神還是能做的，也算是表示表示自己的心意。

婆媳倆正在討論明天要做些什麼供品到廟裡，就見陳小郎飛快地走進來，平時總板著的臉竟帶著幾分笑意，這讓何老爹以為看錯了，揉了揉眼睛又看了看，才發現確實有笑意。

「爹、娘，我來了。」陳小郎心情極好，連聲音都比往日要暖了幾分，說完又朝一旁的戴氏打了招呼才坐下。

戴氏明知道陳小郎人挺好的，卻還是對他有些畏懼，朝他點點頭就進了廚房。

陳小郎一坐下，便對林氏道：「娘，我是特意來接您去家裡住上一段時間的，田田這是有了。」

林氏聽了前半段就很開心了，這女婿孝順，特意來接她去住，聽到後面簡直欣喜若狂。這都盼了多久，終於有了消息！

她忙應聲道：「好、好，我這就去準備包袱，你等等。」

說完林氏就興沖沖地進了屋，何老爹也是眉開眼笑。「田田的身體怎麼樣？反應大不大？」

已經是幾個孩子的爹，對女人懷孕的事還是懂一些的，問到這兒，陳小郎嘴角的笑容沒了，反倒是一臉愁容，這可把何老爹嚇了一跳。

「田田出事了？哪裡不舒服？」

「別的倒沒有，就是吐得厲害，吃下去的東西都吐出來，每天只能躺在床上，大夫的藥也不見效，這不才來請娘過去？」

何老爹這才明白他為什麼一臉愁容，以前林氏懷孕也孕吐，不過不算厲害。「得想想辦法，這懷孕可不是一、兩天的事。」

「大夫說弄點酸的吃吃，我讓錦書去二嬸家討了些酸菜，可田田聞到那味道就又吐了起來。」

林氏一出來就聽到這句話，又轉身進了廚房，把櫃子裡的一罈泡菜抱在懷裡，這才叮囑戴氏。「田田有了，她那裡沒有長輩，我得過去瞧瞧。妳這月分還不算大，小心些，不要做重活，有事就叫世蓮。」

戴氏聽到何田田有了，比自己懷上還高興，嘴裡催著林氏快點出門。

林氏到時，何田田剛又乾嘔了一陣，難受地躺在床上。她實在沒想到懷個孕竟會去掉半條命，她真想不要了。

林氏進來看到何田田的樣子，心疼不已，而何田田一看到林氏，頓時就感覺到委屈得不行，眼淚一下子就流了出來。這可把陳小郎和林氏都嚇壞了。

「怎麼了、怎麼了？哪裡不舒服？」林氏摸摸她的頭，沒有發熱，焦急地問道。

陳小郎急得團團轉，卻又不知如何是好，只得求助地看向林氏。

何田田眼淚掉下來後，一發不可收拾，竟開始大哭。她也不知道為什麼要哭，內心就是想哭，而她就乾脆哭個痛快。

她是痛快了，可把林氏和陳小郎急壞了，陳小郎又要跑去找大夫了，還是林氏有懷孕的經歷，連忙把他拉住，讓他等等再去。

痛痛快快地哭過後，何田田覺得心中的鬱氣沒了，只是覺得有些不好意思，把頭埋在林氏的懷裡，撒嬌道：「娘，我難受，我不想生孩子了。」

林氏本來還心疼不已，聽了她的話，抬起手就朝她後背拍了一巴掌。「亂說話，哪有女人不生孩子？」

雖然林氏打在她身上根本不痛，可何田田還是覺得更委屈了，賭氣道：「生孩子這麼累，幹麼一定要生……」

林氏緊張地看了陳小郎一眼，見他並沒有發怒，這才佯裝生氣地道：「娘那時懷妳，不也是這樣過來的嗎？這孕吐只是前幾個月，等過了這幾個月就好了。」

何田田一點也不相信林氏的話，卻也知道這樣任性的話只能說一、兩句，多了就讓人傷心了，便像孩子沒吃到糖一樣，在林氏懷中打了幾個滾。

林氏緊張地拉住她。「妳呀，怎麼還像小孩子一樣？妳從現在就要記住，妳是懷了孩子的人，動作不能太大，要不然動了胎氣，就有妳好受的。」

何田田這才不敢滾了，懶懶地躺在林氏的身上。不知道是不是林氏來了，她暫時沒了噁心的感覺，慢慢地睡著了。

見她睡著了，林氏輕輕地把她放好，這才示意陳小郎跟她出去。到了外面，便把自己帶來的東西拿出來，小聲地跟陳小郎聊著天。

「這懷孕呀，比任何事都累，前期有孕吐，到了中期開始有胎動，等到了七、八個月的時候，那更是難受，吃多了肚子撐，吃少了又餓，睡也睡不好的，孩子在肚子裡動著呢，不時在這裡踢一腳，在那邊又一拳，都沒法睡。田田沒嫁人前，也沒有幹過多少重活，家裡雖然窮，卻還是嬌養著她，嫁到你們陳家後，她倒是長大了不少，可卻不用幹重活，只怕比我那時候懷孕還要累。

「你這邊沒有長輩，你得多花些心思，這孕婦的心情也是時好時壞的，要是平時，她肯定不會哭，這是肚中的孩子在作怪呢。以後她要是做出什麼意想不到的事，你可千萬不要計較，哄哄她、順著她就行了。」

陳小郎被何田田這兩天的反應嚇到了，現在聽林氏這麼說，總算放下心來。

何田田的孕吐嚴重，陳小郎生怕她有一點點閃失，只要她皺一下眉，馬上就看著她，有時候她心情不好，毫不講理地發怒，陳小郎也不計較，默默地受著。

林氏把這一切都看在眼裡，對陳小郎這個女婿是越看越中意，也越看越順眼，一點也不懼怕他了，每天還指使他做這做那。

何田田自吃了林氏帶來的泡菜，感覺好了一些，可還沒等他們開心，又開始嘔吐起來，連林氏都覺得有些不正常了。

陳小郎不放心，又把大夫請來，這次大夫也覺得太厲害了，給她施了銀針。何田田一直以為這東西只有電視劇裡才有，沒想到這年代的大夫還真有銀針。

大夫見她一直看著他的銀針，還以為她害怕，和善地道：「別害怕，不疼的，很快就好了。」

何田田正想回話，只覺得自己頭上傳來一絲細微的疼痛，很快就感覺到眼皮重重的，沒一下就睡著了。

陳小郎一見有些急了，還是林氏把他拉住，不讓他打擾大夫施針。很快地，何田田頭上就施了好幾針。

何田田好久都沒有睡過這麼安穩的覺了，她睜開眼就見陳小郎坐在床頭，正擔憂地看著自己。

「醒來了？感覺有沒有好一點？」陳小郎小心地把她扶起來，體貼地拿個枕頭放在她的腰間。

何田田心裡甜甜的，一股暖流升了起來。有些人喜歡甜言蜜語，有些人卻是享受著那種被珍視的感覺，她覺得自己就是後者。

何田田醒來好一會兒，都沒有出現噁心的感覺，看來大夫施的銀針真的有效。如今吐得不厲害了，終於能吃點東西，何田田恢復了些力氣，也能下床走一走了。

林氏見狀，眉頭總算舒展開來，每天交代她一些懷孕要注意的事。何田田聽得仔細，畢竟兩輩子頭次當娘，那種喜悅的心情不是誰都能夠體會得到的。

陳小郎見何田田好了些，又有林氏陪著，這才出去忙了。

現在天氣慢慢變熱，魚兒的食慾也變大了，草消耗得很大，一人負責一池塘，還要注意荷田，眼看著一大片荷田長成綠油油的一片，好看極了。

「這麼一大片，看來能收穫不少蓮藕，我也不用為妳愁了。」林氏笑道。

何田田看著遠處那一眼望不到頭的沼澤地，豪氣地道：「這一點哪夠？等那些沼澤地全都種上了，那才是壯觀。」

林氏驚訝地看著何田田，像是頭次認識她一樣。

何田田心中一驚，忙指著荷田中的魚，轉移話題。「娘，您看那幾條魚夠肥了，您快去拿漁網過來，今天中午我們喝魚湯。」

林氏一聽，急匆匆地跑去拿漁網過來撈魚。何田田好不容易想吃東西了，那得趕緊做。

何田田吁出一口氣。還好，林氏還容易對付，看來還是不能大意呀！

晚上，果然喝到了鮮美的魚湯，何田田還配著湯吃了半碗飯，這可把陳小郎樂壞了，林氏更是道：「能吃了就好。」

何田田的孕吐期終於過去了，林氏把要交代的事交代清楚，這才回去。在這兒照顧那麼久已經是她的極限，畢竟家裡還有一個孕婦呢。

林氏回去後，陳小郎每天早早起來把手中的事做完，剩下的時間便是圍在何田田身旁，小心翼翼地伺候著，生怕她摔著、磕著，緊張兮兮的。

一開始何田田還覺得是件甜蜜的事，可他每天都這樣，只要她的動作大一點，他便用指責的眼神看著她，很快地她就受不了了，生氣地朝他吼道：「你煩不煩呀！這也不能做、那也不能動的，你離我遠些，以前我嫂子懷孩子，每天忙上忙下，也不見有什麼異樣，你再這樣，我就不生了！」

陳小郎默默地聽著她吼，也不反駁，似乎聽進去了，又似乎沒聽進去，誰知下次見她有什麼不妥，又故態復萌，氣得何田田現在一看到他就煩。

陳小郎見她不理自己，便可憐巴巴地看著她，像是被遺棄的小狗。何田田的心不禁又是一軟，便朝他招了招手。

陳小郎一見她不生氣了，樂顛顛地跑了過來。

陳錦書每每看到這一幕，都忍不住想翻白眼。

誰能想到那個提起名字都能嚇哭小孩的陳小郎，在家會是這副樣子，真是太不可思議了。

荷田裡冒出了花苞，張地主面前的大力又來到了陳家，手裡還提著不少東西，見到何田田，頓時眉開眼笑的。「小姐，老爺一聽您有喜了，激動不已，硬是讓我過來看您，還想接您回家去住幾天。」

何田田剛好不想看到這也不讓她做、那也不讓她做的陳小郎，一聽這話，哪還有不願意的？

陳小郎眉頭卻是皺得老高，很是不放心，見何田田收拾好東西就要出門，緊張地看著她，大有要跟上去的節奏。

何田田本就是想避開他，哪會讓他跟著，當作沒看到，把東西遞給大力，催他快些走。

大力見狀，忙安慰陳小郎。「您放心，老爺已經準備好了下人，小姐回去後就有人服侍，保證照顧得妥妥貼貼。」

儘管心裡一萬個不願意，陳小郎還是只能眼睜睜地看著何田田歡快地離開他的視線。

陳錦書從城裡回來，不見何田田，卻見陳小郎一臉魂不守舍地在那裡打轉，好奇地問何世仁。「我嫂子呢？」

「張地主接她去住幾天。」

陳錦書終於知道為什麼陳小郎會這樣了，不由得有些想笑。原來他的臉也不是只有一種表情。

何田田到了張家，頓時只覺得天也藍了、草也綠了，雖然也有下人跟著，但對方是一個婆子，自己生養過孩子，知道只要不提重的東西，不做重活，適當的活動對生孩子更加有利，不會一味地阻擋她，這讓她輕鬆不少。

陳小郎緊張的樣子總能感染到她，那時候她就會覺得很難受，可又不敢直接跟他講，畢竟他也是關心她，不能讓他受傷不是？

張地主的身體雖然沒有好轉，但也沒有繼續惡化下去，每天躺在羅漢床上逗著孫子，倒也過得自在，見何田田進來，一個翻身便坐了起來。

「田田，妳來了，快過來讓我看看，聽妳娘說妳懷相不好，似乎真的瘦了。」張地主就像一個慈愛的老頭。

何田田走了這麼遠的路，也有些累了，也不跟他客氣，坐在一旁。

丫頭適時遞給她一杯水，何田田接過喝了下去，頓時覺得舒服多了。

「乾爹，看您這樣子，氣色還不錯。」何田田還真怕張地主撒手去了，現在她自己有了孩子，更加能體會到他的心情了。

張地主樂呵呵地看著她。「放心吧，暫時沒什麼事了，我還想看著我家富貴成家呢！」

何田田見他心情不錯，全身也放鬆下來。

富貴半歲多了，一雙眼睛圓圓的，虎頭虎腦，很是可愛，看到誰都露出笑容，粉色的牙床上露出兩顆潔白的小米牙，太惹人喜歡了。

何田田看著富貴，不禁摸了摸自己的小腹。不知道她的孩子生下來，是不是也會這麼可愛？

張地主一臉寵愛地看著富貴，回過頭又問了何田田很多關於孩子的問題。

何田田半天都沒有看到張少爺，正想問他，就聽到熟悉的聲音從外面傳了過來。

「妹妹，妳過來了？」

張少爺滿頭大汗地跑進來，直接衝到她面前，一臉驚喜的樣子，讓何田田的心暖暖的，忙接過丫頭手中的帕子，溫柔地道：「哥，你去哪兒玩了，怎麼弄得滿頭大汗？」

張少爺一臉傻笑地看著她，任由她擦拭，一旁的小廝替他回道：「大少爺就在後院玩，聽到大小姐回來了，跑得太急才流汗的。」

「妹妹，兒子。」張少爺指著富貴道。

富貴見到張少爺，笑得更歡了，還伸出雙手要討抱。張少爺挨著他坐著，兩張相似的臉露出一樣的笑容，很有喜感。

在張家，沒有人念叨何田田這也不能做、那也不能幹，她心情不錯，連吃都吃得多了些。林氏聽說她來張家，跟戴氏過來看望她幾次，見她在這兒挺好的，也沒有催著她回去，畢竟在這裡有人照顧，回到家裡只有陳小郎一個男人，自然沒那麼仔細。

陳小郎自何田田走後，就一直覺得心缺了一塊，好幾次想追著過來，可又怕她生氣，不敢追上來。

眼看著已經過去兩、三日了，路上還是沒有何田田的身影，他這下坐不住了，便趕著牛車朝張地主家跑去。

何田田剛睡了個午覺，就聽到小丫頭進來稟報陳小郎來了。她不由得笑了起來。這才幾日就忍不住了，她還想多待些日子呢，不過還是出去看看他，安安他的心吧。

陳小郎坐在大廳裡，眼睛卻不停朝外面看。明明他來半天了，可就是沒見到何田田，就對著張地主這張老臉，他實在有些不耐煩了。

終於，何田田的身影出現在門外，他幾步就衝到了她面前。

「田田！」

陳小郎也顧不得有外人在，眼睛裡只有何田田。明明不過幾天沒見，感覺卻像是幾年沒見到，他再也不要跟她分開了，以後無論她在哪兒，他就要在哪兒。

沒看到陳小郎前，何田田覺得自己也沒有很想他，起初還很慶幸他不在身邊，只有晚上躺在床上時會覺得心空空的，難以入睡。可當他站在那兒，內心的歡喜才讓她明白，她是想念他的。

陳小郎都來接她了，何田田自然不能在張家待下去了，張地主不放心，硬是讓照顧何田田的婦人張嫂一起過去，說是月銀他出，只要照顧好她就好。

何田田本想說不用了，陳小郎卻是一口就答應下來，還直接跟張地主要了賣身契。就這樣，他們家有了第一個下人。

張嫂自己生養過，何嬌娘懷孕時也是她照顧的，經驗自然豐富，加上話不多，做事又勤快，何田田對她挺滿意的。

倒是陳小郎一開始還有些不放心，後來見張嫂把何田田照顧得不錯，這才不像以前一樣緊張了。

何田田的肚子慢慢大了起來，荷田裡的荷花也慢慢盛開了，陳錦書總算把馬車趕了回來，讓何田田開心得恨不得馬上坐一趟。

可惜不管是陳小郎還是張嫂，都不允許她坐馬車，就怕出意外，說等以後生完孩子再坐，何田田只得應下。

他們這邊一片欣欣向榮，陳家大院卻是一片陰沈沈。

前些日子，錢氏忽然跟梅氏說她作了個夢，她那故去的父母在那兒哭訴，說是墳前的草已經有人頭高，卻沒有人幫他們整理，錢氏就提出想回家鄉一趟。

錢氏的家鄉在哪兒，沒有人知道，以前問她，她說不記得了，現在忽然提起這事，還真是讓人意外。

梅氏對錢氏背著她做的事瞭如指掌，自然不會阻攔，而陳大郎自上次匆匆回來又出去後就沒見過人，錢氏自然順利地回了家鄉。

錢氏一走，馮氏便管起了家，心中不禁得意起來，終於嘗到了當家夫人的滋味。

也是巧了，錢氏離開沒幾天，陳大郎就回來了，只是陳大郎明顯與以前不一樣了，更加顯得陰森可怕。

「妳說錢氏回家鄉了？」陳大郎看著一臉喜意的馮氏，陰沈地問。

「是呀，大姊可說了，因路途遙遠，不知要去多少日子，所以把家裡的一切都交給我。」馮氏一點都沒看出陳大郎的怒氣，喜孜孜地道。

陳大郎用力把她朝旁邊一推，直接走進梅氏的院子，氣沖沖地問：「娘，錢氏是怎麼回事？」

錢氏是怎麼一回事，別人不知道，梅氏難道還不知道？竟就這樣放錢氏離開了，這讓他如何不生氣？

「錢氏回去看看她爹娘，要去行行孝心，難道我還攔著不成？」梅氏不慌不忙道。

陳大郎聽了，卻像忽然發了瘋一樣，把梅氏桌上的東西全都掃到地上，猙獰地道：「好，好她個錢氏，最好就不要回來了，要不有她好看！」

梅氏任由他吼、他鬧，始終站得穩穩的，那沒有光芒的眼睛裡什麼也看不出來。

陳大郎從梅氏那裡離開後，馬上衝到錢氏的房間，房裡的擺設還是跟錢氏在家時一樣，只是不見主人。

陳大郎掃了一眼，就衝到錢氏平時放貴重東西的地方，打開盒子，發現裡面空空如也，什麼都沒有，不禁兩眼發紅，瘋了似地從這個櫃子找到那個櫃子，不說銀票，連一個銅錢都沒有了。

陳大郎跌坐在地上，想到回來前那幾個債主惡狠狠的樣子，只覺得一切都完了。

不，他不能這樣……對，還有房契……

想到這裡，陳大郎爬起來，又朝梅氏的房間跑去。

「說，房契藏在哪裡?!」

陳大郎朝梅氏大吼，那猙獰的樣子比陳小郎更加恐怖，銀花躲在屏風後面發抖，不敢出聲。

梅氏卻像沒聽到一樣，一動不動地坐在那裡。

陳大郎氣極，搶過梅氏手中的佛珠甩在地上。「說，那些房契去哪兒了？您不拿出來，我就死定了，我可是您的兒子，您怎麼可以那麼狠心？」

陳大郎的話終於讓梅氏變了臉色，她一手捂住胸口，一手指著陳大郎，顫巍巍地道：「你還知道你是我的兒子？我的兒子早就死了，他的心被兒狼吃掉了，你爹怎麼死的我不清楚，難道你還不清楚？」

陳大郎後退好幾步，不敢置信地看著梅氏。「您、您說什麼？我聽不懂。」

「你以為你做得天衣無縫？你以為自己的手段很高明？哈哈哈！」梅氏忽然大笑起來。「你肯定想不到，這一切你爹都知道，還告訴了我，你要了他的命，就為了那些死物？哈哈哈，報應呀報應！」

陳大郎看著梅氏，似乎又看到陳員外臨終的樣子，越想越害怕，衝出房間，躲進了書房。

第十八章

何田田躺在樹下面乘涼，張嫂幫陳小郎餵鴨子，就見陳二嬸從牛車上跳了下來，臉色似乎很難看，看來是出事了。

何田田忙坐起來。「二嬸，怎麼了？」

「錦鯉，快，快去看看你娘。」陳二嬸說完又轉身走了，陳小郎把手中的東西一丟，跟了過去。

何田田也想跟著去，張嫂拉住了她。「大小姐，姑爺他們都走了，妳追不上了，快坐好。」

說話間，陳小郎已經跳上牛車，趕著走了。

何田田眼睜睜地看著他們離開，完全不知道發生什麼事，能讓陳二嬸大驚失色的事，想來肯定不是小事。

牛車剛到陳家門口，陳小郎就跳了下去，朝梅氏的院子跑去，進到屋裡，就見陳嫂端著一碗烏黑的藥坐在床頭，輕聲說著什麼。

「娘！」

陳小郎三步併作兩步衝到床前，梅氏臉色蒼白地躺在那兒，兩眼緊閉，似乎一下子老了十歲，臉上全是皺紋，頭髮也全都白了。
陳小郎怎麼也沒想到，不過是幾個月沒見，竟變成了這樣。
梅氏聽到陳小郎的聲音，慢慢睜開雙眼。「是錦鯉嗎？你怎麼來了？」
梅氏在陳小郎的攙扶下坐了起來，喝了陳嫂手中的藥，便朝他們揮揮手，這是有話要跟陳小郎說了。
陳嫂帶著銀花退了下去，體貼地把空間留給他們母子倆。
「娘。」
口拙的陳小郎看著梅氏虛弱地躺在床上，完全不知道該說什麼。
梅氏抓住他的手。「你爹的那條鍊子你一定要收好，千萬不要弄丟。」
陳小郎除了點頭，什麼話都說不出，梅氏卻放心地又躺了下去。她知道陳小郎肯定聽進去了，這樣就算現在閉眼，她也有臉去見陳員外了，因為他想要她保住的都保住了。
陳二嬸進門時剛巧看到陳大郎，指著他鼻子罵了半天才走進來，剛巧梅氏把該交代的都交代完了，便閉著眼裝睡。
陳小郎不放心，叮囑陳嫂照顧好梅氏，這才跟陳二嬸一同走出院子。
陳大郎看著陳小郎的背影，眼睛卻瞇了起來，眼中閃過算計。
「二嬸，我娘怎麼忽然間病倒了？」陳小郎到底沒有忍住，出了陳家院子，就迫不及待地問了起來。

陳二嬸深深嘆了口氣，把陳家最近發生的事說了一遍。「你有空就過去陪陪你娘，她也是個命苦的。」

陳小郎沒有出聲，黑著臉回到了家。

何田田自他們離開後就擔心不已，見他終於回來了，小跑著過來，嚇得陳小郎幾步就跑到她眼前。「妳慢點。」

「娘怎麼了，出什麼事了？」

陳小郎坐到椅子上，才把陳二嬸的話轉述了一遍。

何田田驚訝極了，那錢氏不是一直很緊張陳大郎嗎，怎麼會說走就走？難道是看陳大郎敗了？那也不應該呀，她這一沒和離、二沒被休的，不管怎樣不還是陳家婦嗎？

「娘怎麼樣？」把陳大郎和錢氏的事丟一邊，她只關心梅氏。

陳小郎沈默不語。

何田田的心只往下沈，這是不太好了，也是被陳大郎那樣氣，沒病的人都能氣出病來，更何況梅氏的身體本就不好。

接下來陳小郎每天都去陳家院子，何田田也跟著去了一次，剛巧碰到陳大郎，陳大郎陰森森地看著何田田，眼光更是緊盯著她的肚子。陳小郎似乎也感覺到了，他把何田田護在身後，避過陳大郎的視線，自那天後，陳小郎去看梅氏都是獨自去的。

梅氏知道何田田有了幾個月的身孕，又是歡喜又怕她受累，也叮囑她好好養身體，不用去看她。

可能是陳小郎每天陪伴的原因，梅氏的病終於好了，不用整天躺在床上，她便不要陳小郎去陳家了，讓他好好過自己的日子。

陳小郎擔心陳大郎還會對梅氏發怒，想把她接回家，梅氏卻不願意。「這是你爹住過的地方，我哪兒也不去，就在這裡養老。你放心吧，你哥他不敢對我怎麼樣。」

陳小郎說不過梅氏，只得託陳二嬸多去陪陪梅氏，而陳大郎忽然又消失了，也不知道他去了哪兒。

金縣令看著天上的月亮，忽然有些傷感。

他自小就失去了爹，後來娘也捨棄他嫁人了。他一直寄居在大伯家，大伯對他倒是不錯，卻有個小氣的伯母，從小到大不知被罵了多少次，他每次看到別家父嚴母慈的就很羨慕。

「相公，又想爹娘了？」

金縣令聽了金夫人的話，只是拍了拍她的手，沒有出聲。

金夫人知道他的心思，柔聲問道：「陳小兄弟好像不少日子沒來了，不知道是不是他家裡出了什麼事？」

金縣令聽了她的話，眉頭不由得皺了起來。

這些日子他忙，也沒有注意陳小郎有沒有來，被金夫人提醒，才想起果真好久沒見到他的人了。

「可能是家裡忙，讓管家在外面注意一下，他那個堂弟不是經常給酒樓送鴨子嗎？」

金夫人點點頭，把這事放在心上，便讓管家跟酒樓的掌櫃說說，要是陳家送鴨子過來就通知他們。

梅氏病了，陳大郎沒有再進過她的院子，也不去外面，每天都窩在書房裡。馮氏自錢氏走後便管起了家，可偏偏錢氏的那些老人又不服她，把一個家弄得烏煙瘴氣。

在陳二嬸的照顧下，梅氏的身體慢慢恢復，陳小郎每日會去兩次，只是每次坐不了多久，梅氏就催他離開。陳小郎沒有發現，每次他離開時，陳大郎都會站在他身後看著，那眼光越來越陰沈。

經過一個夏天的精心飼養，池塘裡的魚又長大了，陳錦書看著那些不時冒泡的魚，笑得眼睛都瞇成了一條縫。去年只有一個池塘，賺的錢都比種地多，今年多了三個池塘，收成肯定更多了。

「嫂子，沒想到這皮蛋的價格定得這麼高，竟還有人搶著要，看來還得多養些鴨子。」

自從何田田有了身孕，小鴨子的數量就沒增加得那麼多了，才有了陳錦書的這番抱怨。

「等年尾看看收入，明年得多請幾個人了。」何田田覺得光是她一個人做這些皮蛋也有些做不過來，等孩子生下來她更忙了，這些事得請人做。

「對、對，我看那荷田也還要加大，池塘也還要多挖幾個。」陳錦書點頭。「嫂子，那荷花魚能在荷田裡養大，妳說這荷花能不能種在池塘裡呀？」

何田田愣住了，這事她還真不知道，畢竟她對這些不過是一知半解，深思了會兒才道：「這我也不太清楚，不過你明年可以丟些蓮子到池塘的邊緣，看看效果。」

何田田的話正合他意，便把這事記在心上了。

何田田的肚子有五個月了，已經微微隆起，這天她躺在樹下，張嫂在旁邊做著小衣服，外面響起了牛車的聲音，初時她也沒在意，以為是陳錦書來了。

「大小姐、大小姐！」

沒料到竟是大力的聲音，何田田心裡咯噔了下，一個翻身就坐了起來。

大力看到何田田，就像看到救命稻草一樣，撲通跪在地上。「大小姐，您快回去看看老爺吧，他快不行了……」

雖然早就有心理準備，可真聽到這消息，何田田眼睛一熱，似乎有東西要落下，她忙讓張嫂把大力扶起來，就要往外走。

陳小郎剛從荷田回來，就見何田田急匆匆地往外走，臉色很是難看，再加上大力，馬上就猜到是怎麼回事，忙跑過來拉著她。「等我。」

到了張家，何田田在陳小郎的攙扶下跳下牛車，直直朝張地主的院子衝了過去。

張地主的院子外靜悄悄的，那些下人都很惶恐。張老爺不行了，張少爺是個傻子，小少爺還是個嬰兒，少夫人被囚禁了，這麼大一個家，連作主的人都沒有，這讓他們不知如何是好。

張地主躺在床上，一雙灰白的眼睛直直看著門外，聽到急促的腳步聲傳來，他臉上終於露出一點笑容。

何田田到了門口，就放輕了腳步，張少爺呆坐在一旁，見到她跑過來，緊緊抓住她的衣袖，似乎也意識到了什麼，一點也沒有平時的歡喜。

「田田，妳來了。」張地主的精神似乎一下子就好了很多，在大力的攙扶下坐了起來，朝她招了招手。

何田田牽著張少爺走到他床前，才一些日子沒見，張地主變得瘦骨嶙峋，眼睛都陷進去了，那手彷彿只剩下一層皮。

何田田在他的床沿坐了下來。

張地主慈祥地看著張少爺，富貴也被奶娘抱了進來，他的眼神全落在孩子身上。何田田把孩子抱了過來，張地主揚起手想摸摸孩子的臉，又無力地收了回來，似乎怕他那乾枯的手碰傷孩子嬌嫩的肌膚。

「田田，我不行了，以後金寶、富貴還有整個張家都交給妳了，我不求別的，只求金寶開開心心過一輩子，富貴順順利利地長大，娶妻生子。」張地主把眼神從孩子身上移到何田田的身上，看向她的眼光十分複雜，除了歉意，更多的是祈求。

何田田面對他的臉，實在說不出拒絕的話，只是重重地點了頭。「乾爹，您放心，只要有我吃的，必定少不了他們。」

「我知道妳是好孩子。我走後，張家、何家的人只怕會來鬧事，何家的人不足以畏懼，把他們丟給張家的那些人就行了。張家的人要是來鬧，妳就把這幾十畝地都給他們，讓他們每年交租上來。另外一些田在鄰鎮，他們不知道，妳藏好，有了這些地，你們不會餓著。至於上次給妳的家裡的銀錢，就當他們父子倆的生活費，這個家裡的其他物品就不要管了，隨他們處置吧。」

一下子說了這麼多話，張地主有些力不從心，指著一旁的大力道：「大力，我走後，這個家就由你管，下人們願意留下的就留下，要走的你就把身契還給他們。我這人吝嗇了一生，臨死時就大方一次吧！」

「老爺……」大力的眼睛紅紅的，使勁用衣袖抹著眼淚。「您放心，我會為小少爺守住這個家，以後還要在這個家娶妻生子。」

張地主聽了，滿意地笑了笑，最後把眼光投向一直站在門口的陳小郎。何田田見了，忙朝陳小郎使了個眼色，陳小郎朝他點點頭。

大力見張地主似乎一下子就虛弱了下去，忙扶著他躺下。「老爺，您休息休息再說吧。」

張地主卻拉著張少爺的手。「金寶，爹要出遠門了，照顧不了你了，以後要聽妹妹的話，好好照顧富貴。」

張少爺看看他爹，又看看何田田，似乎不明白張地主要去哪兒，很是迷糊，可還不等他答應，張地主握著他的手就滑了下去。

大力失聲叫道：「老爺！」

張地主就這樣沒了氣，悲傷的氣氛瞬間瀰漫整個房間，就連富貴都似乎感覺到了什麼，哇哇大哭起來。

張地主走了，張家沒有主事的人，何田田只能留下來。她擔心張家人和何三嫂來鬧事，便讓下人去通知何老爹他們，很快地，林氏、何老爹和老屋的人都來了。

大力忍著悲傷安排，想給張地主舉辦一場隆重的葬禮，下人們雖然知道張地主走了，但還有作主的人，都有條有理地做起事來。

張地主過世的消息很快就傳到張家人的耳裡，張家人並沒有悲傷，反而都有種塵埃落定的感覺，急急地往張家趕，生怕慢一步，好處都被別人拿走了。

何三嫂聽說張地主走了，叫上何三就往張地主家去。那張少爺一個傻子，肯定管不了家，以後這麼大一個張家就是何嬌娘的了。何三嫂越想越樂，嘴怎麼也合不攏。

何田田穿著孝衣，領著張少爺跪在靈前，就見張家一眾人在他們族長的帶領下走進來弔唁。

何田田忙拉著張少爺回禮。張族長弔唁後看了眼何田田，才問大力一些問題。

大力自小就跟在張地主跟前，自然知道張家族人與張地主的關係。張地主也是窮人出身，在一次乾旱中，父母與他的弟弟都餓死了，一家人就留下他，當時張家族人雖沒有落井下石，卻也沒人伸出手幫他一把，後來張地主乾脆遠走他鄉，賺了錢才回來置地，最後慢慢掙了這麼份家業。

自張地主發達後，張家族人倒對他親近了許多，張地主也知道其中的目的，一直都淡淡地和他們相處。如今張地主走了，只留下一個傻兒子和一個孫子，這些人自然會冒出其他心思。

大力身為下人，根本作不了主，但張地主自知時日不多，早把事情安排好，張族長來問他，他便按張地主以前吩咐的回話。

張族長本以為張地主走了，張家的家產會落到族人手中，沒想到他試探下人卻什麼都問不出，這讓他的心情一下變得糟透了。

恰好這時何三和何三嫂走了進來，何三嫂弔唁完就到處找何嬌娘，結果看來看去都只看到何田田，完全沒有何嬌娘的身影，這讓她一下就爆炸了。

「嬌娘呢？她可是少夫人，不在這兒到哪兒去了？」

來弔唁的人一聽她嚷嚷，才發現作為媳婦的何嬌娘根本沒有出現過，眼睛都有了異色。

張族長本來就不痛快，見何三嫂在這靈堂大喊大叫，頓時臉都黑了。「這誰呀？竟敢在亡者的面前大喊大叫，把她趕出去！」

聽了這話，何三嫂哪裡還忍得住？在接到張地主去了那一刻起，心裡就覺得這張家就是何嬌娘的，她是這張家的當家夫人，而自己是當家夫人的娘，大家都得敬著、讓著，可現在卻與她想像中完全不一樣，不但沒有見到何嬌娘的人，這張家的人竟還這樣不客氣地對她，怒氣一下就湧了上來。

「你是誰呀？在這裡指手畫腳的，這張地主是去了，可他還有兒子、媳婦，他們都沒出聲，怎就輪到你在這兒叫嚷了？」何三嫂本就是不講理的，哪會甘心這樣被張族長呵斥。

張族長一見何三嫂跳腳的樣子，懶得跟她囉嗦，直接朝旁邊的張家眾人使個眼色，張家幾個年輕人就朝她走過去，想著要把何三嫂從靈堂拉出去。

見張家欺上，一直沒出聲的何三立刻擋在張家人的面前，幾個張家人硬是不敢上前，畢竟何三的蠻勁在這十里八鄉可是出了名的。

「張老爺，您睜開眼看看呀，這沒下葬呢，就有人迫不及待想要給你作主了，這還有沒有天理了！」何三嫂見張家人這慫樣，躲在何三的身後，扯開嗓子就吼了起來。

何田田一直冷眼看著張家和何三嫂鬥，她可記著張地主的話，這何三嫂讓張家收拾，她只要對付張家就好，可看著他們兩方在這靈堂吵吵鬧鬧，眉頭就不由得皺了起來，這是讓張地主走都要走得不安生嗎？

她站起來正想出聲，卻被大力拉住了，他朝她使勁搖頭，指了指躺在棺材裡的張地主，又看了看張少爺，祈求地看著她。

何田田哪裡不明白大力的意思？就是讓她為了張少爺他們忍一忍，畢竟她只是張地主收的乾女兒，還是個出嫁的，根本就名不正、言不順，只怕她一出聲，張家和何三嫂會一起對付她。

不管何田田心中有多大的怒氣，看著站在那兒顯得更加憨傻的張少爺，嘆了口氣，拉著張少爺跪在張地主的靈前，繼續做著孝子，而張家跟何三卻是越鬧越凶。

「這是我張家，你不過是個外家，竟也敢在這裡指手畫腳，真當張家沒人了嗎？」張族長見何三橫橫地站在那兒，由著何三嫂鬧，怒氣沖天地道。

「嬌娘呢？嬌娘去哪兒了？」何三嫂知道何三雖然橫卻不願多事，但何嬌娘卻是何三的寶，只要事關她，他最是緊張了。

「你們把嬌娘藏去哪兒了？」提到何嬌娘，何三的臉色更黑了，跟著質問道。

張家人也想知道何嬌娘去哪兒了，畢竟在這樣的場合，哪有兒媳婦不在場的？

突然，兩方人馬的眼光都投向大力和何田田。

何三嫂本就恨何田田，要不是張族長出聲，早就要找上她了，現在見張家也不知道何嬌娘的去處，把怒氣全都撒向何田田。

何田田沒想到她不出聲，這兩家人竟也還是找上自己，也就不再忍了，拉著張少爺站了起來，面對著他們。

不知怎的，當何田田的眼神掃向他們的時候，竟都有些心虛，似乎她看透他們所有的心思一樣，讓他們都不敢直視她。

「既然你們硬是要在這靈堂裡吵吵鬧鬧，那就當著乾爹的面把事情解決吧！」

何田田這麼一說，眾人的眼睛都朝棺材看去，腦海中都閃過張地主的樣子，不由都有些愧色。死者為大，他們卻在這裡鬧了起來，若讓外人知道了，還不知道怎麼說他們呢。

張家人會覺得愧疚，何三嫂卻不會，她見何田田一副當家人的架勢，更加不服氣。「妳誰呀，這裡哪有妳說話的分兒？我告訴妳，這個家是嬌娘的！妳把她藏到哪兒去了，快讓她出來！」

見到何三嫂的凶樣，張少爺緊緊拉著何田田的手，很是害怕的樣子。

大力從懷裡拿出張地主早就準備好的遺書，走到眾人面前。「這是我家老爺生前寫下的，他早就預料到自己身故後，你們會鬧事，所以都寫在這上面。

「少奶奶何嬌娘妄圖加害公公，本應該送官府，看在小少爺的分上，饒她一命，從此禁足在西院，不得再踏入正屋半步。」

此話一出，張家人看向何三嫂的眼神更加不同了，嚇得何三嫂後退了好幾步，氣勢弱了許多。「不、不可能，嬌娘怎麼會做這樣的事？」

何三嫂忽然就想起張地主剛生病那會兒，何嬌娘讓她買來的東西，臉色一下全變了。何三卻不相信他那嬌滴滴的女兒會做出這麼歹毒的事，兩眼一瞪，朝大力吼道：「你胡說！嬌娘才不會做這樣的事，你們竟敢冤枉她，是嫌我的拳頭不夠硬是吧！」

因張地主的過世，大力本就悲痛欲絕，且原因就是何嬌娘在藥裡動了手腳，因此他面對何三，一點懼意都沒有。

「這裡有你女兒的簽字，還有當時大夫的證詞，你要不要看看？養出這麼狠心的女兒還在這裡吼，要不是我家老爺顧念著小少爺，你以為你們能站在這裡？」

何三被大力問得啞口無言，黝黑的臉漲得通紅，咬牙切齒地道：「你胡說！」

「大力沒有胡說，你要是不信，可以去西院問問你們的女兒，乾爹念著她生了富貴，每個月都給她一兩銀錢，並沒有苛待她。」何田田怕何三發怒，把靈堂都翻了，一字一句道。

何三像是受到很重的打擊，連著後退了好幾步，一下子洩了氣，喃喃道：「怎麼會這樣……怎麼會這樣……」

大力讓下人領著何三和何三嫂去找何嬌娘，何田田一點也不怕何嬌娘乘機跑掉或是不承認，張地主早就把那些證據收好了，只要何嬌娘不想去官府，她就不敢亂來。

何三他們走了，只剩下張家人，何田田知道他們為什麼而來，雖然張地主早就對他們有了安排，但她卻是不甘。憑什麼張地主死了，就得便宜這些張家人？尤其他們根本不顧情分，在這靈堂上鬧事，不說張地主還有兒有孫，就算後繼無人，分家產也得等人上山葬完後才分，哪有像他們這樣迫不及待的？

何田田心裡有很多不滿，面上卻很平靜，聲音不卑不亢。「張族長，乾爹既然認我為他的乾女兒，那他就是我的親人，他臨終前把這個家、我哥還有富貴交給我照顧，我既答應了，自然就要做到。

「按理，這些話不該由我來說，可是你們看看，我乾爹人還躺在這兒呢，你們就在這裡吵吵鬧鬧，你們真當他是你們張姓族人嗎？真當他是族人，明知道他的兒子不能理事，就應該幫忙把他的身後事處理好，能讓他入土為安。」

何田田聲音平緩，卻重重敲在張家人的心房上，張族長更是羞得沒臉見人。沒想到他一個幾十歲的長輩竟被一個女人當面指責，偏偏他還沒話回，本就是他理虧。

有些張家人聽了何田田的話後都往外走，趕著去幫忙了，偏偏有個二傻子，不甘地叫道：「妳誰呀，有什麼資格在這裡指手畫腳，妳還不是貪圖大伯的家產，才哄著他認妳當乾女兒？誰知道妳是不是真把這個傻子當成哥哥，盡說些沒用的，我告訴妳，這裡是張家，張家的一切以後都是我們的，妳快點滾出去！

「對了，妳不是喜歡這個傻子嗎？最好把他一起帶走，還有那個小的，統統帶走！」

這人一臉橫肉，鼻子朝天，越說越大聲。

大力氣得都說不出話了，只能在一旁乾瞪眼。

何田田懶得看他，只是盯著張族長看，嘴角往上挑了挑。

張族長被她看得臉上火辣辣的，朝著二傻子大吼道：「閉嘴，給我滾出去！」

「族長，我又沒有說錯，幹麼叫我滾出去？」二傻子梗著脖子頂嘴。

張族長差點氣暈過去，朝一旁的張家人吼了起來。「你們都是死的嗎？把這個二傻子趕出去，要是敢違抗，按族規處理！」

張家人拉的拉、拖的拖，這才把二傻子弄出了門。

何田田冷眼看著張族長，還真是一齣好戲，一個黑臉、一個紅臉的，這二傻子說的就是他們張家人大部分的心聲吧！

「大力，繼續。」張族長朝一旁的大力吩咐道。

大力看了一眼何田田，何田田見張家人都出去了，知道他們不可能就這樣放棄，不過還是張地主的後事要緊，先讓他入土為安。

張少爺一直呆呆地跟著何田田，她去哪兒他就去哪兒，似乎比平時更傻了些。等法事作完，時辰一到，張地主的棺材就要送上山下葬了。何田田是孕婦，又是女兒，自然不能送，加上守靈這麼多天，人也累了，就歇在了屋裡。

誰知張地主的棺材剛被抬起來，一直呆呆的張少爺猛地跑到前頭，攔住他們。

「少爺、少爺，我們回去好不好？」大力小聲哄道。

誰知張少爺根本不聽，硬是站在那兒，大力急得像熱鍋上的螞蟻。

何田田知道消息後，拔腿就要去找他，林氏連忙把她拉住。「妳不能去，妳不為自己想，也得為孩子想，真要是衝撞到了可怎麼辦？」

要是放在以前，何田田肯定認為這些是無稽之談，可經過穿越這事，有些事不得不小心。

她想著張少爺，心裡很著急。

陳小郎一直在外面幫忙，見鞭炮放了半天，棺材卻沒有動靜，擔心出了什麼事，就過來看看，剛巧就看到張少爺擋在那裡，不讓那些人移動。

陳小郎板著臉站到張少爺面前，張少爺一見他就害怕地縮了縮。

「張金寶。」

「你妹妹累壞了，你去陪她。」陳小郎面無表情地道。

張少爺一聽何田田累壞了，臉上閃過擔心，看看棺材，又看看陳小郎，似乎不知道該留下還是進屋？

陳小郎見他不動，便轉過身子。「既然不去陪她，我就帶她回家去了。」

果然，張少爺一聽說何田田要走了，馬上朝屋裡跑去，大家都鬆了一口氣，抬著棺材就朝外面走。

何田田見張少爺氣喘吁吁地跑來，緊緊抓住她的衣袖，一副害怕的樣子，不明白他這又是怎麼了，不過看他進來了，那懸著的心終於落了地。

張地主終於下葬，張家人卻沒有離開，在院子裡或站或坐，張族長跟幾位張家的長輩一同進了正廳。

何田田早就跟大力等在這兒了，見他們走進來，朝他們行了禮，便示意大力把張地主的意思說了出來。

張地主當時說，直接把田送給張家人，並沒有說怎麼分。

何田田卻不願意這麼便宜他們，而是故意讓大力把那些田分好，那個二傻子一分地都沒有分到，張族長則分了一大片，還有一個一直與她唱反調的也只分了幾分地。

她倒要看看，張族長到時會不會把自己那一片地分出去？

當然，這些大力並沒有現在就說出來。

張族長一聽張地主的地都分給了他們，頓時眉開眼笑，嘴裡不停道：「難為他一心為族人想，我們族人肯定不會虧待金寶和富貴的，你們放心吧！」

「張族長，我乾爹把這些田地贈送給族裡，只有兩個要求——分給何嬌娘的那幾畝地不能動，還有這個張家院子也不能動。」

得到那麼多的田，張族長已經心滿意足了，對於這兩個要求，自然一口就答應了。何田田便讓大力將早就準備好的文書送到他面前，讓張族長簽了名、按了手印，另外幾位長輩也都按下手印。

何田田這才讓大力把那些田契給了張族長，他們拿到地契，並沒有立即離開，其中一位張家長輩朝大力道：「金寶和富貴都不懂事，這家裡不能沒有作主的，我們商量了下，決定在族裡選個人來照顧他們。」

何田田聽了，不由得冷笑。

這是拿了地還不甘心，還打起了財產的主意？幸虧張地主早有準備，要不真不知道張少爺和富貴會變成什麼樣？

大力雖然有心理準備，卻還是被張家人的厚顏無恥氣得緩不過氣。

何田田懶得跟他們周旋，直接道：「這就不用各位操心了，我哥和富貴以後去我那兒住。」

「那可不行，他們是我們張家人，怎麼能住去別人家呢？」

「就是，誰知道是不是假心假意，就是為了那些家產……」

小聲的議論自張家人口中不停傳出，何田田早就料到會這樣，自然不會放在心上，大力卻不願意讓何田田背這個黑鍋。

「我們老爺已經把生前的家產換成銀票存入錢莊了，等小少爺年滿十六歲才能取出，大小姐根本沒有要老爺的錢財，你們不要血口噴人！」

聽到張地主把錢存入錢莊，張家人頓時像吃了屎一樣，憋著氣無處發。

大力還怕不夠，接著說道：「要是我家小少爺沒到十六歲就出了什麼意外，那錢就再也取不出來，就當送給錢莊了。」

這下張家人都不由得抽了一口氣，都覺得張地主的心真夠狠的，那些心懷歹意的人也不敢輕舉妄動了。

張族長見大力這樣的話都放出來了，知道討不了好，見好就收，便笑道：「他們不懂事，你們別計較，如果有什麼困難，以後就來找我。」

說完張族長就抱著田契盒子走了，其他人見族長走了，也都離開了。

何田田站得有些累，忙坐了下來，大力摸了摸額頭上的汗，小聲道：「他們這就走了？」

何田田笑了笑，起碼把他們打發走了。

大力長嘆了一聲。人走茶涼，要是老爺還在，誰敢這樣？不就是欺負少爺不知事，小少爺還是個嬰兒，真希望小少爺能快點長大。

他們剛鬆口氣，外面卻是亂了套。

張家的下人並不多，這個時候都在忙，沒想到張家那些人出去看到什麼就順手帶走，等下人發現時，很多地方都空空如也了。

「怎麼能這樣？這些可都是老爺置下的，以後要交給小少爺的呢！」大力得到消息就跑出去看，見張地主心愛的花瓶和器皿都不見了，不由得拍著腳叫了起來。

何田田頭次見識到了貪婪，越發覺得沒有把那些銀錢分給張家人是正確的，要不誰知道那些人為了錢會做出什麼事？

何田田不敢再留在這裡了，要大力把張少爺和富貴的東西準備好，讓陳小郎趕著馬車過來，準備回家。

誰知還沒上馬車，剛出了院子就碰到何三嫂，她朝奶娘撲了過去。「這孩子是我們嬌娘的，把孩子還給我們！」

「何三嫂，妳如果希望何嬌娘被休回娘家，沒有月錢也沒有那些地，就只管鬧吧！」對付何三嫂簡單多了，何田田輕描淡寫的幾句話，就讓她不敢亂動。

何三剛從何嬌娘的院子出來，知道出了那樣的事，張地主並沒有虐待她，心存感激，現在見何三嫂又挑事，一手抓住她，大聲吼道：「給我滾，再鬧看我怎麼收拾妳！」

何田田看著熟悉的路口，心情一下子就變得歡快許多。

當馬車停下，陳小郎跳下車，扶著她下車，張少爺自己早已跳了下去，富貴在奶娘的懷裡咿呀叫著，精神很好。

推開門，家裡一個人都沒有，院子裡只有小鴨的叫聲，連那兩條狗都不見了。

何田田的心一點一點地往下沈，心猛烈跳動起來，忙扶著凳子坐下來。

「肯定是去魚塘了，我去看看，妳好好休息。」陳小郎也感覺出家裡的異常，卻是不動聲色。「張嫂，照顧好她。」說完就快步朝外面奔去。

陳小郎剛出去，陳錦書就耷拉著臉走了進來，一見到何田田，小跑著過來。「你們可回來了，我們的魚完了，鴨子也沒有了，什麼都完了……」

說到最後都哽咽了，那麼大個男人眼睛都紅了，痛苦地抱著頭蹲在那裡。

何田田傻了，一時間完全不知道他在說什麼，腦中一片空白。

「你說清楚，到底出什麼事了？」

過了好一會兒，何田田才站起來，很激動地問道。

陳錦書抱著頭，半天都不出聲，何田田用力踢了他一腳，他跌坐在地，臉上竟全是淚水。何田田看他這樣，反而鎮定了下來。

她平靜地問道：「到底怎麼回事？快點說。」

許是她的平靜感染到了陳錦書，也可能是覺得自己狼狽的樣子被她看到了，便破罐子破摔，爬起來灌了幾口水，激動地道：「昨天下午，我跟世仁哥他們像往常一樣割草餵完魚便回來了，世仁哥他們怕張家人欺負妳，就趕著回去，這裡就只留下我一個人。」

這事何田田也知道，今早在張家就看到了兩位堂哥，他們全都來到張家，就是怕張家傷害到自己。

「我早上起來，把大鴨子趕了出去，便弄了早餐吃，在吃早餐的時候，也不見妳養的那兩條狗進來討吃的，我便出去找，屋前屋後都找遍了就是沒見到。我那左眼皮不停地跳，心也有些慌，便跑去荷田，當時差點沒被嚇暈過去……整個荷田一片狼藉，田裡的魚全都翻肚，我又瘋狂地跑去魚塘……」

說到這裡，陳錦書完全說不下去了，閉上眼，似乎就看到了那一片白花花的翻肚的魚。

陳小郎恰好在這時走了進來，鐵青著臉，何田田已經猜到陳錦書沒說完的話了，氣得連說話都沒了力氣。

何世仁兩兄弟走了進來，見他們臉上都是怒氣，還以為是因為他們來晚的緣故，忙道：「我們這就去割草！」

何田田朝他們擺了擺手，他們滿是忐忑，不知道發生了什麼事，站在那兒不敢動。

「報官吧！」何田田冷靜地道。

「報官？」陳錦書與陳小郎對看了一眼，都覺得這是唯一的辦法，兩兄弟跳上馬車朝縣衙奔去。

何世仁兩兄弟聽得雲裡霧裡的，見他們走了，才移到何田田的面前。「田田，出什麼事了？報什麼官？」

兩人聽完何田田的敘述，很是後悔，自責道：「都怪我們，要是我們在，肯定不會出這樣的事。」

何田田已經完全冷靜下來，這事根本與他們無關，只怕有人早就盯著他們，摸準他們家裡沒有人，就把他們的荷田和魚塘毀了。

「你們去池塘看看，把那死掉的魚撈起來，還有荷田，看還能不能挽救？」現在最要緊的不是自責，而是要把損失減到最低。

魚塘肯定是被下了毒，魚是沒有希望了，也就只有荷田裡的蓮藕看還能不能救，畢竟現在正是長蓮藕的季節。

何世仁兩兄弟一聽，也顧不得難過了，急忙拿著東西就朝外面走。

何田田覺得肚子有些隱隱作疼，兩手輕輕撫摸著肚子。

「可能是您剛才的情緒太激動，影響到了小少爺，我扶您去休息。」張嫂把她的動作看在眼裡，輕聲安慰道。

何田田想到那些魚都死了，面上不顯，心裡卻焦急不安，可肚子的不適讓她知道，她真的需要休息了，便站起身扶著張嫂的手回屋，躺在羅漢床上。

張家帶來的下人把張少爺和富貴安置好，張少爺就要來找何田田，張嫂見了，忙小聲道：「大小姐累了，您不能吵她，要不她不喜歡您了。」

張少爺踮起腳朝屋裡看了看，見何田田在睡覺，便讓丫頭拿了張凳子坐在門前，一句話也不說，竟是發起了呆。

張嫂怕他鬧事，在一旁陪著他，過了好一會兒，見他不吵不鬧，便去忙別的事了。

何田田以為自己會睡不著，沒想到躺下來沒多久就睡了過去，這一睡時間還不短，醒來時外面的天色已經暗了下去，轉過身就見張少爺坐在她旁邊，一眨不眨地看著她。

「哥哥，怎麼了？」

不知道為什麼，只要看著他那雙不知世事的雙眼，她的心就變得很柔軟。

張少爺搖了搖頭。「妹妹，妳還累嗎？」

何田田朝他笑了笑，輕聲道：「不累了，你先自己去玩，等有空了再跟你玩。」

不知道陳小郎他們回來了沒有？也不知道這事能不能找到元凶？想到這些，她不免又開始著急了。

張少爺點點頭，一旁的丫頭忙拉著他朝外面走去，走到門檻前，張少爺忽然回過頭來。「妹妹，妳別怕，哥哥保護妳。」

一股暖流從何田田心中流過。誰說他傻了？他只是不懂大人間那些複雜的東西罷了，他肯定是聽到了什麼，擔心她才會這麼說。

何田田朝他點點頭。「我知道，放心。」

張少爺走了，何田田就問一旁的張嫂。「陳小郎他們回來了嗎？」

張嫂搖搖頭。

何田田坐不住了，立刻站起身。「走，我們去看看。」

張嫂扶著何田田來到荷田前，她蹲下來觀察那田間的腳印，又見何家兄弟把歪倒在泥裡的荷花扶起來，她朝那幾口池塘走去，站在岸上，看著那翻肚浮在水面上的魚，一股恨意從心底湧了上來。

是誰與他們有這麼大的仇恨，要這樣趕盡殺絕，要是讓她知道了，一定不會放過他！

張嫂跟著何田田一些日子了，自然也知道這些魚對這個家的重要性，她看了一眼，不敢再看第二眼，那場面實在太悲慘了，幾口池塘的水面上全是白花花的死魚。

「大小姐，我們回去吧！」張嫂怕她太激動影響心情，這樣對胎兒不好，可不能再出事了。

何田田卻朝她擺擺手，慢慢轉身，從容地走回家，坐在門口，看著外面的路，卻還是沒有陳小郎他們的身影。

陳小郎他們一路急趕到了縣衙，金縣令卻剛好被城主請去商量事情，衙裡的人也知道陳小郎與金縣令的關係，一聽他有急事，忙給了他信物，讓他到城主府找金縣令。

陳小郎又馬不停蹄地趕到荷花城，拿出信物總算進了城主府，過了好久，金縣令才在丫頭的引領下走了出來。

一見到陳小郎，不等他出聲，金縣令就對一旁的師爺道：「你代我去跟城主道個別，我先行一步。」

出了城主府，坐上馬車，金縣令才問道：「出什麼事了？」

陳小郎沈默了好久，才道：「我家池塘裡的魚全被人毒死了，還有鴨子，就連荷田裡的荷花也被毀了。」

對陳小郎養魚、養鴨子，金縣令是知道的，不過一直不知道規模，所以他聽了陳小郎的話，根本沒意識到是什麼大事，以為跟以往的那些案子一樣，不過是鄰居吵架的關係。

「你是不是得罪誰了？」金縣令問道。

陳小郎搖搖頭。

他跟何田田住的地方就只有他們一家人，要說得罪誰，也就是何三嫂他們一家，可他們並不知道自家養魚、種蓮，自然不可能連夜過來下毒。再說那些毒藥肯定得花費不少銀錢，要不怎麼能毒死那麼多魚還有鴨子？尤其是自家那兩條狗，連屍體都不見了，這可不是一般人做得出來的。

這麼想著，陳小郎的心更加沈重了，心中已經有了猜測，只是不願相信真的會是那個人，可現在細想下來，所有的矛頭都指向他。

金縣令見他黑著臉，心裡雖然覺得這事不大，但還是決定跟他去看看，看能不能把人抓出來，這樣對他也有個交代。

陳錦書沒有跟著去城裡，而是在縣城裡打聽起消息來了。

在來縣城的路上，他仔細想了想，覺得能幹出這事的不會是陌生人，肯定是熟人，而知道陳小郎他們養魚的人少之又少，排除這些原因，自然就容易聯想到是誰了。

陳錦書這一打探不要緊，還真讓他發現了些蛛絲馬跡。見時候不早了，忙去城門等著。

陳小郎他們沒有停留，一路回到家，可就算這樣，到家也是晚上了，何田田聽到外面的動靜，忙迎了出來。

何田田頭一次見到陳小郎口中的金縣令，明明以前從沒有見過面，卻給她一種很熟悉的感覺。

儘管心裡很疑惑，何田田面上卻是不顯，不亢不卑地行了禮，便張羅著安排住宿。天色晚了，金縣令不能去現場看，便向陳錦書詢問了一些問題，然後才在陳小郎的帶領下，去外面院子到處看看。

他以為陳小郎家肯定就是普通的農家小院，卻沒想到他們這院子竟有前後兩進，裡面的擺設也不像一般人家，不免對陳小郎的身分有了好奇。

陳小郎對金縣令自然不會藏著、掖著，以前他沒問也就沒有說，既然現在問了，當然就全都告訴了他。

聽完他的身世，金縣令沈默了好一會兒，才低聲問道：「難怪看你不像是個普通的農夫，原來竟是員外郎家的小郎君。」

陳小郎沒想到金縣令這時候還會說笑，只是這話一點也不好笑，他不禁又回想起以前那段日子，只能用暗無天日來形容，好在遇到了何田田，她帶他走出了那樣的生活。

「你母親以前還有一個兒子？找到了嗎？」金縣令裝作不在意地問道。

陳小郎搖搖頭，後來發覺夜裡光線暗，嘆息了聲。「沒有，我娘一直對沒有照顧好哥哥而內疚著，哪怕後來生了我們，她也一直想念著他，尤其知道他出事後，更是日日哭、夜夜哭，把眼都哭瞎了。」

陳小郎說完，兩人都陷入了沈默，只聽到風吹樹葉的聲音。

過了好一陣，金縣令才道：「你娘是個好娘親。」

第二天一早，金縣令起床後就迫不及待地跟著陳小郎去現場，看荷田一片狼藉，他不由抽了口氣。等到了池塘看到那些翻肚的魚，才意識到嚴重性，這根本不是他認為的小事，這完全出乎他的意料，這麼多的魚，得耗費多少精力、財力才能養成？

「這人太狠了，我要是不把他抓出來，這縣令不要當了！」金縣令放了狠話，然後就四處觀察，時而皺眉，時而又露出恍然大悟的樣子。

金縣令在沼澤地整整轉了一天，最後帶著自己的隨從離開陳小郎家，直接去了陳家村。

第十九章

因為天氣的關係，魚又是被毒死的，已經散發出濃濃的臭味，因此陳小郎他們連悲痛的時間都沒有，忙著把死魚打撈出來。

看著成堆的死魚被掩埋，每個人的心情都很難受。這可是他們努力的成果，也是他們的希望，卻這樣沒了。

陳小郎還能斂著情緒，陳錦書蹲在一旁眼睛都發紅了，他還想著今年能好好賺一筆，到時挨著陳小郎的家建個新院子，再請嫂子幫忙設計，也像他們一樣弄個舒適的小窩，現在一切都白費了，這讓他如何不傷心？

自金縣令走後，何田田忽然就沒了精神頭，完全不知道忙什麼好了，想養鴨子，可那些大的都死了，只剩下幾十隻小鴨，看著心裡就難受。想做皮蛋，可鴨子都沒了，哪還有蛋？

陳小郎走進來，就見何田田臉色有些蒼白，失魂落魄地坐在那裡，就連張少爺在她旁邊說什麼也完全沒有理會，看得他心疼不已，可又苦於口拙，根本不知道怎麼安慰她，最後只是坐在她身邊，把她的手放入自己的手中。

何田田的情緒來得極快，她只覺得胸口悶悶的，想要叫、想要喊，可怎麼都開不了口，這讓她難受極了，直到她的手被陳小郎握住。

「田田，別難過。」陳小郎見她看過來，安慰道：「別怕，有我。」

何田田看著他的雙眼，外人看著害怕的眼神，何田田看到的卻是擔心、堅定和愛護，這讓她惶然不安的心終於穩定下來。

「我們又什麼都沒有了。」

陳小郎聽了，眼睛垂了下來，看著自己親手種的荷花、親手養的魚就這樣沒了，他更悲憤，可是他不能，要是連他都慌了，那田田怎麼辦？這個家怎麼辦？

「不怕，我們明年種更多荷花、養更多的魚。」陳小郎故作輕鬆地道。

張嫂恰在這時端了一碗湯進來。「大小姐，喝點湯吧，妳不吃，肚子裡的小少爺還要吃呢。」

何田田一點食慾都沒有，正想搖頭，小腹卻傳來疼痛感，原來是孩子踢了她一腳，似乎在抗議她不吃東西。

何田田一下就驚醒了。她這是在幹麼呢？事情已經發生了，不能沈浸在悲傷中，而是要振作才行。

這麼想著，她沒有猶豫地接過張嫂手中的湯，一口氣就喝了下去，張嫂看著空空的碗，歡喜地又去廚房準備正餐了。

何田田想通了，自然就不會再陷入痛苦中，而是想著如何挽救。

池塘裡的死魚撈完了，但那些水裡含有毒藥，肯定不能再用，得把水換掉，最好把那塘泥也曬過才好。

陳小郎他們聽何田田這麼說，也不再愁眉苦臉，都忙著幹活去了。經過何世仁兩兄弟的搶救，荷田裡有三分之一的荷葉又立了起來，只是現在正是結藕季節，不知到時的收成好不好。

家裡，何田田讓他們把鴨舍打掃乾淨，把小鴨子趕到角落，讓陳錦書從外面找來石灰撒了些，然後讓他把剩餘的石灰撒到已經沒了水的池塘裡消消毒。

何田田他們忙著恢復，金縣令也沒有閒著，走訪陳家村的一些人家，心底已經慢慢有了底，又吩咐師爺回縣城去了解情況，這才又回到陳小郎家。

何田田見金縣令又來了，忙熱情地把他迎進屋，雖然很想問事情的進展，但見他完全沒有提的打算，也就沒有問。

陳小郎忙完回來看到金縣令，就跟在他的身後走出院子。

張少爺捧著一碟糕點走了過來，在何田田身邊坐下來。「妹妹，吃。」

何田田看著他歡喜的模樣，到底不忍拂了他的好意，捏了個放在口中。

「田田？何田田，妳在哪兒？」

林氏熟悉的聲音從外面傳了進來，不知是不是錯覺，她從聲音中聽到了憤怒。

林氏喘著氣跑了進來，見何田田挺著肚子站在那兒看著她，火氣更旺了，顫著手指道：

「何田田呀何田田，妳現在大了，有主意了，出了這麼大的事都不告訴我們，妳心裡還有沒有我們這些人呀！」

何田田腦中還真沒有想過要把這事告訴林氏他們，就連何世仁兩兄弟都只顧著想辦法挽救荷田，沒有回去，也就沒有把這事告訴何家，還是今天何世仁回家剛巧碰到林氏，林氏問他何田田這些日子的情況說漏了嘴，林氏才知道這一切，這不就氣沖沖地找上了門。

很快地，何世蓮、何老爹和何大伯他們都跑了進來，看向她的眼光都是指責，讓何田田既感動又有些難受，沒想到又讓他們擔心了。

「田田，有什麼要幫忙的，妳儘管說。」眼看何世蓮要暴跳起來了，何大伯忙拉住他。

何田田知道如果這時候還跟他們見外，只怕以後都不用回何家村了，忙道：「還有幾個魚塘需要清理，你們來得正好，這些天都忙昏頭了，都不記得捎個信回去。」

明知道何田田這是藉口，可聽在耳裡總算沒有那麼生氣了。何老爹他們轉身就朝外走去，何田田忙讓何世仁跟過去，讓他指點一下怎麼做。

第二天，不光是何大伯過來，何二伯他們也全都來了，有了他們加入，魚塘很快就弄好了，只要讓太陽曬幾天，引進水就又可以養魚，但現在這時候魚苗難找，好在這事何大伯包了下來，說是回去想辦法。

經過明察暗訪、搜集證據，金縣令最終來到了陳家。

馮氏聽說有官府的人來找陳大郎，還以為好事來了，打發人去通知陳大郎，自己則穿得光鮮亮麗，以自認為最得體的姿態走了出來。

金縣令等了半天，都不見陳大郎出來，反而一個妖嬈的女子走了出來，他的眉頭忍不住鎖了起來。

陳家怎麼會由著這個女人當家，一看就不端莊。轉眼想想，又覺得不意外，畢竟不過是個商家。

陳大郎聽說有官府的人找自己，心跳不由得加快了，不過很快又平靜下來。那事肯定不會懷疑到自己身上，那些人又不認識自己，再說他還有一半的錢沒給，那些人想來不會出賣他的。

這麼想著，他整理好衣裳，大步走出書房。

陳大郎到時，馮氏正跟金縣令說著陳家的事，當然還不忘誇一下陳大郎。「我夫君最是能幹，外面的生意做得可大呢，不是我吹牛，整個鎮都找不出第二個這樣的了。」

陳大郎怕她說一些不該說的，忙乾咳了聲，馮氏見陳大郎進來了，忙站到一旁，陳大郎朝她瞪了一眼，馮氏才不情不願地走出正堂。

「不知道縣令大人大駕光臨，有失遠迎，還請見諒。」陳大郎自是見過金縣令，不像馮氏，還以為是縣衙的師爺。

金縣令看到陳大郎很意外，沒想到他跟陳小郎有這麼大的區別，那虛假的笑容、不經意流露出來的陰冷眼光，都讓他意識到陳大郎很難對付。

金縣令與陳大郎分主賓落坐，陳大郎心中有事，警戒地看著金縣令，對他的問話也是考慮再三才回覆。

金縣令自然把他的反應看在眼裡，卻裝作不在意，而是跟他說起了家常，當聽到家裡還有一個老母親時，馬上站了起來。

「不知道能不能拜訪一下老夫人？」

見金縣令只拉家常，其他什麼都沒有問，陳大郎的心慢慢鬆懈了下來，漸漸相信他只是來視察民情的，想著反正梅氏的眼睛看不見，見見也無妨，要是他阻攔，還不知道這金縣令會怎麼想？

梅氏早就知道家裡來了客人，也知道是官府的人，聽到外面傳來腳步聲，忙讓陳嫂扶她坐好，面上跟往常一樣，只是轉動佛珠的手慢了幾分，似乎在沈思什麼。

很快地，在陳嫂的引領下，陳大郎和金縣令就來到梅氏跟前，金縣令朝梅氏行完禮，才站直身子打量她，這一看，臉色不由得大變，記憶不由拉回到二十多年前，兩張臉不停在他的眼前重疊。

「請見諒，我忽然想起一件重要的事，就不打擾老夫人了，告辭。」金縣令說完，不管梅氏和陳大郎的反應，大步朝外走去。

陳大郎忙追出了院子，卻見金縣令已經翻身騎在馬上，見他出來，一句話也沒說，像陣風一樣離開了。

陳大郎一頭霧水地站在門口，不明白金縣令今天上門是為了哪一齣？

梅氏也被金縣令的反應弄得困惑極了，不明白他怎麼剛進來就又急急地離開了，甚至還沒有來得及說話。

「陳嫂，剛才這位老爺離開時，是什麼樣的表情？」

陳嫂覺得金縣令離開時像是逃離，可他與梅氏素昧平生，怎會有這樣的感覺呢？

陳嫂忙搖了搖頭。「走得比較急，奴婢不敢看官老爺的臉。」

梅氏擺了擺手，讓陳嫂退了出去，臉上露出擔憂。不知道陳小郎他們好不好？小郎媳婦懷了孩子，也不知道現在怎麼樣了？

陳二嬸剛忙完田裡的農活，就被陳錦書帶回來的消息氣壞了，躺在床上幾天，吃了幾帖藥才爬起來，才剛康復，就讓陳錦仁送她到陳小郎他們屋前。

陳二嬸跳下車，屋都沒有進，直接跑去了荷田，看到那歪倒的荷花，還有那乾涸的魚塘，差點沒暈過去。

陳錦仁忙扶著她。「娘，我們先進屋去。」

「小郎家的，這可怎麼辦？」陳二嬸見到何田田，立刻抓住她的手，焦急地問道。

張少爺見陳二嬸抓住何田田的手，便凶巴巴地看著她，還要上前拉開她，何田田忙道：「哥，不准動手，這是嬸嬸。」

張少爺懷疑地看著她，陳二嬸在他的注視下訕訕地鬆了手。剛才太過激動，都忘了何田田還懷著孩子。

何田田沒有介意陳二嬸的動作，知道她是擔心才會這樣，忙招呼她坐了下來。

陳二嬸這時也冷靜下來了，關心地問：「妳有沒有哪裡不舒服？有沒有什麼想吃的？要是家裡沒有，告訴我，我幫妳弄來。」

陳二嬸說完，又問了不少問題，見她氣色還不錯，這才放下心，又開始擔憂起魚塘的事。

「妳說到底是哪個缺德的……聽錦書說金縣令來查案了？有眉目了嗎？」

何田田也正覺得奇怪，金縣令自那天離開後就沒再來，也不知道發生了什麼事，不知道有沒有找到證據，雖然他們心中有懷疑的對象，但要是拿不到證據也歸不了案。

當然，這不能跟她說，要不又著急了。

「田田，妳跟我說實話，妳家裡還有錢嗎？」陳二嬸見她不回話，小聲問道。

雖然這次損失慘重，不過何田田並不缺錢，去年賺了些，今年那鴨蛋又賺了不少，還有前幾批鴨子的錢，她跟陳小郎兩人的開銷又不大，手中銀錢雖然不多，但還是夠他們用的。

「有，二嬸需要？」何田田一時沒有轉過彎，以為陳二嬸需要錢用。

陳二嬸搖搖頭。「妳要是沒錢了就跟我說。對了，妳讓陳小郎去我家拖一車糧食回來。」

何田田才明白她這是擔心他們沒錢用，心裡暖暖的，正想說不用，就見外面何世蓮趕著牛車過來了。

「哥，你來了。」

前些天他們幫忙把魚塘整理好，見沒有要幫忙的才回去。

何世蓮朝她點點頭，然後跟陳二嬸打了招呼，就從車上搬下一袋一袋的東西。

「糧食放到哪兒？」何世蓮揹著個袋子，走到她面前才問道。

原來是給她送糧食過來了。何田田想說不用，可看著何世蓮那不容拒絕的表情，只得朝倉庫指了指。

「看來妳這糧食也不用愁了。」陳二嬸感嘆地道。

何世蓮送糧食過來，叮囑她幾句後就又回去了，一刻也沒有多留。何田田看著那一堆糧食，又看著他急匆匆的背影，只在心裡暗暗下了決心——以後一定要加倍報答他們！

晚上，陳小郎知道何世蓮送糧食來了，什麼也沒有說，只是把何田田抱得緊緊的。

何田田知道，他肯定又想起了陳大郎。

金縣令回到縣衙，直接進了書房，不讓任何人打擾，就連金夫人也不例外。

他呆呆地在書桌前坐了很久，耳邊又響起陳小郎那低沈的聲音。

「娘的眼睛就是因為找不到大哥才瞎的，而我爹更是為了尋找大哥而喪命，可惜找了這麼多年，還是沒有找到。」

不是這樣的，明明是她嫌棄自己，覺得自己拖累了她，她才會改嫁的！金縣令忽然痛苦地抱著頭，不願意相信那些事。

不知道過了多久，他才站起來，走到牆上的畫框前，那只是一幅普通的山水畫，可他卻足足看了一刻鐘。

終於，他把那幅畫取了下來，小心地把框架打開，拿開那幅畫，這畫裡竟還有乾坤，藏著另外一幅畫。

那畫明顯有些年頭了，上面畫著一位年輕的婦人，抱著一個嬰兒，滿臉慈愛。

金縣令的手輕輕地撫摸著那婦人的雙眼，仔細看他的眼，像極了這畫中的婦人。看了一會兒，金縣令的臉上忽然露出痛苦的表情，放在畫上的手用力抓了起來，眼看那畫就要被他抓壞了，最終還是沒捨得弄壞那幅畫，跌坐在椅子裡，痛苦地抱著頭。

金夫人聽下人說，金縣令從鄉下回來後就把自己關在書房裡，誰也不見，著急又擔心，匆匆走到書房前，在門口側耳傾聽，卻不見書房有任何動靜，那提著的心終於鬆了些。

她抬起手想敲門，卻又怕打擾到他，猶豫了一會兒，退出院子，讓人把跟在金縣令身邊的隨從找了過來，仔細打聽這幾天發生的事。

金夫人這才知道，陳小郎竟遭了這麼大的難，難道是沒有找到犯人，他心裡不痛快，才把自己關起來？

她搖了搖頭。這不像他的性格，如果真是因為案情，那他肯定不會把自己關在書房，定是十天八天不見人影。

既然不是為了案情，又是為了什麼呢？成親這麼多年，她還是頭一次見他這樣，肯定是遇到了大事。

金夫人越想越擔心，站起來又到了書房前。

聽到敲門聲，金縣令迅速把畫恢復原狀，好半晌才道：「進來。」

「老爺。」金夫人氣息有些不穩。

金縣令揮揮手，讓下人退了出去。

「夫人，妳坐。」金縣令心緒有些不寧，正需要一個人來解惑，她是最合適的人。

金夫人見他面無表情，眉頭緊皺。「老爺，到底發生了什麼事？」

金縣令卻沒有回話，而是問道：「如果哪一天我不在了，妳會丟下兒子另嫁嗎？」

金夫人聽了這話，猛地站了起來，臉一下就變了色，蒼白無力地看著他。「你問的是什麼話？」

明明氣急了，卻因為太過激動，聲音發抖，語氣顯得虛弱無力。

「妳誤會了，夫人，我只是說如果。」金縣令被她的反應嚇到了，暗暗自責不該問這樣的話，可偏偏他心中就是有個結。

金夫人癱坐在椅子上。「這樣的話不要有下次，你不知道人嚇人是能嚇死人的。」

金縣令卻是不再言語，那眉頭都皺成一個「川」字了。

金夫人見狀，聯想到他剛才的問話，靈光一閃，問道：「你是不是聽到了什麼消息？」

「你說什麼樣的女人會狠心地丟下兒子，自己嫁入別人家，過著衣食無憂的生活？」

金夫人搖搖頭。「沒有一個母親會這樣，除非有迫不得已的原因。」

金縣令嘴角卻露出冷笑。迫不得已的原因？他只記得那年大旱，田地顆粒無收，餓死了不少人，他們家同樣遇到了這樣的問題。

要是放在往年，有父親在，還能勉強維持生活，可偏偏在年前，父親得了急病，不僅花光家裡的積蓄，母親還向族叔借了五兩銀子，可還是沒有留下父親，只剩下母親與自己相依為命。

金縣令陷入了回憶中。

那時他還小，一直跟著父親識字，後來父親走了，他又跟著伯父，很少去關心外面的事，看著越來越少的飯、難以下嚥的野菜，他便鬧著不肯吃，娘親便把她碗中的飯粒一顆顆挑出來給自己，哄著自己吃完，而她就喝那些米湯。

就這樣，娘的臉色越來越黃，也越來越瘦，而自己的肚子也越來越餓，在伯父家聞著飯菜香，捂著肚子跑回家，就找娘要吃的。

娘被他鬧得急了，眼睛都紅了，從灶裡端出一碗野菜湯，一粒米都沒有。他看了很生氣，一下就打翻了碗。

娘親氣得揚起手想打他，這還是他頭一次看到娘親生氣，害怕極了，恰在這時，族叔來了，娘親露出個討好的笑容，卻讓他回屋看書。

他不知道族叔來找娘有什麼事，反正他出去的時候，娘坐在那裡抹眼淚，眼睛紅紅的。當時他真是不懂事，就這樣還跟娘說餓，娘聽了，站起來出去了，沒多久就帶了小半袋的糧食回來。他當時樂開了，只想到終於又有糧食吃了。

可那以後，娘看他的眼光不同了，說的話也不同了，總是叮囑自己，要學會照顧自己，還教自己煮飯、做菜，要是不做，娘就會很生氣，哭道：「要是有一天娘不在身邊了，你怎麼活？」

那時候的自己根本沒把這些話放在心上，只是有一天，等他再從大伯家回來，已經不見了娘的身影，桌上放著豐盛的飯菜，甚至還有肉。這是自他爹過世後，他見過最棒的飯菜。

他開心極了，美美地吃了飯，才回到書房看書，這才發現桌上有一封信，是娘留給他的，上面說她離開了，讓自己不要去找她，跟著大伯好好唸書，考取功名。

那個時候的自己才知道害怕，到處找娘，可找遍了家裡每個角落，就是沒有看到那熟悉的人影，他忍不住大哭起來。

這時，爹結拜的兄弟方叔來了，方叔帶來一大袋的糧食，看著自己嘆氣。「孩子，這些糧食夠你一個人吃一個多月了，記住你娘的話，好好照顧自己。」

「方叔，我娘去哪兒了？什麼時候回來？」

當時方叔根本沒有回話，只是憐憫地看著他。後來，他去大伯家學習，才知道娘竟改嫁給一個商人，過好日子去了。

當時他都傻了，根本不相信娘會這麼做，偏偏大伯母尖利的聲音不停地提醒著他——

「你娘不要你了，她去過好日子了，把你丟下了。」

他當時跑去問大伯，到底是怎麼回事，大伯卻露出個鄙夷的表情。「記住，以後你只有爹，沒有娘，你是金家的人，不能要別人的東西。」

當時他不懂這話的意思，卻從這話中知道，娘真的改嫁，不再要他了。

從那以後，他就搬進了大伯家，雖然大伯對自己不錯，卻受盡了大伯母的奚落，那時他就告誡自己，一定要好好學習，考取功名，不再受凌辱。

乾旱讓村裡死了不少人，可他卻因為方叔不時送來的糧沒再挨過餓，更有一次，他在院子的土裡挖到了兩個金元寶，靠著這些，他考取秀才，考中進士，被放回來做起了知縣。

金夫人不敢打擾金縣令，默默地陪著他坐在書房裡，直到天黑了，她點上蠟燭，金縣令才茫然地看著她，半晌才回過神。

「老爺，到底發生了什麼事？你跟我說說，你這樣我很擔心。」

金縣令心緒極亂，可也知道這事不能瞞著她。「今天我看到了一個婦人，像極了她。」

金夫人一時沒有反應過來他口中的她是誰？等看到金縣令複雜的表情，再加上今天那反常的表現，驚訝地問：「難道是婆婆？

「你確定看清楚了？在哪兒看到的？她現在怎麼樣？有沒有認出你來？」接連的問題可看出金夫人的激動。

金縣令搖了搖頭。「妳肯定想不到那人是誰。」

「是誰？」金夫人沒想到這個時候，金縣令還有心思吊她胃口。

「是陳小郎的母親。」

金縣令也覺得不可思議，剛看到他，就覺得有種熟悉感，雖然他的外貌與她並沒有多少相似之處。後來他救了自己，更覺得親切，難道有些事真的是冥冥之中注定好了？

金夫人更是睜大了眼，不可置信地看著他。「你看清楚了？果真是婆婆？」

金縣令苦笑道：「雖然還沒跟她對話，但八九不離十了。」

金夫人笑了起來。「這樣最好不過了，你也有兄弟了，想來要是陳小郎知道你是他的親哥哥，也會樂壞了。」

金縣令卻是搖了搖頭。

他不知道要不要跟他們相認？他的內心對她還有怨，只要閉上眼，就能回想起被人嘲笑的情景。

「你娘不要你了，你是個多餘的。」

「沒娘的孩子，野孩子。」

儘管已經過去多年，這些話仍時不時地迴盪在耳邊，尤其每當看著大伯母把好吃的菜挾到堂姊、堂哥的碗中，他只能吃他們剩下的那些湯湯水水，他的心就難受極了。

金夫人見他臉色不對，轉眼就明白他在想什麼。「老爺，我想婆婆那麼做肯定是有理由的，你不妨聽聽她的解釋。」

金夫人心疼他，知道他受了不少苦，可她總覺得其中肯定有什麼難言之隱，要不一個母親，怎會捨得丟下自己的孩子嫁人呢？

「不，我不想聽。」

金縣令的耳邊響起了大伯的話——

「你記住，你沒有娘，只有父親。你娘不守婦道，在她改嫁的那一刻，你就當她不在了。要是讓我知道你有一天認了她，休怪我無情。」

自從只剩自己一個人後，幸虧大伯照顧，才得以活下來，繼續學習，才造就今天的自己，他不能做出讓大伯失望的事情來。

「老爺！」金夫人急了，這好不容易有了消息、有了兄弟，怎麼能不認呢？

「這事妳知道就行，不要跟任何人說起，尤其是大伯。」金縣令心中有了決斷，也就恢復了平時的氣勢，說出來的話不容反駁。

金夫人張開的嘴又閉上了，她知道老爺顧忌著大伯養大他的情分，可從她的角度來看，大伯一家對他並沒有付出多少關心，不過是利用罷了。尤其是大伯，虛偽又迂腐，她可聽鄰居們說了，要不是有方叔照顧，只怕老爺根本不可能有今天的日子。

只可惜方叔老了，不願意出來。

想到方叔，她心中有了主意。

魚塘經過幾天的曝曬，陳小郎他們開始往裡面引水，並藉這機會把旁邊的一片沼澤地挖開，又添了一口魚塘。

陳二嬸看著漸漸灌滿水的魚塘，皺著眉道：「你說這金縣令是怎麼回事，都這麼多天了不見人影，也沒讓人來通知一聲，這作案的到底是誰？抓到了沒有？要是沒抓到犯人，這心裡就是不踏實。」

何田田看著那隨風擺盪的蘆草，想著這些天陳小郎、陳錦書和何家兄弟的起早摸黑，心裡發狠。要是再過十天，金縣令不傳來消息，那麼她就自己去把真凶找出來，她就不信，看了那麼多的辦案電視劇，還詐不出真話來！

陳小郎見家裡的事都辦妥了，摸了摸何田田又大了一圈的肚子，低聲道：「今天去趟縣城。」

何田田聽了，猛地抬起頭，陳小郎用手捂住她張開的嘴。「我知道這些日子讓妳擔心了，我想通了，如果我一直沈默，他會更加得寸進尺。無論如何，這次不能就這樣過去。」

何田田知道他作出這樣的決定，心裡肯定很難受，可正如他所說，今天這樣毒死牲畜，明天誰知道他又會做出什麼事來，她緊緊地握著他的手。「放心，我會一直陪著你。」

陳小郎回握住她的手，站起來大步朝外面走去。這次他沒有讓陳錦書陪，而是獨自一人駕著馬車去了縣城。

梅氏這幾天心神不寧的，總覺得有什麼大事會發生，便對陳嫂道：「弟妹這幾天還是沒過來？妳去打探打探，是不是出了什麼事？」

陳嫂心裡也在嘀咕。平時陳二嬸隔個三、五天就會來，可這回有好多日子沒來了，先前說是病了，到現在是根本沒有音信，這樣想著，心裡也暗暗著急起來。

誰知陳嫂剛到外院，就被馮氏身邊的婆子攔住了去路。

「怎麼，我的路妳也敢攔？」

陳嫂服侍梅氏這麼多年，就連陳小郎他們都很敬重，更不要說這些下人了，這還是頭一次被人擋住去路。

「老爺交代了，您要是有事可以交給我們去做，但您和銀花不能出院子，只管照顧老夫人便可。」

陳嫂一聽，臉就沈了下來。「妳們也知道我是老夫人跟前的，可妳剛才說的是什麼話？」

婆子卻一點也不肯相讓。「陳嫂，您就不要為難我們了，您也算是老人了，難道不知道要是犯在老爺的手裡，會受到什麼樣的處置嗎？」

陳嫂無奈，只得回了院子，對著滿是擔心的梅氏道：「沒打聽到什麼特別的消息，想來不會出什麼事，我已經讓人去了二老太爺家，想來很快就會有消息。」

梅氏的心略微安了些，只是沒看到陳二孀，她總是不放心，也不知道錦鯉現在怎麼樣了，田田懷了孩子，想來現在肚子也不小了吧？

想到這兒，她更是出神了，也不知道跑了的錢氏生了沒有？是男孩還是女孩？希望她既然離開，就不要回來了，好好地養著那孩子。

經過幾天的沈澱，金縣令終於平靜下來，只是陳小郎的案子卻讓他有些頭痛。所有的證據都指向陳大郎，偏偏陳大郎又是陳小郎的親大哥。

一旦了結這個案子，那陳大郎肯定會被抓，當真相大白的時候，她肯定會傷心，到時他們的關係一公開，自己只怕也會被人指點吧？

金縣令皺著眉思來想去，一時間還沒拿定主意，就聽到有人在外面的院子說話，接著就響起了陳小郎的聲音。

金縣令嘆了口氣。看來這事不能再拖，需得有個了斷。

陳小郎走進書房，金縣令已經恢復了平靜。

「你來是為了案子的事吧？前兩天出了點事，案情已經掌握得差不多了，你放心，再過幾天就會給你個交代。」

陳小郎看了他一眼，在一旁坐了下來。

金縣令愣了下，也坐了下來，示意小廝把門關上，房間裡陷入了沈默，過了好半晌，陳小郎低沈的聲音才慢慢響起……

金夫人自那天聽完金縣令的話後，便派管家去了鄉下一趟，讓他去打探消息，忙完剛坐下，就聽說陳小郎來了，驚喜地站了起來。

這可是老爺的親兄弟，雖是異父，但總要比別人親近些。她一邊吩咐下人準備飯菜，一邊往外走，想去見見他。

「夫人，老爺和陳老爺在書房，需要稟告嗎？」

金夫人看著金縣令身邊的小廝，搖了搖頭，轉身退回內院。看來他們有事要聊，也不知道老爺會不會直接認了這兄弟？想到這兒她又搖了搖頭，以他的性格肯定不會。

自陳小郎離開後，何田田不時看看外面，也不知道他有沒有把那些事跟金縣令說？過去這麼多年，不知道還能不能查到證據，既然決定了，就要一次解決，要不以陳大郎那種性格，誰知道會發生什麼事？兔子急了都會抓人，更何況那是一頭惡狼。

陳小郎回來時已經是第二天了，何田田見他臉上並沒有異樣，猜不透事情有沒有解決，便緊盯著他。

其實陳小郎有些事不想讓她知道，可看她這樣，知道瞞不下去，便拉著她進了房間，把她想知道的都告訴了她。

何田田見他們的安排非常周密，終於放下了心，安心地養起了胎，不再操心外面的事。

「妹妹、妹妹。」

何田田正在整理張嫂洗好的嬰兒衣裳，就聽到張少爺的叫聲傳來，忙站起身走了出去。如果張少爺見不到自己就會一直找。

「什麼事？我在這兒。」何田田大聲道。

「妹妹、妹妹。」張少爺一看到她就拉著她往外走，好在他還記得張嫂叮嚀過的，不能走太快。

何田田跟著他來到富貴的房間，看到富貴竟扶著凳子慢慢地走著，難怪張少爺這麼興奮呢。

見她來了，富貴咧開嘴笑了起來，露出幾顆小乳牙，很是可愛。

「不會摔倒吧？」何田田見富貴已經朝她這邊走過來了，擔心地問道。

「不會，小少爺可厲害了，扶著東西就會走。」奶娘一臉驕傲地道。

張少爺見富貴慢慢走，緊張地跟在後面，手一直張開著，像是防止他隨時跌倒他能及時抱起。

這段時間張少爺的表現，實在出乎何田田的意料，一點也不像是個傻子做的事，他是那樣小心呵護著富貴，生怕他磕著、碰著，真是個稱職的父親。

富貴走到何田田面前，還有一小段距離就樂著撲了過來。何田田沒防備，眼看著他的頭就要撲到地上了，張少爺一下就把他撈在懷裡。

何田田拖著笨重的身體到了富貴面前，富貴還以為他們在跟他鬧著玩，咯咯笑了起來。

大家見狀，也都笑了，很是溫馨。

自金縣令來過後，陳大郎雖不明白他為什麼那麼急匆匆地離開，可那吊著的大石卻是落了地。他坐在書房裡，發出陰森的笑聲，轉眼卻又沈著臉，似乎跟誰有仇一樣，把桌上的東西全掃到地上。

「……老爺？」外面的小廝聽到聲響，不知道發生了什麼事，在門外緊張地喚道。

「滾！」

陰沈的聲音讓小廝忍不住發顫，慌忙退了出去，直到出了院子，那種不舒服的感覺才散去。

「田田，妳看看，我給妳送什麼來了？」何世仁的聲音盡是喜悅，小心地提著一個桶子走了進來。

何田田好奇地站了起來，伸過頭一看，桶裡竟是密密麻麻的小魚仔。「你這從哪兒來的？」

「從河裡撈的。快，妳看看，有哪些能養？」

何田田讓張嫂拿一個大盤子過來加滿水，仔細挑了起來。

因她的肚子有些大，很不方便，何世仁便道：「妳坐著就行，我來挑，妳跟我說哪種可以、哪種不行。」

說完何世仁就小心地拿著碗撈起來，何田田搖搖頭，這時候河裡的小魚一般都是長不大的小魚仔，沒辦法，季節不對。

何世仁興奮的臉色慢慢消了下去，撈魚的動作也越來越慢。「都不是呀，那怎麼辦？」

何田田看了這麼久，有些累了，便站起來伸展手腳。「只能等來年春天了。」

突然，一聲大叫傳來，就見陳錦書慌慌張張地衝進來。

「嫂子，出大事了！」

「怎麼了？」何田田的心咯噔了下，下意識轉過頭朝院裡看，卻沒有看到那熟悉的身影。

陳錦書喘了口氣。「不得了！陳家院子被官兵包圍了，不知道是不是陳大郎犯事了！」

何田田吁了一口氣，有種塵埃落定的感覺。

這一天終於來了！

她怕陳錦書看出異樣，只道：「你快去打探消息，看看到底是怎麼回事，最好也把你伯母接過來。」

「我哥呢？怎麼不見人？」陳錦書聽了她的吩咐，反射性地就要出去，抬起腳又轉回身問道。

「他去外面了，我這就讓人通知他，等下就過去。」

陳小郎去另一個鎮子了，張家的地出了點問題，需要他去解決，只是沒想到金縣令的動作竟那麼快。

何田田忐忑地在房裡走動，聽到外面有聲響就望過去，每次都失望地收回眼。

另一頭，陳家院子卻是徹底亂了，陳大郎站在金縣令面前，陰沈地看著他。「金縣令，您這麼大動干戈，不知道是為了什麼？」

真是不見棺材不掉淚！

金縣令冷冷地看著他。「你自己做了什麼，難道心裡不清楚？你要知道，天網恢恢，你以為自己做得天衣無縫，卻不知道總有被發現的那一天。」

陳大郎露出無懼的表情。「證據呢？您沒有證據，哪怕您是縣令，也不能隨意抓人。」

金縣令卻不願意再跟他多廢話。「你要的等升了堂都會有的。」

說完不等陳大郎反應，直接就叫衙役把他綁起來帶走。

馮氏看到那麼多官兵，嚇得全身發抖，不知道陳大郎犯了什麼事，可向那些衙役打探消息，這些人卻是一問三不知。

見陳大郎被帶走，她頓時慌了神，大哭大叫起來，卻沒有一人理她。

梅氏這些日子唸佛的時間越來越長了，陳嫂和銀花不能出院子，對外面的事完全不知，直到馮氏衝了進來。

「不好了，不好了，老爺被帶走了！」馮氏慌了神，也顧不得什麼禮儀了，大呼小叫地衝進來。

陳嫂怕驚到梅氏，想攔住她，不料還不等她有所行動，馮氏已經衝進房間。

「老夫人，老爺被官兵帶走了，這可怎麼辦？」馮氏跪倒在地上，臉上的妝容早就花了，頭髮也散開，狼狽極了。

梅氏除了不再轉動佛珠，表情跟平常並沒有不同，細心地看會發現似乎還要輕鬆了幾分。

「馮氏，怎麼回事？」梅氏見馮氏越哭越厲害，忍不住皺起了眉。

「那些人也沒有說理由，就把老爺給綁走了，這可如何是好？」馮氏真嚇到了，她姨娘只教會她如何爭取男人的寵愛，從來沒有教她如何應對突如其來的變故。

陳嫂把馮氏扶起來，看著梅氏。「老夫人，現在該怎麼做？」

陳小郎聽到陳大郎被帶走，便急著趕了回來。他當然不是擔心陳大郎，而是怕梅氏受不了。

「娘！」陳小郎見院子裡沒有人，門都是開著的，生怕梅氏出了什麼意外，平時很少感情外露的人，臉上滿是焦急。

「錦鯉？陳嫂，是錦鯉來了，快讓他進來！」

梅氏聽到陳小郎的聲音，心裡終於放鬆了一些。

「娘。」陳小郎走進來，見梅氏好好地坐在羅漢床上，懸著的心終於落了下來。

「錦鯉，你哥被抓走了，你沒事吧？」梅氏伸出手到處摸，陳小郎忙伸手把她的雙手包在自己手中。

「我沒事。娘，您跟我一起走吧。」

梅氏平靜地搖了搖頭。「陳嫂，妳去外面看看。馮氏，妳管好自己的院子，不要自作主張，如果大郎沒犯什麼事，想來很快就回來了。」

房間裡只剩下梅氏和陳小郎，梅氏嘆了一口氣。「你哥是不是又動手了？」

陳小郎半天都沒有說話，梅氏的眼眶泛紅。

自陳員外離開後，她就知道這一天總會來臨，可真正來了，她的心卻是疼得很。上輩子到底造了什麼孽，生下了這麼個兒子，狠毒成這樣，算計完父親接著就是自己的兄弟，她真想問問他，他的心長在哪兒？

「你回去吧，我就在這兒，哪兒也不去，這是你父親留下來的家，我得為他守住。」梅氏見陳小郎沈默不語，知道從他的嘴裡問不出什麼，也就放棄了，直接趕人。

陳小郎擔心梅氏，不肯離去，梅氏卻打定主意哪裡也不去。「你放心，我不會有事，我還想看看他的下場。」

陳小郎見勸不動梅氏，只得去陳二叔家，把陳二嬸接到陳家院子，這才回去。

陳二嬸來了，梅氏自然也就知道陳大郎這段時間的所作所為，本來有些愧疚的心一下子就硬了起來。

她不能心軟，要不只怕到最後一個都保不住。

何田田見到陳小郎回來，直接衝了出去，可嚇壞了張嫂，陳小郎也是心驚膽戰地看著。

「怎麼樣了？」何田田抓住陳小郎的手，著急地問。

陳小郎點點頭。「已經抓走了，想來過幾天就會有結果。」

「慢點、慢點。」

沒有結果前，何田田都覺得無法心安，只要想到陳大郎那如毒蛇般的眼睛，她就無法入睡。

隔了兩天，衙役就送來通知，三日後開堂審陳大郎，讓他們去聽審。

三日後，梅氏硬是坐上馬車，她也要去聽審，陳小郎怕她受不了，不想讓她去，梅氏的態度卻很堅決，無奈之下，只得一同去了縣城。

何田田他們到達時，陳大郎已經跪在大堂中，等陳小郎他們到了，金縣令便開始審問。

陳大郎一直以為金縣令查的是陳小郎家魚塘的事，而這他早就有了準備，所以並不慌張，可等衙役又帶了幾個人上來，跪在他的身邊，他的心開始慌了。

金縣令自然把他的驚慌看在眼裡，也就更加確定他的罪行。

「陳大郎，從實招來，或許你還有一線生機，要是你不肯招，等真相大白，那你就只有死路一條！」金縣令威嚴的聲音在大堂上響起。

陳大郎卻是挺直了背。「不知道小人犯了何罪，讓金縣令這般勞師動眾？」

金縣令沒想到到了這個時候，陳大郎還敢狡辯，便把這些天找到的證據丟到他面前，開始審剛才帶上來的犯人。

何田田從那些人的口供中，終於明白陳員外去世的真正原因，對陳大郎的凶狠更有了深刻的認知。他真的沒有人性，為了財產，連自己的親生父親都可以算計，甚至還要了他的命。

「他們都是胡言亂語！這些人我都沒有見過，不知道您是從哪裡找來的，冤枉呀冤枉！」

陳大郎大聲喊起了冤，他知道這事絕對不能認，一旦認了，那他只有死路一條。

他還不想死，他連孩子都還沒有，他還想多活幾年！

第二十章

陳大郎看到坐在一旁的梅氏，撲到她身前，大聲道：「娘，您救救兒子！兒子沒有害父親，都是錢氏的主意，對，都是錢氏那個潑婦的主意，那一切都是她指使的，她怕爹把家產留給小郎，就想趁著那機會讓爹病倒，這樣就能把家裡的一切都掌握在手中，沒想到爹卻一病不起……娘，我真沒想到爹會死，您相信我！」

梅氏緊閉著那已經失明的眼，全身都在發抖，雖然心中早已有了猜測，但聽他親口說出這樣的話，寒氣從後背升起。這就是他們從小辛苦養大的兒子，為了那點身外之物，不光算計兄弟，連親生父親都敢下手，她的心糾結成一團，痛苦得根本說不出任何話。

陳小郎緊張地扶著梅氏，看著她痛苦的樣子。「娘，您先去旁邊避一避吧。」

梅氏卻是搖搖頭，她要親自確認這沒心沒肺的東西受到懲罰，等到了地下，也能對陳員外有個交代。

陳大郎見梅氏不肯出聲，忽然就像瘋了一樣，指著陳小郎。「都是你！要不是你，這一切都不會發生，這一切都是你的錯！哈哈哈，明明我比你聰明、比你能幹、比你長得好看，可是爹就是喜歡你，一心為你著想，要不是因為你長得醜，那些店鋪哪裡輪得到我？既然你們都不在意我，我肯定要為自己著想了！」

「你閉嘴，明明爹最器重你！」陳小郎聽不下去了，憤怒地道。

「哈哈哈，器重我？」陳小郎兩眼通紅，緊緊地盯著何田田。「器重我會讓我娶錢氏那樣的女人？明明知道她又蠢又自私。而你呢？他親自去何家求娶，甚至不顧顏面跟張地主搶親，就因為他看中了她能幹、能照顧好你。為什麼？他為什麼要這樣對我……」

梅氏臉色慘白，原來他就是這樣想的，當年明明讓他考慮清楚的，可他當時口口聲聲說錢氏挺好的，願意娶她為妻，她越想越氣，兩眼一翻，暈了過去。

陳小郎抱住梅氏，看著她毫無血色的臉，焦急萬分。何田田忙讓陳小郎把梅氏抱到馬車上。

陳大郎還在那裡數落陳員外和梅氏對他的不公，大聲吼叫著。

金縣令坐在大堂上，看著梅氏因陳大郎的話暈了過去，擔心極了，卻不能表現出來，看向陳大郎的眼神更加凌厲了。

「拖下去，鞭打三十大板，擇日行刑。」金縣令甚至不想細數他的罪狀，直接讓人拖了下去，只是從頭到尾都沒有把陳小郎的魚塘扯進來。

陳小郎不解，不過陳大郎已經被判了刑，多一條或少一條已經不重要了，重要的是他終於受到處置，再也不能危害到誰了。

梅氏自縣城回來後就病了，躺在床上不吃不喝的，誰勸也沒有用。陳小郎和何田田只得暫時搬過來照顧她。

何田田大著肚子，陳嫂根本不讓她進梅氏的房間，說是梅氏吩咐的。

每次陳小郎從梅氏的房間走出來，那臉色就暗淡一些，眉頭也鎖得更緊了，想來是梅氏的情況越來越不妙。

「可怎麼辦？」

何田田急得嘴都生瘡了，梅氏肯定是因為陳大郎受到了處罰，心裡的那口氣鬆了，人也就沒了盼頭，沒了活下去的慾望。照這樣下去，沒幾天梅氏就要跟陳員外走了。

想到這裡，何田田不顧陳嫂的阻攔，衝進梅氏房間，看著她奄奄一息、毫無生氣地躺在床上，不由痛心。

陳小郎每次進來看到她這個樣子，肯定更加難受吧！

「娘。」何田田站在床邊喊了聲。「陳大郎受到了處罰，您肯定覺得沒有什麼牽掛了，可以一走了之了吧？」

梅氏還是一動也不動，眼睛都不眨一下。

「娘，您真是太狠心了，您的眼中從來都沒有陳小郎，以前您一心想找那個不在眼前的兒子，等爹出事了，您後悔了，認為是自己害死了他，所以千方百計想把凶手揪出來，哪怕那個人是您的親生兒子。現在凶手找出來了，您覺得可以安心了，但您從來就沒想過，還有一個兒子，他也需要您的關心。」

何田田越說越激動，而躺在床上的梅氏也不再無動於衷，而是蜷縮成一團，很是痛苦的樣子。

陳小郎知道何田田進了梅氏房間，急急趕來，把她的話全聽到了耳裡，見她的情緒激動，忙衝進來扶著，陳嫂也跟著進來了。

陳小郎見何田田臉色有些蒼白，乾脆把她抱進懷裡出了屋。

可能是太激動了，何田田肚中的胎兒不停地動，肚皮像是要爆炸，難受得很，因此陳小郎抱她，她沒有拒絕，反而找了個舒服的姿勢躺好，這才覺得好受了些。

陳嫂卻是急了，因為梅氏又一個勁兒地流眼淚。

「老夫人呀，二夫人的話雖然難聽了些，卻沒有說錯，您這樣不吃不喝，讓二老爺看了，他得多難受呀！奴婢知道您傷心、難過、自責，可已經發生了，過去的就當是過去了，要對活著的人好才對。」

梅氏慢慢平靜下來，過了好久才道：「我這輩子是不是錯太多了，虧欠錦鯉太多，不知道他有沒有痛恨過我？」

「老夫人，二老爺不是那樣的人，您沒看到這幾天他有多擔心。老夫人，只要您好起來，他肯定不會怪您的。」

另一頭，何田田被陳小郎輕輕放在床上，他的手溫柔地撫摸著她的肚子，胎兒似乎感受到他的愛意，慢慢地靜了下來，何田田也慢慢閉上了眼。

下午，梅氏願意吃飯了，漸漸地，身體終於恢復過來。

陳大郎行刑那天，沒有人告訴她，而何田田的心終於放了下來，沒有了陳大郎，再也不用提心吊膽地過日子。

馮氏自陳大郎判刑後，就急急帶著丫頭離開陳家，她屋裡值錢的東西也都帶走，想來是不會再回來了。何田田自然不會去找她，雖然她是以二房的身分進來的，那也不過是說得好聽些，終究不過是個妾。

至於錢氏，梅氏沒提，何田田就當沒這麼個人，金縣令沒有派人去找她，想來她在陳員外的事上並沒有直接參與，既然梅氏他們都不追究，其他人自然也不會去管了。

眾人漸漸淡忘陳大郎的事，梅氏的身體也恢復得差不多了，何田田的肚子已經大到看不到腳尖，她算了算，馬上就要生了，林氏不放心她，連著幾天上門，何田田想留她住，她又不肯，只得讓陳小郎駕著馬車來回送她。

何田田知道，她是見自己住進了陳家院子，在這裡不自在，不願意留下來，不說她了，就是何田田住在這兒也很不自在。可陳大郎不在了，總不能把梅氏一個人留在這兒吧？

「富貴他們還好吧？」

何田田有些日子沒回去了，見陳小郎走進來，忙問道。

「挺好的，就是有些想妳。」陳小郎說完就躺在羅漢床上。「等過些日子我們還是搬回去吧。」

何田田喜出望外。「那娘呢？」

陳小郎沈默了一會兒。「這事交給我。」

離何田田生產的日子越來越近，上上下下都緊張極了，張嫂和銀花時刻盯著她，就怕她有什麼不適。

自回到這院子，梅氏就讓銀花回到她身邊了。

另一頭，金夫人神色有些緊張地坐在上位，下面坐著一個年老的長者，就是金縣令一直念念不忘的方叔。

「方叔，這些年過得還好嗎？」

金夫人只見過他兩次，每次都只是匆匆見上一面，雖然每年都有送禮過去，但真正接觸得不多。

「託你們的福，過得挺不錯的。」方叔客氣地道：「我那姪兒呢，不是說他有事想找我嗎？」

金夫人不由得坐直了身子。「方叔，其實是我要找您。」

方叔有些驚訝，疑惑地看著她。「不知道姪媳婦找我有何事？」

金夫人便把前些日子發生的事跟方叔說了。

「方叔，本來不應該打擾您的，可您看，老爺這心結太深了，要是不解開，我怕有一天他會後悔。」

「糊塗呀糊塗！」方叔眼睛都有些紅了。「都是金秀才害的。」

金秀才就是金縣令的大伯。

聽了他的話，金夫人的眉頭跳了跳。「此事關大伯什麼事？」

方叔長嘆一聲。「本來這事我答應弟妹不說出來的，現在卻不得不食言了，等姪子回來，我見見他吧。」

金夫人一聽就知道其中有隱情，忙點頭道：「老爺回來就讓他拜見您。」

金縣令自處置了陳大郎，心情一直不好，雖然沒有認親，但到底是自己同母的兄弟，親手處置總覺得過意不去，因此這幾天處理公事都無法靜心，便乾脆早點回到後院。

「老爺，您回來了。」金夫人一看，就知道金縣令的心情似乎不太好，忙迎了上去。

金縣令朝金夫人微微點點頭，便問起兒女們的事，金夫人笑著回了幾句就道：「老爺，家裡來貴客了，在正廳等您呢。」

金縣令見金夫人一臉神秘兮兮的，疑惑地走進正廳，方叔聽到腳步聲，轉過身來見是金縣令，激動地看著他，一時都說不出話了。

金縣令同樣很激動，忙上前扶著他的手。「方叔，您來了？怎麼也不提前跟我說一聲，好讓人去接您。」

一陣寒暄後，金縣令和方叔都平復了心情，不再那麼激動。

「村裡可還好？」

方叔知道金縣令想問的是什麼，便笑道：「都好、都好，你大伯還是跟以前一樣，給村裡的孩子啟蒙，身體挺好。」

金縣令聽了，點點頭，又問了村裡其他事情，兩人閒聊了會兒，就聊到了方叔的來意。

「有些事，本來我不想說的。」方叔看了金縣令一眼。「你心裡怨恨你娘，卻不知道，你能有今天，完全是你娘換來的。」

「怎麼可能？她都改嫁了，早就不要我了，我的今天都是有您和大伯的照顧才有的。」金縣令激動地道。

「姪兒呀，你是大錯特錯了！」方叔長嘆一聲。「你還記得你娘改嫁前，村裡是什麼情況嗎？」

金縣令沒有出聲。他怎麼可能不記得，因為乾旱，田裡的莊稼都死了，村裡的人越來越少，當時他們家連一點糧食都沒有，只能吃野菜和樹皮。

「你娘不是不要你，而是沒辦法呀！」方叔見他沈默，接著說道：「你還記得當時你族叔公到你家的事嗎？他是逼著你娘拿錢呀，你娘借了五兩銀子，他逼你娘還十兩，要是不還就要讓你去做童工，你娘想不出辦法，拿著白綾到了村頭，剛巧被路過的陳員外救了。」

金縣令呆住了。這事他從來沒聽說過，每天對他笑咪咪的族叔公竟那樣狠心，在那樣的節骨眼上逼著要債，還利滾利？

「你娘被救後，我跟你堂嬸勸了好久，才勸住她不再尋短見。我把身上的幾十文錢給了你娘，你堂嬸給了你娘一些粗糧，過了兩天，你大伯就跟你娘要束脩，你娘讓他寬限一些日子，你大伯一點餘地都不給，眼看你書不能讀了，你娘急得跪著求他，總算讓你大伯同意緩上半個月。」

「半個月啊……你娘上哪兒去弄銀子？」方叔回想當時的情景，還是感嘆不已。「恰在這個時候，陳員外託你堂嬸來提親，你娘一開始不同意，後來陳員外同意帶著你一起改嫁，你娘才同意的。

「當時我真為你娘和你開心，想著總算能過好日子了，誰知你大伯聽到消息後，帶著金家的一些族人，把你娘罵了個狗血淋頭，不許你娘改嫁，更不要說帶著你嫁了。

「可當時你們那個樣子，要是你娘不嫁，根本活不下去，你那叔公是一天催一次帳，你讀書又要束脩，家裡又沒糧了。最後你娘沒辦法，只能同意把你留下，自己改嫁，請陳員外拿出幾十兩銀子還債，然後剩下的給你大伯，讓你大伯好好照顧你，還給你交了幾年的束脩，其他的則留給我，讓我平常多照看你一些。

「我給你送去的那些東西，都是你娘留下來的錢。你曾在院子撿到銀子吧？那是我偷偷放進去的，那時候村裡實在待不下去，只能到外面找事做，我想不出好辦法，只能用這個方式，因為我知道若直接把錢給你，你肯定會疑惑，到時不知道怎麼跟你解釋。」

金縣令臉色有些發青，拳頭握得緊緊的。

方叔口中的一切與他認知的截然不同，這讓他一時間完全不能接受，尤其是對梅氏。他恨了她那麼多年，現在卻有人告訴他，他擁有的一切都是她千方百計為他著想的，這讓他情何以堪？

「你大伯肯定沒少在你面前說你娘的壞話吧？」方叔一臉了然。「要我說，最壞的就是你大伯了，說什麼金家的兒子不能靠外姓養，他還是知道陳員外有錢，你娘不會丟下你不管才會那樣的，表面裝出一副清高的模樣，可實際上你的銀錢都落入你那大伯娘的手中……你還聽了不少閒言閒語吧？」

金縣令回想以前，無力反駁，因為事實就是這樣，當年他撿到銀子，藏起來用來買紙墨，沒想到有一次被大伯娘見到，第二天就被大伯黑著臉罵了一頓，罵他不尊重長輩、不孝敬之類的話，最後他無奈，只能把銀錢都拿出來交給大伯，這才免了被趕出去的命運。

只是之後他的墨都是堂兄弟不要的，紙更是用最差的，一個月才拿到幾份，後來他練字都是靠筆沾水在石板上書寫而成。

「既然你有你娘的消息了，那就帶我去見見她吧！」方叔又嘆了口氣。「也是我的錯，為了生計，一走就是這麼多年，沒想到他們竟是回了老家，再也沒有音訊。」

金縣令自見過方叔後，就把自己關在書房，整整兩天才出來，出來後就帶著方叔朝陳家村奔去。
就算方叔這樣說，他心中還有很多疑問。為什麼梅氏會認為自己不見了呢？明明自己考上童生後一直在縣學，並沒有離開啊？
眼看著何田田要生了，陳家的人都緊張起來，只有何田田如往常一般，每天在院子轉悠。
「夫人，家裡來了客人，老爺讓您出去見一見。」銀花過來小聲道。
除了陳嫂，家裡的下人都沿用陳大郎在時的稱呼，只是省去了「二」字。
何田田有些疑惑，是誰來了，陳小郎竟讓她出去見？一般男客根本不用她去，只有親近的人才會這樣，但又沒聽說哪個親戚過來呀？
在銀花的攙扶下，何田田走進大廳，一看是金縣令，笑容自然揚了起來。多虧他把當年的事查出來，才沒有把陳小郎牽連進去。
金縣令跟何田田見過面，就指著方叔道：「這位是老夫人的故人，想見見老夫人，不知道方不方便？」
聽了金縣令的話，陳小郎和何田田都很驚訝，不明白這方叔跟梅氏是什麼關係，怎麼會透過金縣令找上門？
儘管心中滿是疑惑，陳小郎還是領著金縣令和方叔進了梅氏的院子。

自從梅氏想通後，就不像以往一樣整日坐在羅漢床上，每天讓陳嫂扶著她到院子裡走走，何田田也會來陪陪她，臉上終於有了些血色。

金縣令他們進來的時候，不知道陳嫂說了什麼，惹得梅氏笑了起來，在陽光的照耀下，顯得十分慈祥。

聽到外面的腳步聲，梅氏的臉又恢復到往日那淡淡的樣子。

「娘，金縣令來看您了。」陳小郎走到梅氏的身邊，小聲地道。

梅氏一聽，便示意陳小郎扶起她，要給金縣令行禮。

金縣令忙道：「本官跟錦鯉情同兄弟，老夫人不必如此多禮。」

方叔自進了屋後就激動地看著梅氏，沒想到幾十年不見，她竟成了這樣！雖然聽金縣令說梅氏看不見了，卻還是不願意相信。

記憶中，梅氏有一雙又大又亮的眼睛，那時他跟金家兄弟交情好，兩家來往多，他家娘子最羨慕的就是她的眼睛了，沒想到再次見面，與記憶中的她完全不一樣了。

陳小郎見金縣令這麼說也勸梅氏，梅氏這才沒有堅持。見梅氏坐下，金縣令反倒朝梅氏行了大禮，嚇得陳小郎要扶他，卻被他制止了。

見禮之後，金縣令滿臉複雜地看著梅氏，完全不知道說什麼好。

梅氏已經幾十年沒有與外人接觸了，一時也不知道要跟金縣令說什麼，屋中竟靜了下來。

方叔打量了一番，心酸不已，忍不住走到梅氏跟前。「弟妹呀，妳怎麼成了這個樣子？」

方叔一出聲，梅氏全身都在顫抖，好半天才出聲。「是、是方大哥？」

「弟妹，妳還記得我呀！」

梅氏抓住方叔的手，忽然就放聲大哭起來，邊哭邊問道：「方大哥，這些年你去哪兒了？我找你找得好辛苦呀！」

方叔一邊陪著她掉眼淚，一邊道：「妳大嫂走了，我留在村裡養不了孩子，就帶著他們到處流浪。」

「方大哥，他們說大郎被送到大戶人家當僕人去了，你可知道他被送到哪兒去了？我找了他好久好久了。」梅氏泣不成聲。

梅氏那悲傷的哭聲重重落在金縣令的耳裡、心裡，這時他終於確信陳小郎他們說的是真的了，梅氏為了他哭瞎了眼睛，而他卻被蒙在鼓裡，根本不知道。

「大郎，你還不過來？你看看，你娘為你受了多少苦！」方叔見金縣令呆呆地站在那兒，叫道。

金縣令慢慢走到梅氏面前，卻不出聲，咬住自己的嘴唇，任由梅氏抓住他的手到處摸。

陳小郎和何田田不敢置信地看著這一幕，他們苦苦尋找的哥哥竟是金縣令！

何田田因為太過激動，竟覺得肚子有些痛，忙坐下來，一下一下地摸著肚子。

「兒呀，我的兒呀，你真是大郎！」梅氏順著金縣令的手，慢慢摸到了他的臉。說完，梅氏竟暈了過去，嚇得方叔大叫道：「快去請大夫！」

金縣令手忙腳亂地把梅氏放平，用力按住她的人中穴，陳小郎則衝到梅氏身邊，著急地看著金縣令。

在金縣令反覆按壓下，梅氏終於悠悠睜開了眼。「大郎、大郎？」

金縣令對梅氏再也沒有任何誤會，緊緊抓住她的手。「娘，我在這兒。」

隨著一聲「娘」，梅氏抱著他又大哭起來，哭聲中道盡她這些年的想念與悲傷，聞者都不禁默默流起了淚。

在方叔和金縣令的安慰下，梅氏總算慢慢平靜下來，只是她的手緊緊握住了金縣令，根本不肯鬆開，金縣令任由她抓著，心裡五味雜陳。

陳小郎看著眼前這一幕，心情更是複雜。

前些年，梅氏心心念念的就是這個大哥，沒想到他們早已相遇，卻根本不相識，好笑的是還結拜成兄弟。

梅氏的情緒平復了些，含淚道：「可憐的兒呀，這些年你受苦了，當年實在是走途無路，才把你託給方叔，要是再留在村裡，只怕我們母子都活不下去了。」

梅氏頓了頓。「只是沒想到，那樣的情況下，你大伯還不允許帶走你，當時真是想走絕路，可又怕留你在這世上受苦，還是在你方叔和堂嬸勸解下，才有了活下去的勇氣。後來，我跟你陳叔過日子，不放心你，又悄悄回去看了你幾次，每次都只能遠遠看著你，不敢出現在你面前，你大伯肯定沒少跟你說那些難聽的話吧！」

梅氏露出個譏諷的笑容。

「那段時間茶不思、飯不想，心裡難受得很，後來你陳叔看我一天天瘦下去，就提出來這裡，遠離那個地方。我雖然不願，但既然嫁給你陳叔，總得為他著想，只給你留了銀錢，就跟著到了這裡。本想著過一年就回去看你的，結果懷了孩子，懷相又不好，就這樣一拖拖了好幾年，等錦鯉斷了奶，就急急地趕去看你，找不到你，去找你方叔，你方叔竟也不在村裡。無奈之下，只能讓下人去打聽消息，結果卻是聽到噩耗，說你竟不見了，後來更有人說你被賣到大戶人家當奴才，我一聽就暈倒了，隨後就病倒了，跟去的下人嚇壞了，怕出事，急忙把我送回來。

「你陳叔知道我的心事，後來路過時都會去打聽，可每次聽到的消息都不一樣，意思卻是同一個，就是你不知去向。你陳叔不甘心，甚至還在你大伯那屋後躲了一天，就是沒有見到你，這才死了心，不再去村裡找你。」

金縣令算了算時間，那段時間正是他考上秀才、在縣學學習的時候，終於明白為何陳員外找不到人了，可那些消息是怎麼回事？

「肯定是你大伯跟那個族叔公搞的鬼，他們覺得你娘二嫁，丟了金家人的臉面，便告誡村人，只要看到打聽你消息的人，就說你不見了。尤其在你考上秀才後，他們更是怕你離開，自然要阻止你們相見。」

金縣令想不通的事，方叔幾句話就把原因道了個明瞭。

金縣令聽了，黯然地低下了頭。虧他還是一縣之令，卻連自己身邊的人都沒有看透。

他們說了什麼，何田田根本聽不到，只覺得肚子越來越疼，痛感也越來越密集，頭上都冒出冷汗了。一開始她還忍著，以為跟前幾天一樣，疼一會兒就不疼了，沒想到根本不是那麼回事，終於叫出了聲。

陳小郎的心思全在梅氏和金縣令身上，何田田的叫聲把他驚醒過來，看到她蒼白的樣子，嚇得大叫起來。

「來人呀，快來人！」

陳小郎驚恐的叫聲把沈浸在悲傷中的梅氏和金縣令都拉回神來了，梅氏看不見，焦急地道：「怎麼了？怎麼了？」

金縣令已經是幾個孩子的爹了，對生孩子這事也有些經驗，忙吩咐道：「小弟，你快抱弟媳去產房，我叫人去請穩婆來！」

因梅氏他們有話要說，張嫂和陳嫂都在外間，聽到陳小郎的聲音，對看了一眼就朝裡衝，都是同一個想法——要生了！

何田田以前只聽過生孩子會痛，卻不知道這麼痛，全身的骨頭都像要裂開般，小腹更不是疼一個字可以形容的。她緊緊抓住陳小郎的手，掐進他的肉都不知道。

「田田、田田。」陳小郎慌了神，看著何田田痛苦的樣子，完全不知道該怎麼辦，只能無意識地叫著，似乎這樣能減少她的痛苦。

陳嫂和張嫂把該準備的都準備好了，見陳小郎臉色蒼白地站在床頭，忙道：「您出去吧，您不能留在產房。」

「不，我不出去，我在這兒陪田田。」

何田田趁著陣痛過去時刻，鬆開了陳小郎的手。「你出去吧。」

何田田很想陳小郎留下來陪她，可看著他那麼個大男人六神無主地站在那兒，她怕等一下自己生孩子時，還得分出人手去照顧他，所以還是讓他去外面等吧。

陳小郎還想堅持，這時何田田又痛了起來，她暴躁地道：「快點出去，你留在這兒幹麼，又不能替我痛。」

陳嫂她們見狀，忙把陳小郎推了出去，還小聲勸道：「放心吧，會平安生下小少爺的。」

陣痛越來越密集，穩婆開始在何田田的小腹邊摸摸、揉揉，就在何田田覺得快受不了的時候，終於聽到穩婆如天籟般的聲音。「夫人，用力，孩子的頭已經看到了。」

陳小郎靠在窗邊，別人說什麼他完全聽不到，心裡只有一個念頭，就是以後再也不讓何田田生孩子了。生孩子實在太可怕了，尤其當那一盆盆血水被端出來時，要不是他強撐著一定要等到孩子出來，只怕他都暈了過去。

梅氏手中的佛珠轉得飛快，很是擔心，就連在外間的金縣令和方叔都平靜不下來，誰都知道生孩子是一件危險的事，一個不好什麼都會發生。

何田田只覺得全身的力氣已經用盡，卻還沒有聽到孩子的聲音，她不禁想，是不是生不下孩子了？不知道要是自己死了，會不會回到前世？她現在還能回得去嗎？

她的思緒越來越飄忽，忽然聽到一聲大吼。「夫人，您可不能睡，您要是睡了，小少爺可就出不來了！」

是呀！她現在不能回去，不能丟下孩子。還有陳小郎，除了自己，誰還會嫁給他？他的樣子那麼凶，又木訥，想到這些，她為自己打起氣來，趁著陣痛，用盡全力，熱呼呼的東西滑出，就聽到孩子的啼哭聲。

孩子出來了……她微笑地閉上了眼。

聽到孩子的啼哭聲，陳小郎猛地站起來就要推開門進去，差點碰到出來報喜的陳嫂。

「生了個小少爺，母子平安，母子平安！」

陳小郎聽到母子平安，全身一鬆，差點跌坐在地上。金縣令不敢直視他的模樣，只覺得丟人。梅氏則是一個勁兒地唸佛，陳家終於有後了。

何田田迷糊地睜開了眼，習慣性地摸摸肚子，意識到不對，一下子就醒了過來。一睜開眼，腦袋終於也恢復了正常，這才想起孩子已經出生了。

「田田，妳醒了？」林氏小聲問道。

「娘，您怎麼來了？」何田田驚訝地看著一臉喜氣的林氏。

這是怎麼回事？

林氏瞪了她一眼。「妳也是個粗心的，不是早就叮囑過妳，肚子要是疼了就送信回來，結果倒好，生了才送信，幸虧沒出事，要不妳婆婆那個樣子、陳小郎一個男人，連個主事的人都沒有。」

「娘，我錯了……」誰知道會在那樣的情況下陣痛，何田田撒著嬌看著林氏。「孩子呢？」

「在這兒呢！妳看，睡得多香，跟妳小時候一模一樣。」提到孩子，林氏也不跟她計較了，從側面的小床上抱起孩子送到她面前。

孩子有一張紅撲撲的臉，緊閉著眼睛，頭髮上還有些血絲，何田田看不出他與自己哪裡像，不過卻不妨礙她的心軟得一塌糊塗。

「娘，我也有兒子了。」何田田輕輕地把他的小手放入自己的手掌中，喃喃道。

林氏慈愛地看著何田田。是呢，她的閨女現在也當娘了，也有了兒子了，不再是以前那個跟著哥哥到處跑的小姑娘了。

「餓了吧，先吃點東西。」

林氏把孩子放在何田田身邊，就朝外走去。

何田田看著孩子，只見他的眉頭皺了皺，嘴巴張了張，她以為他會哭，緊張地看著他，心提得高高的，結果他眼睛都沒睜，又睡了過去。

何田田看著孩子，第一次理解「血脈相通」這個詞，孩子的一舉一動，當真都會牽扯到當娘的心。

「田田，妳醒來了？」

不知道何時，陳小郎走了進來，擔心地看著她。

「小郎，你快看，這是我們的兒子呢！」何田田興奮地道。

陳小郎見何田田精神不錯，終於放下心來，視線終於轉到孩子身上，嘴角忍不住往上挑。

他有兒子了，田田給他生了個兒子！

林氏走進來，就見女兒、女婿兩個人盯著孩子傻傻笑著。

「田田，先吃點粥，等一下孩子醒來了，可是要吃奶的。」

陳小郎忙繞過床扶起何田田，讓她靠在床頭坐起來，接過張嫂手中的粥，坐在床沿上。

何田田忙道：「我自己來。」

陳小郎盯著何田田，也不出聲，何田田很快就敗下陣來，只得張開口由著他餵。

林氏見狀，笑著跟張嫂走出了房間。她早就知道女婿對女兒好，她們還是不要在這兒打擾了。

生產的時候，何田田真覺得太痛苦了，可孩子出來後，除了累就沒有別的感覺了，現在睡了一覺也不覺得累了，反而覺得全身都是勁，興奮得根本不想睡，只想看著那小小的傢伙。

小傢伙不時做著小動作，明明每個人都會做，可落在孩子身上，她就是覺得可愛極了。

當林氏從何田田口中，得知金縣令竟是梅氏的兒子，驚訝得說不出話來，怎麼也沒想到竟一下子跟官家做起了親家，頓時手腳有些不知道怎麼放了。

「那妳婆婆以後是跟你們過還是？」

梅氏找兒子，他們也是有所耳聞的，現在不但兒子找到了，還是個有出息的兒子，難怪她會這樣問。

何田田搖了搖頭。這剛認了親，她就生了孩子，這些事還沒聽說，無論梅氏是跟金縣令還是跟著他們都沒多大的關係，只要她開心就好。

縣衙後面，金夫人一臉激動地看著金縣令。

「這麼說，你跟陳兄弟是親兄弟了？難怪雖然他明明長得有些嚇人，我卻覺得他很親切。對了，婆婆身體好嗎？我們什麼時候去見她？」

見到梅氏，打開金縣令心中的那個結，不再像以往一樣，眉間總是帶著憂愁，含笑地看著她。

「明天去吧，剛好小郎的孩子洗三，妳去幫襯著。」

「哎呀，我都忘了這事，得去準備一些禮物。」說著金夫人就叫上丫頭去了庫房。

金縣令想著頭次見陳小郎的孩子，也得準備一份禮物才行，笑著站起來去了書房。

何田田的孩子洗三，林氏和陳二嬸一早就忙了起來，安排這個、安排那個，好在這些都不關何田田的事，她只需要躺在床上，看著只知道睡的兒子就好。

不過兒子連一個小名都還沒有……讓何田田算數可以，讓她取名，那真是為難她了，最後兩人把希望寄託在金縣令身上，看能不能為兒子取一個響亮的名字。

「夫人，金老爺來了。」銀花急急地走了進來。「金夫人也來了，還帶著兩位小少爺。」

何田田一點也不意外，金縣令和梅氏相認了，作為媳婦的金夫人肯定得上門認親。「妳去外面幫忙好好招待客人，我這裡不用妳服侍。」

打發走了銀花，何田田就想著也不知道這位大嫂的性格如何？千萬不要像錢氏。轉眼又覺得自己想多了，聽說金夫人家可是書香門第，那教養自然是一等一的好，怎麼可能會是錢氏那樣的人？

這邊何田田還在猜測金夫人是什麼樣的人，外面就傳來了銀鈴般的笑聲。「弟妹就在這個房間吧？我得看看姪子，想來肯定長得極好。」

隨著話聲，一個穿著緋色綢緞衣裳的女人走了進來，圓圓的臉上露出親切的笑容，嘴角自然往上挑，未語三分笑，讓人覺得十分舒服。

不等旁人說話，金夫人就笑道：「妳就是小郎媳婦吧？長得真好，我是妳大嫂。」

何田田對她的印象很好，情不自禁地笑了起來。「大嫂，快坐，小郎可說了，妳對他很好，可惜一直無緣見面，現在總算見到了。」

金夫人怎麼也沒想到，這小郎媳婦竟是這樣的妙人，一直提著的心這才落了地，暗怪自己多想了，要是個不懂事的，以陳小郎以往跟金縣令的關係，只怕早就攀上來了。

「哎喲，這就是我的大姪子吧，長得跟他爹一個模樣。」金夫人俯身看著睡得正香的孩子，誇道。

明明是讚嘆的話，何田田聽了卻不由得擔心起來。

要是兒子長大也像他爹，娶媳婦兒可就難了，不知道會不會像他爹那樣幸運，能遇到一個像她一樣不計較他外貌的人。

今天林氏、戴氏都過來了，還有大伯母、二伯母也都來了，噓寒問暖了一番才去了外面。戴氏的第二胎又是個兒子，都有四個多月了，長得虎頭虎腦的，很是可愛。

外面人多，林氏讓戴氏在屋裡陪著何田田，自己去外面忙了。

戴氏心細，待只剩下姑嫂倆時，便笑道：「外甥像妳。」

「真的？」

這幾天何田田仔細看了不知道多少遍，根本看不出他像誰，剛才他們都說像陳小郎，現在一聽像自己，有些不確定了。

戴氏笑了笑。「妳看看他這鼻子、小嘴都像妳，妳要是不信，等娘進來妳問問。」

何田田聽了，又仔細地看了看，還是看不出他哪裡像自己，看了半天，不由得笑出聲來。這麼小的孩子，哪裡看出像誰？真是太杞人憂天了，只要他健健康康的，管他像誰呢！

想通之後，何田田就丟開這事，問起了家裡的事來。

戴氏便挑好事說給她聽，何田田知道家裡有了田，這兩年又是風調雨順，收成還不錯，用不著太擔心，倒是大伯、二伯兩家不知道怎麼樣？

「現在張家的地是怎麼個佃法？」

說到這兒，戴氏的臉色就有些不好了。

張地主的地被分給了張家的族人，大部分不再佃出來，就算佃出來的，那租子也收得極高，何大伯他們都準備明年不佃了。可不佃田，自家又沒有田地，以後的日子只怕更難了。

只是林氏不願意何田田操這份心，從沒跟她說過這事，戴氏自然也不會說出來，只是笑道：「跟以前差不多。」

何田田一眼就看出她沒說實話，既然她不願意說，她也沒再問，打定主意等出了月子去弄清楚，反正現在陳大郎沒了，她想做什麼都可以放開手腳，不再擔心有人來搞破壞。

的。

三週後，小傢伙終於有了自己的名字——陳晨曦，意思是清晨的陽光，由金縣令取

何田田很喜歡，這名字溫暖，充滿了希望，直接就叫他「曦兒」。

送走了客人，金縣令要忙著辦公，先回縣衙，金夫人則留了下來，說要陪陪梅氏，每天跟她說著金縣令的點點滴滴，而梅氏似乎都聽不夠，相處挺融洽。

直到金縣令再次過來，梅氏才趕著金夫人一同去縣城，讓她好好照顧家裡，有空再過來。至於金縣令提出接她去縣衙的事，梅氏直接拒絕了，以後就跟著陳小郎，哪裡也不去。

孩子一天一個樣，何田田每天都有驚喜的發現，完全沈浸在娘親這個角色裡，完全沒發現陳小郎的臉色一天比一天黑。

「夫人，您難道沒發現老爺一天比一天話少了嗎？」銀花一直怕陳小郎，看到他不在，才小聲問道。

經過她的提醒，何田田終於意識到這些日子光顧著孩子，都把他給冷落了。等晚上陳小郎回來，何田田朝他露出個甜甜的笑容，噓寒問暖，陳小郎那額頭的「川」字終於散開了。

這天出了月子，在房間待了一個月的何田田看到外面的藍天白雲，深深地呼了一口氣。真舒服！

「妹妹、妹妹。」

何田田正逗著曦兒在玩，張少爺的聲音大老遠就傳了過來。

何田田有些日子沒看到他們了，雖然每次派去看他們的人都說過得挺好，她還是掛念得很，只是接連的事讓她分不出神來去看望，只吩咐照顧的丫頭仔細些。

見張少爺歡快地跑了過來，何田田含笑地迎向他們。「哥，誰帶你們過來的？」

「妹夫。」張少爺指著後面的陳小郎。「妹妹，寶寶、寶寶。」

張嫂忙把曦兒抱到他面前，張少爺從懷裡掏出一個金光閃閃的長命鎖，塞進包裹孩子的布裡，歡喜地對一旁的富貴道：「弟弟、弟弟。」

何田田沒想到他竟然還準備了見面禮，想來是大力教他的。

富貴已經一歲多了，長得很壯實，一雙圓圓的眼睛充滿了靈性，看來是個聰明的孩子，見何田田看著他，伸出雙手讓她抱。

何田田從婆子手中把富貴接了過來，他親暱地抱著她，看著曦兒，脆生生地叫道：「弟弟。」

何田田去給梅氏請安的時候，梅氏笑呵呵地把曦兒從頭到腳摸了個遍，然後對陳小郎道：「那條鍊子呢？」

陳小郎愣住了，何田田倒明白她問的是什麼了，忙道：「收起來了。」

梅氏讓陳小郎去拿過來，陳嫂從裡間拿了個梅花盒子出來，用鍊子上那小小的鑰匙，一扭就開了。

「這是你爹那些店鋪的房契，以後就交給你了，你好好打理。」

陳小郎和何田田面面相覷，誰也沒想到這條鍊子竟這麼重要，難怪陳大郎老是盯著他們，想來他想找的就是這些吧！

自陳小郎有了那些店鋪，每天帶著陳錦書馬不停蹄地忙碌起來，根本沒空管理荷田，何田田只得把孩子交給銀花和張嫂，自己帶著娘家一眾堂兄弟忙了起來。

好在何世仁他們有經驗，又都是勤快的，荷田裡的蓮藕很快就收成了，只是還是受到了影響，少了不少，何田田乾脆不拿去賣了，全當成明年的種。

蓮藕收成後，何田田也沒讓他們閒著，讓他們把沼澤地整理出來，好方便明年種蓮。

林氏隔幾天就坐著何世蓮的牛車過來看看，見何田田每天忙得團團轉，陳小郎不見人影，就忍不住擔心。「妳說陳小郎這麼多日子沒回來，也沒個音信，怕不會出事吧？」

何田田倒是對陳小郎放心得很，他的外貌怕是沒有幾個人看了不怕的，加上有陳錦書他那張嘴看人說人話、見鬼說鬼話，一般人奈何不了他們。

況且陳家的鋪子大都在荷花城，縣城有金縣令，沒有什麼好擔心的。「娘，那些店鋪都需要從頭弄起，肯定很多事，等忙完了他就回來了。」

林氏見何田田心裡有成算，也不再擔心，轉而說起老屋的事。張家的地怕是佃不成了，何大伯他們急壞了，不知道明年的糧食從哪兒來？

何田田一聽，就下定決心，準備回荷花村一趟。

老屋還是原來的樣子，何田田推開門，就見何大伯愁眉苦臉地坐在那兒抽著旱煙，見她來了，大伯母忙端了凳子過來，熱情地留她吃飯。

何田田讓她別張羅，過來是有正事要說。

「大伯，既然張家的地不能種了，您就帶著堂兄他們一起跟我做事吧！放心，肯定能讓你們吃飽飯。」

「這……妳家的地不是賣了嗎？」

何田田便將自己準備把那些沼澤地都開墾成荷田的事說了。

何大伯驚訝地看著她。「那能行嗎？」

「放心吧，我既然準備要做，肯定就有把握，您只要說願不願意。」

何大伯沈思，大伯母在一旁急得直瞪他，卻也知道作這樣的決定是大事，她說了不算，只能在一旁乾著急。

何大伯不好意思地看了眼何田田，然後才道：「這事就按妳說的去做吧！」

何田田要開墾沼澤地的事很快就傳了出來，不光何大伯他們過來了，還有不少荷花村的村民過來打探，看還需不需要人手？

這麼大一片地，需要的人手肯定不少，何田田本來想著分幾年開墾，等陳錦書從城裡回來，跟她深談之後，決定乾脆一口氣做好。

何田田讓何世蓮帶著一半的人挖池塘，另一半的人則讓何世仁他們帶著清理沼澤。因她給的工錢不低，現在又是農閒時候，做事的人不少，效果也以肉眼看得到的速度進行著。

轉眼到了來年的春上，沼澤地已經有了翻天覆地的變化，邊沿是一口口差不多大小的池塘，中間是一片整理出來的水地。

何田田把去年收穫的蓮子、蓮藕都拿了出來，發芽的發芽，栽培的栽培，到了夏天，整個荷田一片蔥綠，微風一吹，等荷花盛開的時候，真真印證了「接天蓮葉無窮碧，映日荷花別樣紅」。

金縣令從陳錦書那裡得知還有這樣的美景，便帶著金夫人來住幾天，等金夫人回縣城，跟縣城的夫人們一番推薦，引得那些夫人、小姐們都跑來賞荷，荷花村一些機靈的村民便乘機賣賣茶水，生意竟不錯，讓他們小賺了一把。

到了秋天，池塘裡的魚開始朝陳家的各個店鋪裡送，蓮藕、蓮子也大受歡迎，店鋪的生意是越做越紅火，陳小郎見生意穩定了，就把店鋪交給陳錦書，自己又回到了陳家村。

陳小郎回到家，就把沼澤地旁的山地買下來，種了各種果樹，並在山腳下建了一排房屋，提供給那些來遊玩的客人住宿，竟是一年四季都沒有空房。

何田田的荷田和魚塘雇了不少荷花村的村民，讓他們的日子比以往好了不少，有些有家底的，也學著陳小郎建起了房子，並好好打造一番，雖然沒有陳小郎建得精緻，卻也充滿了農家氣息，讓不少來遊玩的人們留連忘返。

幾年過去，荷花村已經發生了巨大的變化，何田田卻沒有多少改變，歲月似乎特別厚待她，並沒有在她身上留下太多痕跡，只是讓她又多了兩個孩子。

又是一年荷花盛開的季節，何田田站在小樓上，依偎在高大男人的身邊，看著那一片望不到邊際的荷田，以及來賞花的遊客，耳邊是孩子的歡笑聲，只覺得歲月靜好。

——全書完

2019年8月出版

阿九

文創風 773～775

逃荒的路上，阿九遇見一個受盡欺凌卻不開口求饒的孤兒，
她看不過眼，出手相幫後問了他名字，他說，他叫謝翎。
上輩子扳倒太子的那位，可不就是叫謝翎？莫非是他？
誰能想到他日後會成為名動京師的小謝探花，位極人臣？
不過，如今他餓得只能跟著她啃草根，說榮華富貴？還早著呢！

別後唯相思　天涯共明月／青君

她叫阿九，一個爹死、娘改嫁，在鬧旱災時又被唯一的親哥拋下的孤女，
因著模樣好，前世她被親叔嬸賣給了戲班子，最後又輾轉到了太子府，
誰知最後太子被廢，一時想不開引火自焚，還不忘帶上她，
許是她活得太苦、死得太冤，老天爺對她深感抱歉，因此又讓她重生，
即便這世依舊是孑然一身、再無親人相伴，她也要活出不一樣的阿九！
在逃荒的路上，她把小她一歲的孤兒謝翎撿回照顧，對外也以姊弟相稱，
多年來，她認真習醫、努力掙錢，為的就是供他讀書，讓他功成名就，
然而隨著年紀愈大，她發現自己愈是看不透他，欣慰的是他書始終讀得不錯，
想來這世他也一樣會順利成為探花郎，可萬萬沒想到，他竟一躍成了狀元！
好吧，雖然有些些的不同，但總歸是往好的方面發展，也算可喜可賀啦，
可是，這個弟弟當得實在很不稱職，老愛一臉淡然地說些害她臉紅心跳的話，
而這些話聽著聽著，她竟也被蠱惑了，覺得能與他相伴一生似乎極好，
無奈世事沒法盡如人意，太子自從偶然看見她後，就瘋了似的要得到她，
難道說，太子也跟她一樣，擁有前世的記憶？這……有可能嗎？
若真是如此，那謝翎今生能否再次扳倒太子，並扭轉她的命運呢？

2019年8月出版

桃花小農女

文創風 771～772

跌落谷底的時候，
她常常想如果能夠重來一次的話……
現在真的重新展開人生，
她無論如何都會把握幸福的機會！

平凡日常，無限幸福／韓芳歌

在窮困潦倒、餓得奄奄一息的時候睜開眼，
發現自己重生在差點被虐待而死的那一刻，
悲慘的人生又要重來一次，原主選擇一了百了，
讓帶著三輩子記憶的羅紫蘇，有了重新開始的機會。
剛進門就守寡的她，被貪圖聘禮的娘家討回逼迫再嫁，
丈夫不良於行，附帶兩個現成的女兒，公婆妯娌個個極品，
哪怕這人生再狗血，她也會好好活下去，終結過去所有的不幸。
新婚第一天就被婆婆尋由頭分了家，只分到幾畝薄田，
一家四口咬牙過日子，幸虧丈夫扛得住，
在柴米油鹽中的日常瑣事，和極品親戚雞飛狗跳的搗亂中，
慢慢體會不善言詞的丈夫對自己的愛護與疼惜……

2019年8月出版

仙夫太矯情

文創風 770 【重生之三】

段幕白在仙界悠悠哉哉地訓練自己新收的小徒弟，
能成為人人景仰的劍仙的徒弟，應該是很值得驕傲的事，
但這小徒弟不僅不懂感恩，還棄他落跑，
哼哼，她別妄想能逃離他的掌！

天后一出，圈粉無數／莫顏

魄月覺得自己真是閒得沒事幹，才會發神經去勾引段慕白。
他身為冷心冷情的劍仙，斬妖除魔從不手軟，
修為到他這種程度，怎麼可能輕易動情？
美人計不成，她賠掉自己的小命，死在劍仙的噬魔劍下，魂飛魄散。
誰知一覺醒來，她重生了，
重生這事不稀奇，變成段慕白的徒弟才嚇人！
仙魔向來誓不兩立，她當了一輩子的魔，從沒看過段慕白冷漠以外的表情，
原來，他是愛笑的；
原來，他可以溫柔似水；
原來，他一點也不冷漠，
原來……等等，這人怎麼那麼愛動手動腳？
這人怎麼老光著身子，還愛吃她豆腐？
原來，段慕白清冷、神聖的形象是裝的；
原來，他比千年老狐狸還狡猾；
原來，他不動情則已，一動情便會要人命啊！

為流浪貓狗加油 和貓寶貝 狗寶貝

廝守終生(一定要終生喔！)的幸福機會

對人來說，貓寶貝狗寶貝只是生活的一部分，但妳（你）對牠們來說，卻是生活的全部，領養前請一定要考慮清楚——

▲ 頭好壯壯的聰明寶寶　漂漂

性　　別：女生
品　　種：米克斯
年　　紀：7個月
個　　性：活潑、不會亂叫、習慣外出上廁所
健康狀況：⑴ 已完成三劑幼犬疫苗、狂犬病疫苗；
　　　　　⑵ 已做體內、外驅蟲；
　　　　　⑶ 犬瘟、腸炎皆為陰性
目前住所：新北市中和區

『漂漂』的故事：

漂漂原是被一位中途從內湖動物之家帶出來照料長大，後來原飼主看到中途發文幫漂漂找主人，便認養回來。然而，如今原飼主因個人因素而想對漂漂放手；委託人實在不希望看到漂漂如此，也不忍心牠由於空間不足，經常被關在陽台，所以想刊登認養資訊幫牠找新主人。

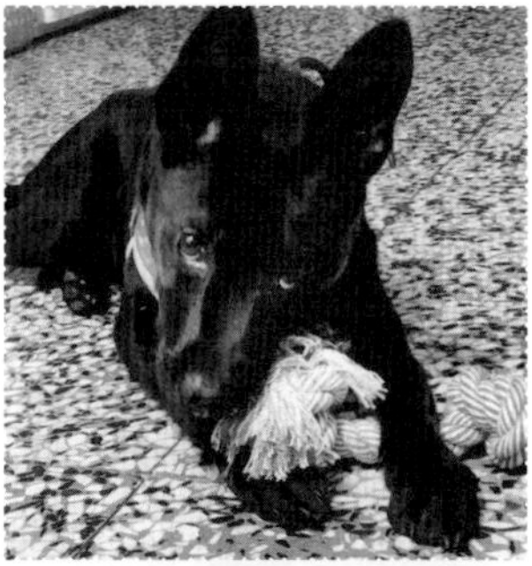

委託人說，漂漂十分活潑、機伶，也喜歡玩耍，所以就利用「吃東西」這件事情來訓練牠的技能，像是坐下、等待這一類。委託人進一步提到，漂漂其實是隻很聰明的毛小孩，一件事情多半只要教2、3次，基本上就學會、記住了，不過有時候還是會不小心忘記一下（笑）。

談到令人印象深刻的事，委託人表示，漂漂健康狀況良好，不但有好好接種疫苗，檢查也都過關，最特別的是，漂漂去做結紮手術後，沒有像其他狗兒一樣沒精神、需要恢復期，居然當天就能立刻活蹦亂跳，好像沒事一樣，讓人除了大吃一驚外，也不免替牠捏一把冷汗。

漂漂是如此的聰穎，又是隻超健康的狗兒，委託人希望能為牠找到有緣、有愛心的主人，帶牠一起回家！請來信peijun0227@gmail.com（來信請簡單自我介紹）。

認養資格及注意事項：

1. 認養者須年滿20歲，且須獲得全家人的同意（租屋者須徵得房東同意）。
2. 須同意送養人日後之追蹤，絕不可以任何原因及理由而隨意棄養！
3. 認養者須具備足夠的耐心和愛心，去教導、訓練漂漂學習任何事情及規矩。
4. 漂漂屬於一般中型犬體型大小之犬隻，且目前成長階段需花費時間細心照顧，請認養者於領養前審慎考量自身的環境及狀況。
5. 漂漂極少被關在籠子，若被關籠可能會吠叫；另目前因處於換牙期，可能會咬家中物品，能接受上述兩點者才可提出認養。
6. 認養者須付擔晶片轉移費100元。

來信請說明：

a. 個人基本資料：姓名、性別、年齡、家庭狀況、職業與經濟來源等。
b. 想認養漂漂的理由。
c. 過去養寵物的經驗，及簡介一下您的飼養環境。
d. 若未來有結婚、懷孕、出國或搬家等計劃，將如何安置漂漂？

777

旺夫神妻 下

國家圖書館出版品預行編目資料

旺夫神妻 / 高嶺梅著. --
初版. -- 臺北市 : 狗屋, 2019.08
冊 ; 公分. --（文創風）
ISBN 978-986-509-034-0（下冊：平裝）. --

857.7 108010826

著作者	高嶺梅
編輯	王冠之
校對	黃薇霓　周貝桂
發行所	狗屋出版社有限公司
地址	台北市104中山區龍江路71巷15號1樓
電話	02-2776-5889～0
發行字號	局版台業字845號
法律顧問	蕭雄淋律師
總經銷	知遠文化事業有限公司
電話	02-2664-8800
初版	2019年8月
國際書碼	ISBN-13　978-986-509-034-0

本著作物由起點中文網（www.qidian.com）授權出版

定價250元

狗屋劃撥帳號：19001626

網址：love.doghouse.com.tw　E-mail：love@doghouse.com.tw